U0855191

谨以此书致敬广大中医工作者！

本书情节、人物请勿对号入座。书中的部分医学资料选自远方出版社出版的《徐仕骏、张秀英中医验方 》

（书号：ISBN 978-7-80595-142-3），不作为实际治疗依据，仅供参考。

医行一路

YI XING YI LU

当生◎著

华龄出版社
HUALING PRESS

责任编辑：梅　剑
责任印制：李未圻

图书在版编目（CIP）数据

医行一路/当生著.--北京:华龄出版社,
2021.12
ISBN 978-7-5169-2095-4

Ⅰ.①医… Ⅱ.①当… Ⅲ.①长篇小说－中国－当代
Ⅳ.①I247.5

中国版本图书馆CIP数据核字(2021)第183645号

书　　名：医行一路
作　　者：当生　著

出版发行：华龄出版社
地　　址：北京市东城区安定门外大街甲57号　邮　　编：100011
电　　话：010-58122255　传　　真：010-84049572
网　　址：http://www.hualingpress.com

印　　刷：武汉市籍缘印刷厂
版　　次：2022年1月第1版　2022年1月第1次印刷
开　　本：710mm×1000mm　1/16　印　　张：18
字　　数：220千字
定　　价：78.00元

目 录

第一章 初露锋芒

“我一路走来……我一路走来……我一路走来……”

钟草根高兴得想作诗，但是想了第一句想不出第二句。作诗要有文艺细胞，他虽然是大学生，但他是医学院毕业的，缺乏文艺细胞。

他作诗是因为高兴。接到学校通知，让他明天拿着毕业证去热河省劳动厅领取工作介绍信，就要参加工作了，他当然高兴。

第二天上午，钟草根去了劳动厅。劳动厅就在承德市，学校也在承德市，两地距离不远，走着去十来分钟就到。

他来到劳动厅找到人事处，见外面已经集聚了很多同学，大多是本校的。他跟几个认识的同学打过招呼后，把毕业证交给了一个胸前挂着“热河省劳动厅工作证”的女人，等候叫他的名字进办公室。

先进去的同学一个个地走出来，每人手里拿着一个盖有印鉴的大信封和一张介绍信。出来的同学被外面的同学围住，问安排到了哪里。后来没人问了，因为出来的同学都说去了东北：“我们这批同学是统一分配，全部去东北。”

终于叫到了钟草根。他走进去，见一个穿着黄半袖上衣的工作人员坐在办公桌前，摆手让他坐到对面的椅子上，问过姓名并核对毕业证后，工作人员拿出一张盖有“热河省劳动厅密封”的大信封和一封工作介绍信交给他说："你被分配到尼格杜尔旗。"

钟草根觉得不太理想，对穿黄半袖的人说："能不能改一改，让我去河北。我是想……"

"不能改！"穿黄半袖的人打断钟草根，严肃地说，"你们是统一分配会上定的，我个人没权力。"

钟草根看他那个样子，觉得无法通融，只好说："我没去过尼格杜尔旗，怕自己一个人找不到，您能不能帮我搭个帮？"

穿黄半袖的人拿起一张表看了看说："你们学校有个叫魏友明的，也被安排在那里，你可以去找他。"

"那就谢了！"钟草根站起来走出人事处，回学校。

钟草根认识魏友明，中等个儿，圆脸，高鼻梁，尖下颚，在临床医学系。因为跟他不在一个系，交往不多。

他回到学校找魏友明，走进临床医学系宿舍，见魏友明正跟几个同学坐着说话，过去对他说："不好意思，我分配到尼格杜尔了，我对那个地方不熟，听说你也分到了那里，能不能跟你搭个帮？"

"好哇！"魏友明朝钟草根点点头，"我家就是尼格杜尔的，你跟我走吧。"

魏友明还告诉钟草根：去尼格杜尔旗要先坐火车到叶柏寿，从叶柏寿转乘汽车到赤峰。赤峰距离尼格杜尔旗还有 180 多里，不通车，只能步行。

"你咋走，我都跟着你。"钟草根问魏友明，"什么时候出发？"

"今晚就走。"魏友明说，"晚上 10 点钟有火车去叶柏寿。"

"那好。"钟草根说，"我回去收拾东西，晚上 9 点过来找你。"

晚上 9 点钟，钟草根背上背包去临床医学系找到魏友明，和他一起去了火车站。

到叶柏寿只有一趟火车，是从北京出发途经承德，终点站是叶柏寿。

晚上 10 点，两个人乘上了火车。上车后见车厢挤得满满的，几乎连站脚的地方都没有。好在两个人都带着背包，就在过道放下背包坐了下来。

坐车无事，俩人扯起了闲话。钟草根得知魏友明跟他一样，也是 1946 年参加中国人民解放军。钟草根在东北野战军第六纵队第 16 师，魏友明在东北野战军第四纵队第 12 师。两个人都当过卫生员，都是调到野战医院后，经医院推荐上了中国医科大学，并且同年生，年龄都是 25 岁。

当时的中国医科大学设立四所分校，两个人都在第四分校学习。那时候学校没分系，钟草根在 2 班，魏友明在 5 班。1949 年 5 月医科大学划给了地方，把第四分校划给了承德医学院。医学院分系，钟草根在中医系，魏友明在临床医学系。

火车走了一晚上，第二天早上 5 点多到达叶柏寿。快到站的时候，列车员从过道挤过来喊："各位父老乡亲，睡觉的醒一醒，马上就要到终点了，收拾好自己的行李准备下车。"

火车很快到了站，两个人下车走出来，见出站口挤着一堆人力三轮车，蹬车的人见旅客出来，纷纷上前兜生意。

一个老汉走到魏友明跟前问："同志，去哪儿啊？"

"去汽车站。"魏友明指着钟草根，"我们俩人。"

"我送你们，两毛，比其他人都便宜。"老汉说。

魏友明朝钟草根摆摆手说："走吧。"

蹬三轮车的老汉主动把他俩的背包放到车上，蹬车走了。

走在路上，蹬车老汉说："看你们俩的架势，是出远门。"

"去尼格杜尔旗。"魏友明说。

"去尼格杜尔经过赤峰。"老汉说，"从这儿到赤峰有汽车，一个礼拜一趟。赶得上就赶上了，赶不上只能住旅店等车。"

说话间到了汽车站。魏友明下车付了钱，和钟草根一起背上背包往车站走。走到车站门口见门关着，门口挂着一个小黑板，上面写着去赤峰的发车时间：“每周五下午 2 点。”

“完了！”魏友明摇摇头，“今天才周二，到周五还要等 3 天，等不起。”他想了想，看着钟草根，“从这儿到赤峰三百多里，咱俩走路去吧，最多三天就到了，省了住店的钱，还省下了车费。”

“走吧。”钟草根扭头向前跨了一步。

蹬三轮车的老汉还在原地等他俩，见他俩回来便迎上前说：“我知道哪个旅店便宜，送你们去。”

“不啦！”魏友明说，“我们走着去。”

“走着也不赖。”老汉说，“从这儿一直往北先到二龙镇，百十多里吧。住一宿，然后经过汐子、乃林、平庄、热水、元宝山、马林，就到赤峰了。”

老汉说完蹬着三轮车走了。两个人找个饭馆吃了饭，买了点路上吃的干粮，上了路。

这一天天气很好，适合走路。两个人都是当兵出身，走起路来脚下生风。钟草根走在路上，时常叨咕，“我一路走来……我一路走来……”

“你叨咕啥呢？”魏友明不解地问。

“我想作诗。”钟草根说，“我靠两条腿下过两次江南。部队急行军 120 里插到敌军的前面，歼灭敌军活捉了团长；后来向关内挺进，也是靠两条腿。现在去单位上班，还是靠两条腿，回想一路走来，都是靠两条腿。所以我想作一首诗，开头用‘我一路走来’，但是第二句不知道该咋说。我是想把自己的理想和抱负放到诗里。”

“哈哈，”魏友明笑了一下，问：“你的理想和抱负是什么？”

“去医院工作，当中医大夫。”钟草根说。

“中医已经落伍了。”魏友明说，“中医是在农业、手工业基础上发展起来的，随着社会的进步，迟早会被淘汰；但是西医不同，是在近代工业基础上发展起来的，向着光、机、电的高水平方向迈进，代表了社会的进步和科学文明。”

“中国人需要中医。”钟草根说，“中医是我国古人在长期对抗疾病中摸索出来的一套经验，从华夏开始就出现了，能追溯到神农尝百草。中医有独到的治疗方法，有几千年的临证经验。”

“中医不如西医。”魏友明说，“西医是建立在现代科技之上的一种全新体系。特别是有了显微镜之后，打开了微观世界，为西医的发展奠定了深厚基础。我们系主任讲，随着社会的进步和科技发展，西医会冲向更高的水平。

“比如青霉素的临床使用，使一些严重的传染病，如梅毒、脑膜炎、脓肿等疾病都能得到及时的救治；再比如打起仗来子弹射入人体，骨折之后接骨、包扎，急性大出血，急性猝死，重度脑血管意外开颅手术及失血性休克，等等，这些人命关天的大病都要靠西医。”

“我承认西医重要。”钟草根说，“但是你想过没有，西医离不开医院，离开那些治疗设备就好像无米之炊。而中医则不同，就是针灸或者吃中药，诊断和治疗方法都很简单，随时随地都能治病，而且治疗效果并不差。”

魏友明摇摇头说：“我们系主任带我们到一个地方实习，遇到一位肺炎患者，中医的同学想露一手，摸完脉在病人的前胸后背扎了很多针，但是取下针之后，病人的病情没有丝毫的缓解。后来学西医的同学上手，给病人打了一支青霉素，很快控制了病情。”

“你想过没有，有几个老百姓能用得起青霉素？”钟草根说，“青霉素用于溶血性链球菌感染肺炎、肺结核、百日咳、细菌性痢疾、尿路感染、白喉等细菌感染性疾病，疗效的确快；但我在野战医院的时候，一支青霉素的代价几乎等于一两黄金，只给主力部队的正连级以上干部使用，不是主力部队的干部没资格。现在多少钱一支，我没问过，但是肯定便宜不了。中医就不同了，得了病扎几针或者去山野田边拔点儿草药回来熬一熬，吃上就能把病治好。”

“最重要的是中医治病从根本上下手。比如治疗眼病，西医是点对点、位对位，看眼睛哪儿出了毛病就治疗哪里；但是中医不同，中医治眼病要想到肝脏，认为肝开窍于目，扎针一般选择肝经的太冲穴，或服用疏肝活血的中草药，是从根本上予以治疗。”

“比如我们实习的时候遇到一个病人，找西医检查说他没病。西医连患者有病都不承认，当然谈不上治疗。病人去过几家医院，都检查不出来毛病，说他是精神作用。患者觉得自己整天病恹恹的，医院不理解，于是找中医。中医通过摸脉了解到，这个病人的身体正孕育着一种大的疾病，如果不及时治疗，很可能出问题，于是赶紧通过针灸治疗，并且开了个方子进行调理，后来治愈。”

“你要承认，中草药有毒副作用。”魏友明说。

“难道西药就没有毒副作用吗？”钟草根说，“长期或过量使用非那西丁会损害肾脏，甚至导致尿毒症；但明知道非那西丁有毒副作用也得用，因为它能治病。中药也如此，按着中草药手册，全蝎、马钱子、雄黄等都有毒，但是都可以入药。中医治病有以毒攻毒的方法。”

“我不想争论。”魏友明说，“但我告诉你，你想通过中医出人头地是不可能的。还是那句话，中医已经落伍了，随着科学和技术的进步，中医迟早会被中国人淘汰。”

“中国人不会淘汰中医。”钟草根说，“中医是中国的国医，中华民族几千年绵延不绝，治病靠的是什么？还不是靠中医？我这样说并不是否定西医，我认为西医和中医都好，中国人都需要。我的意思是没必要人为地区分中医好还是西医好，一切从患者出发，只要能解除患者的病痛都是好医……”

两个人边说话边走路，下午 6 点钟轻轻松松地到达二龙镇，找个便宜的马车店住了下来。

第二天一早，两个人起床准备上路，却发现天空布满了阴云。钟草根说："好像是要下雨。"

魏友明回道："出门在外别看天，看天耽误事。趁着阴天凉快，走吧。"

两个人进屋捆背包，担心一旦下雨把行李淋湿了，于是把雨衣打在背包外面，收拾完背包吃点自带的干粮，赶紧上路。

两个人计划晚上住平庄，因此走得很快，一口气走了十多里；但是老天不作美，中途下起了雨，而且越下越大，把衣服全淋湿了。

恰好又是走山路，而且是土路，泥泞不堪，遇到低洼处要蹚水。两个人深一脚浅一脚地往前走，心里希望雨能停下来，却越下越大。到后来，大雨像瓢泼一样从天上浇下来，浇得眼睛都睁不开了。钟草根担心地说："咱们这样不行，找个地方先避避雨吧。"

"四面八方都是旷野，前不着村后不着店的，去哪儿避？只能往前走。"魏友明无奈地回道。

走到一段低洼路，魏友明正蹚水，忽然觉得右脚硌到了一个坚硬的东西，他着急一躲闪，一脚踏空了，倒在了泥水里。

"哎呀！"魏友明惊叫一声。钟草根看了一眼，赶紧上前把他扶起来。魏友明往前走了一步，说："我的右脚崴了！"

钟草根见左前方有石头地，指着那里说："先去那边坐一坐，看看你的脚吧。"

魏友明感觉走路不方便，让钟草根扶着，一瘸一拐地走到石头地坐了下来，脱下鞋检查自己的脚，感觉踝部疼得厉害，且踝关节活动受限，哀叹了一声："会不会伤到骨头啊？万一伤到了骨头必须去医院，眼下前不着村后不着店，可咋办啊？"

"我看看吧。"钟草根上前把他的脚抱到自己的怀里，摸摸这儿按按那儿，最后按着一个凸起部位问他有什么感觉。魏友明说："疼！"

"你是右脚腕脱臼了。"钟草根看着魏友明说，"按着西医的说法是踝关节脱位，内翻大约 60 度吧，没有骨折。"

“完了！”魏友明情绪低落地说，“踝关节脱位必须在X光下复位，复位后打上石膏，至少要躺6周。6周以后拆掉石膏，扶着拐锻炼走路，没有俩月，根本就恢复不了。”

“你说得太严重了。”钟草根说，“我以前在部队行军时，经常遇到有人崴脚，都是我们人工复位。现在我就给你复位，复位后针灸一下，最多一个礼拜就好。”

“唉！”魏友明叹了口气。他不相信钟草根的话，但是眼下处境没别的办法。他哭丧着脸说：“真倒霉，早知道晚走几天，等汽车了。”

钟草根知道一时无法说服魏友明，于是放下背包坐到他的对面，把他的右脚抱住捋了几下之后，伸出左手抓住他的脚脖子，右手握住脚前掌反时针用力一掰，只听“喀”的一声响，魏友明疼得“哎哟”叫了一声，钟草根说：“你的踝关节脱臼复位了。”

魏友明活动了一下脚腕子，觉得障碍解除了。钟草根继续给他按摩，边按摩边说：“踝关节虽然复位了，但是肿胀疼痛是难免的，你只能忍受。”

魏友明没说话，任凭钟草根给他按摩。这样过了一会儿，雨稀稀拉拉地像要停了，他对钟草根说：“老是待在这儿也不是个事，你扶我起来，走吧。”

钟草根把魏友明扶起来，往前走了两步，魏友明说：“不中，我右脚稍一沾地就钻心地疼，而且用不上力，你扶着我走吧。”

魏友明在钟草根的搀扶下往前走，走出几里路，见自己的脚腕子全肿了，对钟草根说：“我这个脚继续走路肯定出问题，找个地方打尖吧。”

钟草根没说什么，翻过了一道山梁，发现右侧山坳里有冒烟的地方，指着冒烟的地方说：“估计那里有人家，去那儿吧。”魏友明点点头，两个人离开路，朝冒烟的地方走去。

走着走着，看见了一个小村庄，于是二人朝村里奔去。进了村之后，发现村口有个老太太和一个年轻妇女正跪着烧纸，原来烟是烧纸冒出来的。

老太太和年轻妇女边烧纸边朝一个插有三炷香的米碗磕头，年轻女人嘴里喊着："各路神仙，求你们啦……这事不能怪孩子啊，孩子小不懂事，都是我们大人的错，求神仙救救我们的孩子吧……"

魏友明急着打尖，朝两个女人"哎哎"两声，但两个女人不理不睬。他见前面有个院子且大门敞着，便让钟草根扶着他进院。

进了院，听见屋里传出打小鼓和唱歌的声音，有几个孩子扒着窗户往屋里看。正在这时，一个中年人从屋里走出来，钟草根连忙迎上去问："你们这是什么村？"中年人回答："小三家。"钟草根说："我们是走远路的，想在你们村找个地方打尖，你能不能帮我们一下。"

"你们去别处吧。"中年人说，"这家正在请仙，顾不上你们。"他说完走向院子一角，那边有个茅楼，可能是去方便。

两个人感觉这家的确有事，于是走出院子去了别的家。

这个村也就七八户的样子。钟草根扶着魏友明挨门挨户敲门，都没人回应。正不知道咋办好，见一个背着粪筐的老汉走了过来，连忙上前打招呼。

两个人跟老汉说了打尖的事，老汉说："打尖的事我做不了主，得找我儿媳妇。她不在家，在刘寡妇家里看请仙。"

老汉还告诉他俩："刘寡妇就是村头烧纸的那家。刘寡妇有个孙子叫狗剩儿，昨天上山割草，回来的时候路过坟地，看到老马家的坟前摆着祭品就抓着吃了，回到家后全身抽搐，嘴吐白沫，晕了过去。昨晚请来周仙姑'请仙'，村里人都去看她'请仙'了，找人只能去她家。"

钟草根和魏友明都见过'请仙'，知道就是跳大神。在那个医学不发达的时代，农村人有病或者出了什么事，都是请跳大神，不足为奇。

两个人只好返回去，去“请仙”的那家。

来到“请仙”人的家里，一进屋，只见一进两开的构造。东屋门口挤着很多人，他们两个人走过去朝屋里看，见炕上有个中年妇女在众目睽睽之下，正打着小鼓摇晃着身子唱歌：

“日落西山黑了天，家家户户把门闩。

行路君子奔客栈，鸟奔山林虎归山。

鸟奔山林安身处，老虎归山得安然。

我头顶七星琉璃瓦，脚踏八棱紫金砖。

脚踩地啊头顶天，迈开大步走连环。

双足站稳靠营盘，摆上香案请神仙。

老仙要把那高山下啊，叫开狼牙三道关。

大鹏飞出十万里啊，银翅飞出万八千。

各路神仙都来到啊，来到那刘家把鬼赶……”

周仙姑身边躺着一个孩子，头发全剃了，只留下后脑勺一撮毛，脸上蒙着一张黄表纸。

钟草根和魏友明站在屋门外听了一会儿仙姑唱歌，魏友明感觉脚越来越痛，对钟草根说：“我有点坚持不住了，你扶我进屋，到炕上躺一躺吧。”

钟草根点点头，朝堵在门口的人喊了一声：“借光！”扶着魏友明不管不顾地走进屋里，取下魏友明背上的背包贴着炕墙靠好，让他半倚着背包把身子舒展开来。自己也放下背包，骈腿坐到炕沿上。

屋里人都把目光转向他俩，见他俩梳着小分头，穿的衣服不像农村人的样子，知道是外地来的。

周仙姑也把目光转向他俩，见魏友明大模大样地倚在炕上看着自己，想到跳大神是政府明令禁止的，怀疑他俩是不是来抓自己的，觉得害怕，于是赶紧把蒙在孩子脸上的黄纸揭下来说：“孩子啊，从昨晚到现在我费了很大功夫，仙人请来了，但是鬼赶不走哇。原因是你偷吃了鬼的东西，鬼成群结伙地来找你算账。我的道行浅，没办法啦！”她说完，让人把外面烧纸的两个女人叫进屋。

不一会儿，烧纸的两个女人进了屋，周仙姑下炕说：“我熬了一天一夜，就算尽到分啦。你们的孩子吃了鬼的东西，被鬼吸走了魂儿。仙人能救活人，但是救不了死人啊，孩子没救了，你们另请高明吧。”她说完朝外走去。

周仙姑走到院子里，喊了一个男人套毛驴车。套上毛驴车后，周仙姑上车坐好，男人赶着车走了，看热闹的人也散去。

进屋的两个女人，年轻的是孩子的母亲，上炕抱起孩子号啕大哭，边哭边喊：“狗剩你不能走啊……你爹走得早……我守着你过日子还觉得有个指靠。你要是走了，可让我咋活啊，呜呜……”

老太太是孩子的奶奶，也抽抽噎噎地哭喊：“什么破仙姑啊，折腾了一天一宿，孩子还是这样，分明是骗我们啊。狼心狗肺的东西，拿了我 10 块钱和 5 尺红布，折腾了半天都没管用，作孽哟！呜呜，我的命咋这苦哇……老头子走了，儿子也走了，就这么一个孙子……还巴望他续香火呢……也走了。孩子走了娘改嫁……就剩下我老天拔地的一个人，可咋活啊……”

两个女人鼻涕一把泪一把的，哭得肝肠寸断。魏友明有点忍不住了，坐起来挪到前边，对抱孩子的年轻女人说：“大嫂，我是学医的，你让我看看孩子，好吗？”

两个女人在院外已经见过他俩，知道他们是外地人，路过村里来找打尖，就没搭理他们。特别是进屋之后，年轻女人看见魏友明大模大样地仰在炕上很生气，本想说他两句：你们瞎了眼，看不出火色咋的，不知道我们家有事吗？眼下连孩子都顾不上，谁还有心思顾你们？她想撵他们走，听见魏友明说是学医的，赶紧把孩子放了下来。

魏友明从挎包里掏出怀表，看着表摸着孩子的脉搏。摸完了翻翻孩子的眼皮，并把耳朵贴近胸膛听了听，听完对年轻妇女说：“孩子还活着，当务之急是赶紧找马车送孩子去医院，晚了恐怕来不及。”

“哪有马车啊？”老太太哭喊着问，“再说百八十里的没医院，只能去叶柏寿，离这儿一百七十多里地，可咋去啊。我们不是傻子，要是能去，早就去了哇。”

“不去医院咋办？”魏友明说，“我判断孩子的病，很可能是急性腔隙性脑梗死，眼下呼吸已经停止了，只能稍稍捕捉到一点心跳。已经到了这种程度，不去医院根本没办法。”

钟草根也很着急，但是有魏友明在，他不好插手。现在听魏友明说不去医院没办法，赶紧上前瞪了两个女人一眼：“我真服你们了，有病不想法子找大夫，竟然找跳大神的！”

他边说边抓起孩子的手腕摸脉，摸了一下二话没说，赶紧把孩子抱到炕梢，解开自己的背包取出一个白布袋子，从里面掏出一个涂着黑漆的盒子，打开来有酒精棉球和银针。他把孩子的身体捋顺，先取出三棱针用酒精棉球擦了擦，给孩子放血。放完血拿起银针，一根一根地刺入了孩子的身体。

他正给孩子扎针，忽然从地上蹦来一个大花猫，走到孩子身边蹲下来，把爪子搭到孩子的身上，伸出舌头舔孩子的脸。钟草根推了它一把，它朝钟草根“喵呜”叫了两声。年轻女人抬起手，颤抖地指着钟草根说：“这个人是真大夫，狗剩有救了！”

“他那么年轻，怎么会是真大夫呢？”老太太摇摇头说。

“肯定是真大夫！”年轻女人说，“自打狗剩病了，大花猫一直守在他身边不吃东西，是仙姑来了把它赶跑了。现在回来守着狗剩，并且朝这个人叫，明显是……”

年轻女人正说着，孩子深深地呼吸两口气，睁开眼睛坐了起来，钟草根连忙喊：“躺下，躺下！”

孩子明显脱离了危险，两个女人又惊又喜。孩子母亲迫不及待地爬到孩子的跟前，激动地大喊：“狗剩，狗剩，你可活了，都要把娘吓死啦！”

魏友明也看着孩子，刚开始见钟草根给孩子扎针他很反感，心想孩子已经没了自主呼吸，不送医院必然死亡。他认为孩子救不活了，凭中医那几根破针能起死回生，绝对不可能！但是事实摆在面前，孩子真的活了，他也很高兴。他朝钟草根点点头说：“你还行，三两下就把这么重的患者给抢救了过来，真让我意外。我不明白，你这样治疗到底有啥道理呢？”

“道理很简单。”钟草根看了魏友明一眼，“你刚才说孩子得的病是腔隙性脑梗死，脑梗死这种病中医能治，所以我敢上手。”

“我摸了孩子的脉，感觉寸口沉大而滑。中医讲，沉则为实，滑则为气，实气相搏，血气入于脏即死，入于腑即愈，他是血气入腑，明显活着。”

“孩子的这种病，中医称为‘尸厥’，是以突然昏倒、不省人事为主要病征。临床的表现为患者无气，脉象极细或毫不应指，乍看似死，其实是一种假死现象。得病的原因是元气素虚，肺失治节，肝气不舒，胃失和降，因而导致了清阳不升、气机逆乱，五脏之气闭塞。”

“治疗办法就是用三棱针对他的右侧十宣、左十二井放血，宣通表里之气，然后用银针补太溪，以固先天之本；刺上星、百会、印堂、人中、上脘、中脘、下脘、足三里，使其周身之气内外畅达。通过这样治疗，很快就能让他恢复正常。”

他边说边起了针，收拾针具。孩子摸着大花猫看着钟草根，问：“你们是谁呀，叫什么名字？”

“我们俩是你大爷，我叫钟草根，他叫魏友明。”钟草根瞪着孩子，“小兔崽子，生了病跟死人似的，可把你妈和你奶奶吓坏了。赶紧下地走两步，让大人知道你的病好了。”

孩子一骨碌爬起来下地，叫着娘和奶奶。老太太和年轻女人也赶紧下地，摸着孩子开心地笑起来：“我们的孩子，没事啦。”

老太太把目光转向钟草根，盯了一会儿，激动地对年轻女人说：“芦花，你想过没有，这大夫怎么会突然来到咱们家，救活了狗剩呢！我想来想去，肯定是昨天咱们求观世音菩萨，菩萨显灵了。”她说完转身朝北屋角供奉的观世音菩萨像跪下去磕头，“大慈大悲的观世音菩萨啊，您的大恩大德我一定铭记在心，就是做牛做马也报答您的恩情啊！”

年轻女人也赶紧转过身给观世音菩萨磕头，磕完头回过头来看着钟草根，拉了老太太一把说：“娘，是大夫救了咱们的狗剩，不能忘了大夫啊！”她说完给钟草根磕头。

老太太也磕头。钟草根连忙下炕拉住两个女人喊：“你们干啥，这不是损我寿嘛！你们误会了，实话跟你们说，我们是走远道的，顺着路走，其实不路过你们村，是半路上下了大雨，所以绕道……”

“是这样，”魏友明打断钟草根，“我们是从承德过来的，去尼格杜尔旗。途中遇到了下雨，路不好走，我把脚崴了，走不了路，只好拐个弯儿来你们村，想找地方打尖……”

“还找啥地方啊，就住我们家！”老太太打断魏友明，“我们家的西屋常年闲着，你们想住多长时间就住多长时间！”她接着吩咐年轻女人，“芦花啊，你去把西屋收拾出来，让两个同志住进去，然后把那个白脖子鸡杀了，给他们整饭。”

年轻女人答应一声往外走，孩子抱上猫跟了出去。

老太太不知道从什么地方掏出一个破布包，看着钟草根说：“你救活了孩子，治病不能让你白治。我老婆子是讲仁义的，你说多少钱，我给。”

钟草根摆摆手：“给啥钱啊？救人是医者本分，我就是学这个的，顺手而已，你别当回事。”他顿了一下，“但我跟你说，你孙子元气素虚，想让他的病彻底好，必须吃几服中药，我给你开个方子吧。”他说着从白布袋子里取出纸笔开方：黄芪 30 克、升麻 30 克、北沙参

30克、荆芥穗20克、石竹20克、桔梗10克、麦冬10克；10服，水煎服。

钟草根把药方递给老太太，老太太接过去叹了口气：“唉，不瞒你说，我们这个营子谁有病都不吃药。为啥呢，因为近处没药铺，抓药得去叶柏寿，离得太远了。”

“去叶柏寿干啥？”钟草根说，“你们守着大山，山上有的是草药，自己上山去采嘛，既方便还不用花钱。”

“我听说过山上有草药。”老太太说，“但是我们不认识，就是认识也不知道咋吃。”

“这好办。”魏友明看着老太太，“让钟草根领着你们上山采药，采回来教你们咋吃。”

他接着把目光转向钟草根：“我的脚肿成这个样子，一眼看短时间没法走了，先在她家歇着吧，等脚好一点去乃林，坐汽车去赤峰。”

“你这个办法中。”老妇人朝魏友明点点头，看着钟草根，说：“你领我上山采药，让魏同志在我们家养伤，等他伤好个差不多了，我跟赶牛车的说说，送你们去乃林。”

“就这样吧。”钟草根看着老太太，“明天我带你们上山采药。记住啊，带上我开的药方，没有的药，我好及时调整……”

钟草根正说着，有几个孩子进屋了，后面跟着几个大人。原来狗剩跑出去找小伙伴玩，被大人们看见了。询问之下，得知他家来了大夫，连快死的人都救活了，肯定是神医，都过来看看，或找他看病。

来的人里头有个拄拐杖的老汉，被刚开始见到的那个中年人扶着，嗓子里发出“吼喽吼喽”的声音，并大口大口地喘气。老妇人见到他叫了一声爹，让他上炕躺下，对中年人说：“你不让爹在家待着，整到这儿干啥？”

“是爹自己要来。”中年人看着老妇人说，“狗剩去我们家里找蛋蛋玩，爹见狗剩活了，知道是外地一个大夫治的，非让我领着过来瞧瞧。”

狗剩指着钟草根说：“就是他给我治的病。”

老汉看着钟草根：“大夫，我一直憋，憋得受不了啦，求你给我看看吧。”

钟草根没说什么，让老汉把手伸过来，给他摸脉，摸完脉说：“你这个病已经十多年了，刚开始不停地咳嗽吐痰，后来一到下午就浑身发热，全身发胀；晚上睡觉躺到炕上脸朝左还能睡一会儿，朝右必然咳嗽连发，牵动胸背手足和脑袋，根本就睡不成觉，比死了还难受。夏天比冬天稍微好一点。”

“你咋说得这对啊！”老汉很激动，“好像你一直跟着我看见了一样，让你治，肯定能给我治好。”

钟草根让老汉坐起来，把上衣脱了，取出银针用酒精棉球擦过后，在老汉的背后行针。

针刚扎上，老汉就喊了起来：“哎呀，我不憋了！嘿嘿，看你年龄不大，居然有这么大的能耐。”

“你别高兴太早。”钟草根对老汉说，“你的病是老病，至少要治 3 年才能好，但我不可能在你们村待 3 年。我不走的时候，你天天过来扎针。我给你留下方子，以后靠你自己吃药。”

钟草根说着从挎包里取出纸笔，开了三个方子，一个一个地递给那个中年人交代：“这 3 个方子，第一个是：黄芪、百合、桔梗各等份，上碾子压了，用细筛子筛一下加工成面，一天吃 3 次，每次两酒盅子。药里面的黄芪是补气的，百合益气，桔梗宣发肺气，三味药合起来能治他的哮喘。这些药你们山上应该有，我明天带你们去采。这个方子从现在就开始吃，吃到寒露之后，接着吃第二个方子。”

“第二个方子从寒露之后吃到明年农历的 2 月。方子是百部、半夏各 20 克，黄芪、甘草各 15 克，白术、黄芩（酒炒）各 8 克，水煎服，一日 2 次，要反复吃，一直吃到把哮喘控制住。”

“第三个方子是紫苏子、白芥子、莱菔子各 15 克，微炒，也是上碾子压成面过细筛，一天 3 次，每次吃 3 酒盅。这个方子叫‘三子养亲汤’，方中白芥子除痰，紫苏子行气，莱菔子消食并行气，是春夏吃的方子，避免春夏喘咳。”

“以上开的方子，是一年的药。除了吃药还要按摩，按摩的穴位是我扎针的这些地方，另外加鱼际。鱼际在大拇指后内侧的这个位置，方法是用大拇指的指端在穴位上用力往下按压，并且左右按揉，一直揉到他感觉酸胀为止……”

钟草根给老汉扎针并开了药，老汉让中年人给钱，钟草根说：“不要！”来的人见钟草根会摸脉并且看病不要钱，都让他看病。

村子里交通闭塞，见不到医生，如今来了医生且看病不要钱，哪有这样的好事，于是很快传遍了全村，家家都来找钟草根看病。钟草根来者不拒，都为其摸了脉，有的扎针治疗，有的开了方子，没病的人说几句注意事项，大家都欢欢喜喜地走了。

晚上吃过饭，魏友明对钟草根说：“医院去不了，我的脚就交给你了，你看咋整就咋整吧。”钟草根哈哈笑了一下说：“你只不过是单纯性的踝关节扭伤，没大事，晚上我给你扎针并按摩，明天上山采点草药给你敷上，最多三天就能好。”

第二章 中西之分

第二天一早，钟草根听见院子里闹哄哄的，起炕走出去一看，男女老少来了一大帮人，都拿着大筐或篓子，准备和他一起上山采药。

钟草根哈哈一笑，赶紧吃了饭，跟芦花要了个大筐，和大家一起上了山。

钟草根在山上找到了很多药材，什么黄芪、黄芩、柴胡、知母、紫菀、白芷、北沙参、远志、防风、关木通、甘草、野苏子等应有尽有。他边采药边跟大家讲解，所采的药叫什么名字，怎么加工。大家听了高兴地说："没想到平时当柴火烧的烂草居然是药材，真长了见识。"

钟草根给魏友明采了一些药，有的煎服，有的捣成膏药为他敷上，三天后果然消了肿。魏友明高兴地说："这么快就好了，说明我的脚真的问题不大。"

又过了两天，魏友明能走路了，想去乃林。恰好村里有牛车去乃林供销社买火柴、食盐、面碱等日用品，通过老妇人联系，牛车主人同意钟草根和魏友明坐他的车。

出发的那天，赶牛车的老板主动把钟草根和魏友明的背包放到车上，让他俩坐到最好的位置，并且垫上干草。坐好后，老板朝老牛喊了一声"哦"，老牛当即走了起来。

老牛拉着车，沿着蜿蜒的山路咯咯吱吱地往前走，牛脖子上的铃铛随着老牛的行走发出"叮叮当当"的声响，激发了钟草根的情绪。

他又想起了作诗："我一路走来，啊……啊……啊……"

"你拉倒吧！"魏友明见钟草根光啊啊没有下文，笑着说，"作诗要有文才，你根本不是那个料。"

两个人来到乃林，恰好遇到了去赤峰的班车。乘车来到赤峰后，起早贪黑地往尼格杜尔赶路，终于到了目的地。

到了旗里，两个人去旗劳动局报到。走进劳动局，见一个门口挂着"局长"的牌子，便敲门走了进去。

走进办公室，见一个四十多岁的中年人正坐在办公桌前看报纸。两个人礼貌地给他敬了个礼问："您是局长吗？"

"我姓王。"坐在办公桌前的人放下报纸，点着头说。

"我们是联系工作的，有介绍信。"魏友明说完，从挎包里取出大信封和介绍信递上去，钟草根也递了上去。

王局长看了介绍信，并拆开每个人的大信封看了看，见是档案资料，指着对面一个长条凳子说："坐！"并且把他办公桌上的烟笸箩往前推了一下，"想抽烟，自己卷。"

钟草根和魏友明都表示不抽烟，坐下来看着王局长。王局长自己卷了一根烟叼在嘴里，划根火柴点着抽了一口说："根据上级指示，你们这批大学毕业生在分配工作之前，都先充实土改工作队。等把土改搞完了之后，再行分配。"

"土改是怎么回事？"钟草根问。王局长回答："土改就是土地改革，就是把没收地主的土地分配给无地或少地的农民，将封建半封建的土地所有制改变为农民土地所有制。"

"根据《中华人民共和国土地改革法》，党、政、军机关抽调大批人员组成工作队，深入农牧区发动群众，建立农牧民协会开展工作。根据上级指示，你们这批大学生都先到工作队。"

"土改的时间长吗？"钟草根问。"不知道。"王局长摇摇头说，"土改完了，由组织部对你们进行分配。"

王局长跟两个人说起了闲话。钟草根说："刚去学校念书的时候，领导说学习完了还回部队。没想到学校归了地方，回不去了，由地方安排。"

王局长点点头，看着钟草根问：“听你口音不是本地的，你是哪里人？”

“河北省平谷县。”钟草根回答。

王局长“哦”了一声，点点头，把目光转向魏友明，“你的口音是本地人，哪儿的家？”“刀螂营子，”魏友明说，“离旗里不远，五里地。”“刀螂营子有个刘守信，你认识吗？”王局长问。“认识，听我嫂子说，跟她沾亲。”魏友明回答。

“哦。”王局长点点头，拿起蘸水笔蘸了一下墨水，在他俩的介绍信上分别作了批注，让他俩稍等，自己走了出去。

过了一会儿，王局长拿着他俩的介绍信走回来，说：“经请示领导，分配你俩到土改大队第二队工作。”他说完站在门口喊了一声，从侧屋走来一个人。王局长把两封介绍信交给那个人，让他领着两个人到第二大队报到。

他俩来到第二大队报了到，队长派人领着他俩去住的地方放下背包。魏友明掏出怀表看了看时间，离中午吃饭还有点时间，说去一趟组织部，把组织介绍信交上去。钟草根没说什么，他不是党员，不必去组织部。

魏友明回来，正好工作队食堂开饭。他吃了饭跟队长请假说回家看看，队长准假。钟草根也想去魏友明家里看看，魏友明让他问队长，队长同意了。

魏友明回家路过街里，给父母买了两瓶酒和两斤饼干。钟草根也买了一点东西，提上往他家里走。

两个人边走边说话，魏友明说：“小三家的那个孩子要不是遇到你，必死无疑，但是话说回来，如果这种病发生在城里，医院不费事就能救过来他。说来说去，是咱们农村的医疗条件太差。”

“你说得对。”钟草根说，“孩子的病如果在医院，很快就能治好。”

魏友明说：“西医在诊断和治疗疾病方面，借助先进的医疗仪器设备，准确性很高。我们系主任讲，目前西医正逐渐从微生物向分子生物学方向发展，据外国报道，已知很多病毒的形状和生长过程；但是反观中医，虽然也能治疗某些疾病，却不能从科学方面加以认识，基本上还停留在不知所云的状态。”

“中医并非不知所云。”钟草根说，“华佗给曹操治病，说他脑子里长了一个瘤。华佗那个时代没有医疗设备，是他通过摸脉摸出来的。你别小看中医这几根手指头，里面有大学问，隔着人体就能摸出身体内部发生了什么病变，在诊断方面并不比医疗器具差。”

魏友明不置可否，换了个话题：“你扎针手法娴熟，我所见过的中医同学都不如你。你跟谁学的呢？”

“主要是自学。”钟草根说，“我家里有很多医书，从十几岁就看。听老辈人讲，祖上有人给皇帝当过御医，是真是假我没考查过，但是光看书不行，还需要实践。因为中医的经验性和个性化很强，有人能通过看书就跨入中医门槛；但是入门易，精通很难。我深知这一点，所以拜承德知名的老中医蒋一丹为师，跟他学习实际操作。蒋老中医很看重我，亲口给我传授了很多东西，我跟他学了三年。”

“学校管理很严，你去校外就不怕领导发现吗？”魏友明问。

钟草根说：“学校发现了，班主任屡屡警告我，但我照样去，班主任只好睁一只眼闭一只眼。但后来我入党，因为经常接触蒋一丹，被支部书记一票否决。他找我谈话，说蒋一丹是清朝秀才，我跟他学医是缺乏阶级斗争这根弦……”

两个人说着话，不知不觉来到一个村庄，魏友明说，“这就是我们营子。”

走进村里，魏友明见一个背着粪筐子的老头往村外走，上前端详一下喊了一声：“二爷！”

背粪筐子老头停下来打量魏友明，捋了一把胡子嗨嗨两声：“这不是二牛嘛，你咋回来啦？哈哈，二牛还活着，还活着啊！去年腊月公家来人，给刘三家里送去了一包骨头渣子，说刘三的大小子光荣了。你娘听了吓得直哆嗦，生怕你……”

“我爹身体好吗？”魏友明打断二爷的话问。

“你爹，唉——”背粪筐子老头叹口气，用粪叉子捅捅地，摇摇头，把目光转向钟草根，“你是干啥的？”

“我是魏友明的同学。”钟草根说。

“那就快回去吧，你娘在家。”背粪筐子老头朝魏友明说完这一句，拐个弯走了。

魏友明带着喜悦，高高兴兴地快步往前走，走到一个用干树枝子围起来的院子跟前推开门，大声地喊着“爹、娘”走了进去。“二牛？二牛——”随着颤抖的叫喊声，一个白发苍苍的老太太跟头把式地从屋子里冲出来，冲到魏友明跟前大骂：“你这个王八羔子，还真的是你呀！臭小子，你整天让我担心啊，呜呜……”她拉了一把魏友明，放声哭了起来。

“娘，娘！”魏友明抱住母亲哭喊，钟草根在一边跟着落泪。

魏友明的母亲止住哭泣，擦把泪问钟草根：“你是谁？”

“他是我同学。”魏友明回答一句，招呼钟草根进屋。

钟草根进家，见屋里一进两开。走进东屋见一铺土炕，炕上铺着脏得发黑的旧草席，炕头堆着一床补丁摞补丁的土被子、几件棉衣和两个枕头。地上放着一副木犁杖，墙旮旯放着一个掉了沿子的破瓦盆。

“这是我给爹娘买的。”魏友明说完，把手里提的东西放到炕上，钟草根也把自己买的东西放下。

“我爹干活去啦？”魏友明问。

“你爹不在了！”魏友明母亲摸着魏友明和钟草根买的东西，流着泪说，“你爹没福哇，吃不上儿子买的东西了。”

“呜呜……”魏友明捂着脸哭了起来，“我爹那么皮实，怎么就走了呢？不应该啊。”

“他病死的，唉！”魏友明母亲叹口气，然后招呼钟草根和儿子上炕坐，自己也坐到炕上，继续说，“是今年春天才走的。今年二月二那天早上，你爹说他肚子疼，开始是右肋巴扇子下面，接着大腿腋子上面那儿跳着疼，后来心口窝扎扎约约地疼，肚脐周遭也疼，再后来整个肚子都疼。疼了一宿忍着没说，到了天亮才跟我说。”

钟草根看了魏友明一眼，说：“从症状上看，像是急性阑尾炎。”

魏友明摇摇头：“急性阑尾炎除非延误治疗引发并发症，否则绝对不会死人！”

“我不知道啥病。”魏友明母亲看了儿子一眼，“刚好家里有半壶小烧，是过年的时候你哥给我的，我没舍得喝，赶紧找出来让你爹喝。我寻思，兴许是他肚子着凉了，喝点酒就好了，你爹也觉着是，就喝了酒。”

“娘，你这不是瞎整嘛！”魏友明生气地说，“咱家离旗没几步路，干啥不赶紧送医院呢？”

“你啥都不知道！”魏友明母亲瞪了儿子一眼，“你爹病着走不了道，咋去？可咱们营子就老王头家里有一挂破牛车，轱辘还坏了。再说去医院看病得掏钱啊，上哪儿整钱去？”

魏友明不再说什么，他母亲接着说：“你爹喝了半壶小烧，眯瞪了一会，也就一袋烟工夫吧，醒了，说肚子疼得更厉害了。我一看没缓过来，赶紧找你大哥合计。你大哥说，找大夫看吧！你大哥就带了二升小米，赶忙去瓦片营子请黄大夫。”

“你大哥到了黄大夫家，看见门锁着，就等。左等右等，等到晌午了都没见人影。他一看没辙了，赶紧往回跑。到家里一看，你爹的肚子鼓起来了，人也晕了。他赶紧跟人借了点钱，找人卸下来门板用绳子拴住，把你爹放上去，连夜往旗里抬，想去医院看。”

“你说这黑灯瞎火的，路上沟沟坎坎，咋走呢？一路上把你爹摔下来好几回。好不容易才抬到医院，让大夫看，说人早都死了，已经凉了哇！”她说着哭了起来。

“我爹遭罪了哇，呜……”魏友明捂住脸大哭，“他才49岁就走了哇……活着为一家人操碎了心……自己舍不得吃穿，还攒钱送我念私塾。如今我有了出息，想孝敬他……他却走了，连见一面的机会都不给我啊……爹，都是儿子不好，是儿子不孝，对不起爹啊，呜呜……”魏友明正哭着，打外面进来一个梳着髻儿，挎着大筐的妇女，进屋看了魏友明和钟草根一眼，对老太太说：“娘！我们正拾掇地，二爷去了，说老二回来了，还带着一个同志。他大哥说剩下的活不多了，让我先回来做饭。那点小米子不够吃，我挑了点嫩棒子，先煮上。”她边说边把装玉米棒子的大筐颠了一下，让婆婆看。

“嫂子！”魏友明止住哭泣，喊了一声那个妇女，“我们俩是吃过中午饭来的，别着急做。”

“去外头，先把棒子扒了。”魏友明母亲让儿媳去院子里扒棒子。

魏友明嫂子走出屋，老太太压低声音说：“你爹原来没病，都是想大宝想的，坐下的病根儿。”

“大宝是谁？”魏友明问。

“你大哥的孩子，去年夏天死了。”老太太说。

“咋死的？”魏友明问。

“都怪你嫂子！”魏友明母亲瞅了一眼窗外，对着魏友明耳朵低声说了一句，接着说：“去年夏天挂锄，你嫂子抱着大宝回娘家住了几天。从娘家回来的后晌，我见孩子的小脸发青，老是哭，还咳嗽。我摸了一下孩子的小脑瓜有点儿热，心想可能冻着了，就让你嫂子赶紧去南头请姚婆子。你嫂子带上一升棒子就去了。”

“请她干啥？”魏友明看了钟草根一眼，“姚婆子是跳大神的，不请她请谁？咱们营子谁家生病长灾，都请她。”魏友明母亲顿了一下说，“姚婆子请来了，点上一炷香，跪到地上哆嗦了一阵子，站起来问你嫂子：你路过刘家坟，是不是看见平地起了一个旋风？”

“你嫂子说没太注意，说好像有旋风，又好像没有。”

“‘唉，完啦！’姚婆子一跺脚说，大宝的胸脯子让刘二那个赖鬼舔了一下，刚好舔到了肺尖上。最麻烦的是那个赖鬼还跟着大宝。”“刘二赖是前几年病死的。你嫂子一听孩子跟上鬼了，吓坏了，赶紧让姚婆子给看。姚婆子当下跳了起来，好一会儿后，说把鬼赶跑了，掏出来一包香灰让给孩子灌下去。”

“你嫂子给孩子灌了香灰，当时看着好像管用。但是睡了一阵儿又吐又泻，还使劲地喘，小脸白白的。”

“孩子几岁？”魏友明问母亲。

“要是活着，今年四岁。”魏友明母亲回答。

“孩子头两天就咳嗽，嗓子‘吼喽、吼喽’地响。”魏友明说完问母亲，“头两天孩子的脑门就热，肚子就发胀，对不？”

“你是咋知道的？”魏友明嫂子一步跨进屋，大声地问魏友明，“你说的都对，难道你成了仙？”

魏友明朝嫂子摆摆手：“我问你，孩子喘气的时候，是不是胸脯子上头、肩膀子下头，包括肋条都一瘪一瘪的？”

“是呀。”魏友明嫂子用力地点点头。

“死前是不是手脚冰凉、全身抽搐？”魏友明接着问。

“你越说越对！”魏友明嫂子瞪起眼，“你不在家，就知道孩子啥样，一定是得道成仙了！”

“唉，”魏友明叹口气看着钟草根，“孩子是急性肺炎，我实习的时候多次接触这类患者。治疗办法很简单，就是用抗生素抗感染，控制住就没事了，绝不至于死人。”

钟草根点点头看着魏友明的嫂子：“你糊涂哇，为啥不找大夫呢？”

“找了，人家嫌给的东西少，不来！”魏友明的嫂子流着泪尖叫一声，走了出去。

“唉，”魏友明母亲叹口气说，“那天赶巧大宝他爷爷、他爹和他姑姑都上了山，傍黑儿才回来。大宝他爹进屋一看孩子病了，赶紧带上二升小米，连夜去瓦片营子请黄大夫，他爷爷也跟着去了。”

“爷俩到了黄大夫家，人家都睡下了，硬是把人家叫了起来。人家看了看小米嫌少，说他眼神不济，黑灯瞎火地走不了道，不来。”

“爷俩一看请不动人家，赶紧给人家跪下央求人家，说了一大筐子好话，人家还是不来。最后留下一升米，给了一棒子什么液，让拿回家里，自己给孩子灌上。”

“爷俩拿上药回到家里，已经是后半夜了。再看大宝……”魏友明母亲哭着说不下去了。

“唉，我说吧！”魏友明嫂子进屋叹口气说，“两个人回来，见孩子翻白眼，明知道孩子不中了，还非要给孩子灌药。孩子的牙咬得紧紧的，灌不进去，他爹就用手指头把孩子的牙抠开，用劲灌。药是灌进去了，但是又都流出来了。他爹一看孩子不中了，就晕过去了。我不相信大宝会死，使劲地喊孩子，一直喊到天亮，但是——”

“但是也没喊过来。”魏友明母亲接过话，“大宝他爷爷一看孙子不中了，一句话不说地走了。我怕他想不开啊，就让闺女跟着他，跟到北大沟硬把他拽了回来。唉，大宝那孩子可稀罕人了，就这么死了，谁能受得了？我心里更难受哇！”

“前院有个孩子叫小贵，是跟大宝一前一后生的，人家都能进进出出玩耍了。你爹看见小贵就想起大宝，偷偷地流泪。你大哥两口子更别说了，明着哭怕你爹和我伤心，眼泪往肚子里咽啊……”

“别说了！”魏友明流着泪止住母亲，对钟草根说，“我实在受不了！这就是咱们农村，咱们农民看病真难啊！”

魏友明嫂子看了魏友明一眼：“咱们庄户人干活多累都不怕，就怕有病，不管有钱还是没钱，都怕。刘家窝铺的孙四还是东家呢，家里头地多，雇了好几个帮工的，前年夏天觉着咽东西不得劲，舍不得花钱瞧，就硬扛着。后来连喝水都费劲了，才去医院看病。大夫说不好治了，他大儿子说不好治也得治，就卖地、卖粮食给他爹治病。治了俩多月都没治好，人死了不说，家也穷了下来。”

“家家都这样！”魏友明母亲看着儿子说，“一年三百六十五天，都是早起晚归地干活。大人有病都是扛着，扛不过去死就死了。东头王老二夏天锄地，干得正起劲，突然上不来气，倒下死了。还有曹大疤瘌，早上吃完饭拿上锄头，刚走出院子，跌了个跟头死了。”

“王宝臣你知道，整天胃胀，拖了好多年都没去看。去年夏天吃着饭，一口饭没咽下去，含在嘴里翻了白眼，放了一天就埋了，才活了四十好几。”

“杜老二你也知道，心口疼，吃啥吐啥。后来倒在床上实在干不了活，他儿子才咬着牙请来黄大夫，打了几支哌替啶。后来没钱了，央求人家再给打两针，人家没理他，把杜老二活活地疼死了。王柳跟你同岁，脑瓜仁儿疼了好几年。他妈死得早，他爹明知道孩子有病也不给看，还不让他歇着，割地绊了一跤，仰到那儿死了。自打你走了以后，咱们营子死了不少人，都没当回事。人们说死活由阎王爷管着，自己不能做主，死了该着。”

魏友明嫂子接过话：“花子跟你同岁，正找婆家那年不知道得了啥病，身子像筛糠一样哆嗦，手也哆嗦。请来姚婆子看，姚婆子跟她一样哆嗦，哆嗦了好一阵子跌倒在地上，爬起来说花子得罪了狐狸精，她跟狐狸精斗法没斗过人家，让她另请高人。后来花子哆嗦得更厉害了，吃饭拿不住碗。有一次把碗打了，人也死了。”

魏友明母亲看着儿子：“你爹活着的时候，跟你哥整天干活，日子过得虽然不算宽裕，但是吃饱没问题，日子也就算中。你爹死了，少了个劳动力，你哥整天操劳，也只能勉强吃口饭。”

“咱们家有二亩半地，一头驴，一副犁杖。孩子大人都有棉袄棉裤，夏天有一身单衣，虽然补丁多，但能将就穿。吃的不够，挖点野菜勉强能过得去。我一直想，靠你哥一个人快扛不住了，要是你回来娶个媳妇，家里多两口人，我估摸着……”

魏友明母亲正说着，外面传来女人的尖叫声：“人都出来，卸驮子！”

“上山的人回来了。”魏友明嫂子朝窗外看了一眼，连忙走出去。其他人跟着下炕走了出去。

走出屋外，见魏友明的妹子后背背着一大捆草，左手提着一个罐子，右手牵着毛驴站在院子当中，毛驴驮着两大筐棒子。

魏友明和钟草根连忙过去牵毛驴卸驮子。正卸着，魏友明的哥哥魏友亮挑着一大捆棒子秸进了院，魏友明上前喊了一声：“哥！”

“回来啦？”魏友亮看了弟弟一眼，撂下挑子，戳住扁担伸伸腰，拍拍胸，摸着腮帮子“斯哈”一声，撂下扁担朝屋里走去。

魏友亮进屋走到水缸前，拿起水瓢从缸里舀起一瓢水，猛喝了几口，见缸里的水不多了，放下瓢拿扁担勾住水桶要去挑水。魏友明见了，连忙上前抢过扁担：“哥你歇着，我去。”他说着挑起水桶，走出了院子。

魏友亮让他妹子把毛驴牵进圈里，添上草，走到钟草根跟前，客气地打了声招呼，让他进西屋。

钟草根走进西屋，见比东屋干净一些。魏友亮把他让到炕上，拿过来烟笸箩和烟袋，装上旱烟朝他递过去，“抽一锅子？”“我不抽烟。”钟草根摆摆手，“你甭把我当客。你弟弟跟我是同学，他叫你哥，我也叫你哥吧。”

魏友亮点点头，打着火镰点上烟抽了一口，看着钟草根说：“你说话有口音，有的话我能听懂，有的整不明白。你说我弟弟跟你是同学，‘同学’这个字眼是读书人叫的，我弟弟不是当兵吗，咋成了你的同学呢？”

“是同学。”钟草根解释说，“我们俩在一个学校，一起念医科大学，学治病。他学西医，我学的是中医。”

“什么？”魏友亮瞪圆眼睛，“你说友明跟你一起学治病，是真的？”

魏友明的妹妹一步跨进屋里，站到钟草根跟前：“我哥学治病，是真的吗？”魏友明母亲和他嫂子也走进屋里，看着钟草根。

“我骗你们干啥！”钟草根说，“我俩同年调到野战医院，同年念医科大学，毕业后同时分配到尼格杜尔旗。”

“嘿嘿，”魏友亮摇着头笑了一下，朝家人挤挤眼，“老二当兵从家里走，全村人都知道，但是他念什么大学，学什么治病，说死我都不相信。他的话纯粹是扯犊子瞎胡哨！你们听他说话别在屋里，得去外面的房巴上。”“你不信，我信！”魏友明的嫂子看着丈夫，“刚才唠嗑，老二说咱们大宝得病的时候咋样咋样，说得可准了。我原来怀疑他得道成仙了，现在才明白，他学会了医病……”

正说着话，魏友明挑水回来了，他妹妹一步跨出屋外：“二哥，那个人说跟你同学，你们俩一起学医。”

魏友明没搭话，把水倒进缸里，走进屋里看着哥哥：“井离家太远了，吃水真困难。等我有了钱，首先给营子打一口井。”

“别说那些不着边的！”魏友亮打断魏友明，“你会看病？”

“咋，你病啦？”魏友明看着哥哥。

魏友亮没吱声，他媳妇眨了眨眼：“你哥从前儿个……”

“你干啥，少多管闲事！”魏友亮喊了媳妇一句，把枕头拿过来放到炕沿上，把胳膊搭上去，“来，你试试，看我是啥病。”

魏友明心里清楚，农村人有一种老观念，认为当医生的必须会把脉，不会把脉就是假医生。他看着哥哥笑了一下：“嘿嘿，你这是考我。我以前听过中医课，但这耳朵听那耳朵冒了。我学的是西医，西医不把脉。”

他看了钟草根一眼：“你给我哥看看吧。”

钟草根点点头，正要给魏友亮摸脉，魏友亮“嗖”地一下把手缩了回去，瞪着魏友明：“我不用他，就用你。”

“嘿嘿，”魏友明笑着摇摇头，伸出手给哥哥把脉，看着钟草根说：“农村人就信这个，没办法。”

魏友明为哥哥把完脉，说：“你没大病，就是牙疼，腮帮子连着脑袋一起疼。”

“嘿，你说得太对了！”魏友亮使劲拍了一下大腿，呜呜哭了起来，“老二，你咋不早回来呀，啊？如果你在家，咱爹和大宝都死不了哇！”

全家人都哭了起来。钟草根见他们哭得凄惨，也淌下了眼泪。

魏友明母亲止住哭泣，瞪着魏友明：“你个王八犊子还挺邪乎的啊。你哥真是牙疼，疼得没着没落的，但是没钱看。再说活计忙也顾不上，只能忍着。”

“晚上疼得最厉害。”魏友亮媳妇说，“整晚上都疼，疼得嗷嗷叫，大晚上的一号就一整夜，号得我整宿都睡不好。”

“现在还疼吗？”钟草根，问魏友亮。“疼！”魏友亮看了钟草根一眼，“疼得嘶哈的。”

“我给你治治吧，”钟草根看着魏友亮媳妇，“你给我找两根做活针，要长一点的。”

魏友亮看着钟草根，翻了个白眼。他没听说过治病要用做针线活的针的，有点不相信。魏友明说：“你让他治吧，他是学中医的，中医治病靠扎针。”

钟草根温和地对魏友亮说：“你别怕，用做活针和用银针一样，只要扎对了穴位，是不会疼的。”魏友亮让媳妇拿针。媳妇拿来一包针递给钟草根。钟草根从中取出两根，让魏友亮坐到炕沿上，闭住嘴。他用火镰打火点着火绒把针烧了一下，用手指按了按他的左耳前方，确定一下位置，没等魏友亮反应过来，针已经扎了进去。接着，在右边对称的部位也扎了一针。屋里的人看着钟草根行针，都觉得神秘。魏友明母亲不放心地问：“会不会扎坏了哇？”

“扎不坏。”钟草根解释说，“行针的这两个穴位叫‘下关’。

下关治牙疼很灵，并且能缓解面神经麻痹痛和三叉神经痛。取穴方法是闭上嘴，把食指和中指并拢，贴在耳垂前方，中指肚儿下面的这个凹陷处便是。”

钟草根捻了几下针，把针拔出来问魏友亮：“怎么样？牙还疼不疼？”

魏友亮使劲张了张嘴，笑起来：“还真管用，不疼了！”

“真不疼了？”魏友亮媳妇问丈夫。

“骗你干什么，一点都不疼了！”魏友亮朝媳妇说完，看着钟草根，“你这人真厉害，我想都不敢想，这么快就能治好我的牙疼。”

“牙疼是小病，算不了什么。”钟草根把针还给魏友亮媳妇，对她说，“我教你个办法，他再牙疼的时候，由你给他治。看仔细啊，你让他把嘴张开，这个部位会鼓起来，闭上嘴就凹了下去。用中指肚儿抠住他的这两个部位正转，这样……”

魏友亮媳妇睁大眼睛看着钟草根，“嘿嘿”一笑，贴着魏友明妹妹耳边说了一句悄悄话。魏友明妹妹朝魏友明挤挤眼：“我嫂子说，你这个同学是实在人。”

魏友亮问魏友明：“你这个同学多大了？”

“跟我同岁，生日比我大俩月。”魏友明说。

“说人了吗？”魏友亮是问钟草根结婚了没有。

“人家当兵之前就结婚了。”魏友明看着钟草根，问：“你儿子几岁了？”

“4，”钟草根伸出手指头比画了一下说，“4 岁了。”

“我给你提个醒啊，”魏友明看着钟草根，“我哥哥孩子的事，你要吸取教训。因为你也是农村家，孩子一旦生病长灾的，你不在家里，单靠女人不中。反正有了落脚的地方，要赶紧把老婆孩子接过来。”

“也是。”钟草根点点头。

“有了落脚地方，落在哪儿啦？”魏友亮问钟草根。

“旗里，”钟草根指着魏友明，“我俩一样，都在旗农村工作队。”

“你说啥？”魏友明母亲瞪着儿子，“你也上旗里啦？”

魏友明点点头，“一会儿就得回去，明天早晨上班。”

“上班就住在旗里吧？”魏友明嫂子问。

“吃住都在旗里，已经安排好了。”魏友明说。

“嗨嗨，你这个瘪犊子，臭瘪犊子！”魏友明母亲眯着眼瞪着魏友明，“真没想到，你吃了官饭。你咋不早说呢？我今天一天净发愁了，寻思着，这老小回来了，多了一口人，粮食不够吃咋办？被子不够盖咋办？可愁死我啦！中，中，啥都中了！他爹啊，你听见了没有？你老儿子吃官饭，去了旗里，你在土里也该安心了……”

“娘！你别磨叽了中不？”魏友明妹子打断母亲，问魏友明，“你在工作队干什么？”

“搞土改，暂时不给正式工作，以后干啥说不上。”魏友明说。

“哥，你应该去医院当大夫。”魏友明妹妹说。

“让干啥就得干啥吧，一切听从组织安排。”魏友明说。

“我想起一个事，”魏友亮看着媳妇，“听刘守信说，他娘们儿的一个什么亲戚在劳动局，你知道吗？”

“知道，姓王。”魏友亮媳妇说，“是我婶子的表哥，叫啥记不住了，听说是劳动局的局长。”

魏友明看着嫂子，“王局长问过我，认不认识刘守信。”

魏友亮看着弟弟，“刘守信有个闺女叫春萍，十九了还没找婆家。她家是上中农，想找个门当户对的。”

“那丫头长得还中，”魏友亮媳妇说，“干活挺利索的，缺点是针线活不咋样。”

魏友亮看着弟弟，“我觉得春萍配得上你。要是你有意思，让你嫂子去提一提？”

“以后再说吧。”魏友明说。

第三章 妻儿团聚

钟草根上班一段时间感觉工作稳定了，给媳妇金茹写信，让她带着孩子来尼格杜尔旗。

他很快接到了父亲来信，说一个女人带着孩子出远门，家里不放心。来年春暖花开，亲自把他的老婆孩子送过去。

1950 年 9 月的一天，钟草根正开会，传达室老杨走进来叫他，说外面有人找。

他走到外面，见父亲背着个大包袱，金茹领着儿子来了，钟草根叫一声“爸”赶紧走了过去。

钟草根父亲答应一声，没说什么。钟草根跟金茹打过招呼后，看着儿子笑起来：“小子，我当兵走的时候还没有你，现在长这么大了。来，让爸稀罕、稀罕！”

钟草根蹲下，把孩子搂过去贴贴脸。金茹招呼孩子：“钟声，叫爸！”

“爸！”孩子眨着眼睛叫了一声。

“哎！”钟草根答应一声站起来说，“你们等一下，我去请个假。”

钟草根请假出来，伸手接过父亲背上的包袱问：“你们吃饭了吗？”钟草根父亲说“没有”。

“那就先吃饭，吃完饭回家。”钟草根说。

钟草根领着家人去街上吃了饭，吃完回家。

钟草根租了个房，走到门口推开大门，一条大黑狗汪汪地叫着跑了过来。房东女主人连忙过去看狗，让钟草根的家人进院。

房东的房子一进两开，把西屋租给了钟草根。钟草根提前收拾好了，炕上铺上了新席子，做了两床被及褥子，并给孩子做了一床小被，置办了简单的生活用品。

房东跟着钟草根家人进了西屋。钟草根把父亲、妻子和儿子介绍给她，她看着钟草根父亲说："我说大哥，你真有福啊，儿子当了干部，还说了个这么俊俏的小媳妇。啧啧！你看人家，脸白白的，长得真秀气。人家的脚也秀气，不像我这黑不溜秋的大脚片子。"

金茹笑了笑，拍了一下孩子指着房东："钟声，说奶奶好！"

"奶奶好！"孩子看着房东说了一句。

"好，好！"房东拍了一下孩子的小脑瓜，"这小兔羔子也鬼道，不像我们家那几个臭犊子，虎头虎脑的，三棒子都擂不出一个屁来。"

钟草根父亲脱鞋上炕，从兜里掏出烟袋和烟，装了一锅子烟点上抽了一口，问房东："你当家的呢？"

"放毛驴子去啦！"房东骈腿儿坐到炕沿上说，"刚下了个小驴驹儿，每天都得放。"

"几个孩子？"钟草根父亲接着问。

"七个。"房东说，"都是臭丫头，大、二出门子了，剩下五个小的干活的干活，玩的玩，都不在家。我的命真不好，生一个丫头，又生一个还是丫头。"

钟草根父亲光抽烟不说话，房东觉得没趣，说了声"你们歇着，我还有活儿"，说完下地走了出去。

金茹把包袱拿过来，解开后整理东西。钟草根上炕跟父亲说话："原来想当完兵回家，没想到上大学，毕业后分到了北口外。"

"来就来了。"钟草根父亲说，"到北口外没什么不好，要知道人生在世，不可能事事都像你想的那样如意。就拿你房东来说，她想要个男孩，可是偏偏生的都是丫头。有些事情由不得你。”

钟草根父亲怕影响儿子工作，只待一天就走了。两个月后，钟草根调到夏家洼子乡，把家也搬了过去。

1952 年 7 月尼格杜尔“土改”结束，工作队撤销，重新分配工作。分配结果，魏友明进了医院，钟草根去医药公司。钟草根没分到医院有点出乎意料，赶紧去找组织部。组织部一位副部长跟他谈话说：“医院工作人员是按病床编制的，现已经超编，没办法安排你。”

“没办法安排我，为啥安排魏友明呢？”钟草根有点生气，“我俩在一个学校念书，同样是医学院毕业，他能进医院，为啥不让我进？明显是一碗水不能端平嘛！”

“人员安排根据实际需要。”组织部副部长说，“魏友明学的是西医临床，眼下医院就缺少这方面人才，但是不缺中医。医院里很多人都是中医出身，光四十岁以上的老中医就有八个，这些人随便拉出来一个，都比你资格老。而且找中医看病的人少，中医大夫大多闲来无事，你去干啥？”

“我是医科大学毕业，有文凭。”钟草根说。

“文凭算什么？”组织部副部长说，“有文凭不代表有真才实学，不代表有经验。实在讲，你才二十多岁，论资排辈没人看得起你。有文凭，也轮不到你给病人看病。”

钟草根说：“我熟知中医医理，并且拜过名师。”

组织部副部长看着钟草根，摇摇头：“我实话跟你说，咱们这个旗七分农业，三分牧业，没有工业，很多需要就业的人都安排不了。考虑到你念过大学，并且有省里介绍信，所以给你安排了工作，你应该满足，不应该有不切实际的想法。”

钟草根说：“我学医就是为了治病。学医的人不让进医院治病，岂不是白学了？”

“那你说咋办？”组织部副部长瞪着钟草根，“旗里只有这么一所医院，人安排满了，没办法安排你。”

“难道一点希望都没有吗？”钟草根不甘心，追问一句。

副部长正在抽烟，狠吸一口把烟蒂扔到地上，用脚搓一下，嗓音压得很低，但语调却十分严肃：“我该说的说了，难道你还没听懂？实话告诉你，医药公司这个位置也有很多人等着呢，如果你不去，我另外安排人，你自己找单位。”

“唉！”钟草根摇摇头，由衷地感叹一声：来的时候满怀激情，渴望进医院施展才华，没想到现实与理想不相符。他知道胳膊拗不过大腿，进医院不可能了，只好答应去医药公司。

医药公司的主营业务是中草药统购统销，公司下设若干个收购站。钟草根到医药公司报到后，分配到连山营子收购站。

连山营子离旗一百多里，不通汽车，去单位上班只能走着去。钟草根起了个大早步行上任，太阳快落山的时候才赶到。他进村打听药材收购站，说在供销社的后院。走到供销社后院看见一间低矮的小房，房前用墨汁写着“医药公司收购站”几个大字，他心想：“可能就是这里了。”他走到房前见门锁着。公司交代过，有个叫裴志亮的人是收购站的站长，家在连山营子，让找他。钟草根打听到了裴志亮的家，上前敲门，一个五十多岁的男人一瘸一拐地走了出来。

钟草根问过姓名，得知他就是裴志亮，报了自己的名字后说：“我是公司派来的，到站里协助你工作。”

“我已经知道了。”裴志亮点点头，“先去收购站吧。”

裴志亮边走边向钟草根介绍收购站情况：“名字叫收购站，但是不直接收购药材，由供销社代收。咱们的任务就是监督药材质量和搞运输。”

“咱们这个站管着三片儿：北边离这儿三十来里地有个营子叫榆树岭，南边离这儿二十多里地有个营子叫高粱坡。这两个营子都有供销社，都收药材，但是跟旗里不通电话，跟这儿既不通电话也不通车。”

“以前收购站就我一个人，三片儿一个人管着，但是今年春天我得了腿疼病，走路困难，去不了那两片儿了，要求公司派人。昨天公司打来电话，说派了你。”

说话间到了收购站。裴志亮掏出钥匙打开门，让钟草根进屋。他走进屋里，见一铺小炕与锅台相连。炕上有一套很脏的旧行李，地上有一张方桌和一个长条板凳。墙角有一个半大水缸，一个水桶，一个掉了瓷儿的破脸盆，这就是收购站的全部家当。

裴志亮把钥匙交给钟草根说：“你还没吃饭吧？去我家，让我老婆给你整点儿？”“不了！”钟草根说，“来的时候带了5个棒子面干粮，路上吃了仨，还剩两个，对付一顿算了。就是有点渴，想烧点开水。”

裴志亮看了一眼水缸，没水了，提上水桶要去打水。钟草根说：“我来吧，你领着我认认井台，看哪儿有柴火，帮我划拉几把。”

裴志亮把水桶递给钟草根，领他去井台说：“从明天开始，你跟供销社打更的乔二搭，由他做饭，你出钱买粮食和菜。”

钟草根点点头。裴志亮帮他打来水，抱来柴火，并领着他见过乔二，就走了。

钟草根烧完开水，吃了两个干粮。吃完后觉得很累，早早地睡了。

他睡到半夜醒了，感觉身上很痒，打开手电筒掀开被子照着看，见有虱子。那年头不论城里还是农村，人人都有虱子，已经司空见惯，没人当一回事。

他连忙坐起来捉虱子，一上手就捉了十几只。他正捉着，觉得头皮痒，心想头上肯定也有虱子，连忙下地从提包里找出篦子，到院子外面篦头发。

他篦了一会儿头发回到屋里接着睡，睡到早晨听见乔二喊他，连忙起来穿上衣服去吃饭。

他吃饭回来，把被褥拿到外面，搭到搭杆上捉虱子。正捉着，裴志亮来了，“呵呵”笑了一声帮他一起捉。

“睡半夜被虱子咬醒了。”钟草根看了一眼裴志亮说，“醒来之后捉虱子，觉得虱子太多了，捉不净，干脆把被子翻过来盖吧。没想到翻过来盖虱子更多，咬得我很长时间都没睡着。”

裴志亮说：“这个家平常没人住，就是车老板拉药材住个一两宿。车老板跟你想法一样，以为翻过来盖虱子会少一些，半夜都把被子翻了过去。一来二去的，虱子们都学精了，前半夜在被子里子上，后半夜赶紧爬到被面。车老板十多天才来一趟，虱子们好不容易吃上一顿饱饭，逮着机会狠狠地咬。”

“哈哈哈，”钟草根笑了一下问裴志亮，“车老板下次啥时候来？”

“要看药材收购情况。”裴志亮说，“咱们这儿主要收黄芩，也收一点麻黄、远志、防风、苍术、黄芪、知母，但是数量不多。等所有的药材够一车了，给公司打电话，公司派车来拉。”

“求你一件事。”钟草根看着裴志亮，“我老婆孩子在夏家洼子，来车拉药材，能不能拐个弯去那里，帮我把家搬过来。”

“中。”裴志亮说，“估计再有五六天，药材就够一车了。你先租上房，然后去公司等着，我给公司打电话，你带车去夏家洼子搬家。”

“这样好。”钟草根说，“你交代工作吧，交代完了，我去租房。”

“没啥交代的。”裴志亮说，“你负责榆树岭和高粱坡这两个地方，经常去看着点，药材够一车告诉我，就这么简单。”

裴志亮帮助钟草根去村里租房，边走边介绍连山营子情况：“营子三面环山一面坡，坡地在西，种着庄稼。其他三个方向山峦重叠，沟壑纵横，绵延到很远，山上药材多的是。营子有二百多户，农会主任姓田，村长姓米，没有办公所，都在自己的家里办公。另外，村里有一所小学校，是去年才建起来的，最高到四年级。”

裴志亮领着钟草根转了几户，相中了一家。这家是老两口住东屋，把闲着的西屋租给了钟草根。钟草根把租的房子收拾一下，分别去了一趟榆树岭和高粱坡。回来后裴志亮告诉他，已经跟公司说好了，让他去公司等车搬家。几天后钟草根把家搬来了，是四口人。他媳妇又生了一个男孩，大号钟名。搬家的马车停在钟草根租的房子门外，钟草根先下车，接过来金茹抱着的孩子，让她下车，钟声自己溜了下来。左右邻居走出来看热闹，房东老郭头扬起手中的拐杖指着西面邻居：“你们过来，帮助卸车！”

西面邻居过来两个男人帮忙卸车。钟草根的家当不多，除了两麻袋行李和一个自己钉的小木箱，里面装书之外，其他就是锅碗瓢盆和一个大水缸。

卸完车，车老板赶着大车走了，钟草根两口子进屋收拾东西。

家搬来之后，钟草根又去了一趟榆树岭和高粱坡，都是当天去，第二天回来。这两个地方隔三岔五去一趟即可，钟草根闲来无事，多数时间在家里看书。

钟草根搬来之后，很快到了数伏，晚饭后嫌屋里热，拿上小板凳坐到院子里的杏树底下乘凉。房东老两口也在那里乘凉。

乘凉的时候说起话，金茹问房东：“自打搬过来都没见过皮蛋儿他娘，去哪儿啦？”她问的是西面邻居女主人。

“他娘死啦！”老郭头说，“是生孩子死的。”

“他娘死得很惨。”老郭头老伴说，“他娘快生孩子的时候恰好赶上抢秋，大着肚子也得去地里干活，连生孩子的头晌都没歇着。”

“中午他娘刚吃了一口饭，就破了血沫，让她丈夫赶紧去叫老娘婆。老娘婆过来了，说孩子不顺，就按着他娘的肚子喊使劲生，使劲。他娘使了半天劲，都没生下来。”

“老娘婆一看孩子生不下来，这咋办？就让把所有的门窗全敞开，家里凡是带盖的东西都揭开，高声喊：‘大箱小柜开了口，孩子赶紧往外走！’喊了好一大气，孩子下来了一条腿。”

“老娘婆一看不对劲，又把孩子的腿送回去了，拧她的肚子，想把孩子的脑瓜儿拧得朝下。但是拧了半天出了好多血，都没拧过来。”

“老娘婆的做法不对。”钟草根打断老郭头老伴的话，“脚先下来，就让脚和身子先下来得了。头不好出，可以把产门撑开一点，把手从一侧伸进去，轻轻地托住婴儿的头，均匀地往外推，孩子会慢慢地滑出来……”

老郭头老伴斜了钟草根一眼：“你年纪轻轻的，瞎说啥呀，女人的事你知道？”

“他知道。”金茹正抱着孩子，把孩子颠了一下说，“我们小二就是他接的生。你们不知道吧？他是大夫。”

“钟大耳朵是大夫？” 东面邻居的院子里，传来一句喊叫。

“钟大耳朵”是村里人给钟草根起的外号。农村人不习惯叫名字，都是根据长相等特点编个绰号，叫外号，一叫外号就知道是谁。

钟草根寻声望去，见东面邻居两口子正站在自家院子的墙那边朝这边看。可能他家也在院子里乘凉，这院儿说话被那院听到了。

东面邻居的男主人姓尤，因为满头秃疮，长年散发着臭味，村里人给他起了个外号叫臭子。臭子家里 4 口人，他媳妇和两个孩子也是满头秃疮，特讨厌。虽然跟老郭头的家只隔着一堵矮墙，但是老郭头从来不跟他们来往。

此时，钟声正在墙根底下玩，看见臭子两口子，哈哈笑着跟他们斗耍。金茹连忙招手喊孩子：“过来，过来！”

臭子两口子以为是喊他们，跳过墙来，脱下鞋垫放到屁股底下，坐在另外一棵杏树底下。

“生皮蛋儿的时候我过去了。”臭子媳妇看了金茹一眼说，“孩子生不下来，疼得他娘大声哭喊，两只手乱抓，两脚乱蹬，把炕席蹬掉了一片，脚丫子都蹬烂了，炕上很多血。”

“后来呢？”钟草根问。

“后来，”老郭头老伴接过话，“老娘婆阴着脸说：大人保不住啦，孩子可能还没死，看你们要不要孩子，赶紧说话，不说我就走！”“那时候，皮蛋儿他奶奶还在，抹着泪跟孩子他爹牛扁头商量，你爹死得早，舍了你媳妇要孩子吧，给你爹留个后。”

“牛扁头不忍心，但是没办法，只好答应。”

钟草根说：“农村条件差，没办法！我搞土改去过几个村，方圆几十里才有一个接生婆。接生的用具就是一把生了锈的破剪刀和一条黑毛巾，但是谁家生孩子都得用她。”

“我问过老娘婆，难产的多不多，她说可多了。我借开会的机会，给大家介绍了一个避免难产的好办法：春天或者八九月份的时候，把榆树的老枝条砍下来，剥取内皮晒干，中药叫榆白皮，晒干后上碾子压了，用细筛子筛一下备用，到临产前的那个月，每天服 3 次，每次服 1 钱。这个方子是《本经》里讲的，我调整了剂量，对预防和治疗孕妇难产很有效……”

钟草根正说着，西边邻居发出“咳、咳”的两声，是给这院儿一个动静。其实西边邻居也在院子里乘凉。

随着咳声，牛扁头出现在墙边，“哎大耳朵儿，没想到你是大夫，挺厉害的啊。你过来，我问你一件事。”

钟草根走过去问：“什么事？”“你看我的牛。”牛扁头指着自家院子里的一头牛，“原来能吃能拉的，这几年不知咋了，不好好吃草，老是喝水。白天不叫晚上叫，叫的声音跟哭一样，叫得我可烦心了。你既然是大夫，能不能给我的牛看看？”

钟草根朝那头牛看去，皮紧毛竖，拱背夹尾，两只耳朵耷拉着，眼泡子肿胀，流泪不止。“牛都病成这样了，杀了算了。”

“杀了可不中！”牛扁头说，“农民图啥？就图有地、有牛。我们这营子有牛的人家少，我总算有牛。虽然是病牛，可病牛也是牛啊。有牛就没人敢小看我。”

“你这个牛，我一来就注意到了。”钟草根说，“牛的眼睛发黄，皮毛有光，像是有牛黄。”“什么牛黄马黄的，”牛扁头说，“咱们一圪一块住着，算我求你了，给我的牛看看，中不？”

“我是给人治病的，怎么能给牲口治病呢？”钟草根有点不高兴。

“牲口跟人有啥区别？”牛扁头问，“你既然能给人治病，就能给牲口治病。”

“我先琢磨琢磨吧。”钟草根说。

牛扁头跟钟草根说完几句话回去了，钟草根回来坐下。臭子说：“扁头那个牛原来口青力大，走势雄健，干活是数一数二的，我们家每年种地都借他的牛。不料后来病了，变成了这个样子。大家都不想让他的牛出问题，你想法子给他的牛看看吧。”

“你说牛干什么，说咱们自个儿！”臭子媳妇瞪了男人一眼，看着钟草根，“你能不能把我们的秃疮给看看？大人还好说，孩子受不了哇，榔头22，脑瓜子腻腻歪歪地走到哪儿都让人膈应，除了下地干活就憋在家里。我闺女妞妞20了，营子里像她这么大的闺女都有了主，她成了没人要。她自己也觉着丑得没脸见人，跑出去跳井，得回让皮蛋儿看见了，给拉了回来。”

“大哥，救救我——”随着一声尖叫，臭子闺女跳过墙来，跪到钟草根面前，“大哥，救救……我……呜呜……”她哭得语不成声。

“起来，快起来！”钟草根连忙上前拉妞妞，还没等拉起来，臭子的儿子榔头也跳过墙来，跪在钟草根面前。紧接着，臭子一家人全给钟草根跪下了。

钟草根上前拉他们，一个都拉不起来，着急地大喊：“你们干啥呀？别动不动就下跪。赶紧起来，快起来吧，我答应你们。”

“都起来吧。”老郭头也发了话，几个人站了起来。钟草根让他们坐下，问：“你们得病多长时间了？”

“我八年了。”臭子伸出两个手指头比画一下，“是别人传染给我的，我又传染了家人。”

“为啥没早治呢？”金茹问。

“没钱治，也没处治。”臭子媳妇说，“榔头挖药材攒俩钱，想先给他治，打听了好几个大夫都不给治。后来榔头自己去了旗医院，医院说得手术治疗，让先交押金八百。交不起钱不说，还说做了手术不保证以后不复发。榔头觉得治还不如不治，就蔫蔫地回来了。”

钟草根说：“你们的这种病叫黄癣，老百姓叫秃疮。老中医有一句话叫‘治病不治癣，治癣怕丢脸’。不给治的原因是这种真菌生存力极强，往往前头治好了，后头又复发了，所以都望而却步。”“我就靠大哥了，相信大哥一定能给我治好。”妞妞说。

钟草根说：“找时间我先给你们检查一下吧。咋治，等检查完了再说。”

几天后，钟草根让金茹把他在医科大念书实习的时候，自己掏钱买的白大褂、白帽子、白手套和蓝口罩找了出来，穿戴整齐后，拿上镊子和酒精盒，去了臭子家。

钟草根一进门，臭子一家人就迎了出来。榔头看着钟草根说：“我做了个梦，梦见一个神仙从天上下来，给我们全家治病。神仙穿的就是你这种白大褂，我寻思着，我们有救了。”“哈哈哈，”钟草根笑着摇摇头，“你们这种病是接触性传染，我怕没治好你们，反倒把我染上了，所以不得不慎。”

钟草根给臭子一家人检查完了，让他们在院子里用树枝搭一间小屋，作为治疗室，给他们治疗。

钟草根回到家里，把穿的衣服全部脱下来，让金茹用开水烫。金茹扇着手说：“臭，太臭了！”“臭子的家里更臭！”钟草根说，“我一进屋，感觉好像进了厕所，臭得喘不上气。一家人生活在那个环境，真不知道是咋过的。”

“房东不愿意让你给他们治，怕招上咱们。”金茹说。“不治咋办？人家给我跪下了。”钟草根说，“我想好了，过几天去一趟旗里，多买点高锰酸钾和消毒水，先给他们消毒。”

钟草根知道臭子家里穷，尽量用偏方。他拣了个瓷碗片把他们头上的秃疮嘎巴刮掉，用独头大蒜搽患处，并且敷明矾粉。这样治了十几天，炎症减轻，脓液少了，有一定效果。

后来改用苦参煎汤，让他们自己外洗，早晚各洗 1 次，并且适量内服。连山营子山上的苦参多的是，药材不花钱，且治疗方法简便，患者可以自己操作。

在治疗过程中，钟草根让臭子媳妇拆洗了被褥，对家中物品多次消毒处理，最大限度地控制病源。这样治疗一个多月，秃疮没有了，就停了药；但是停药一周后，秃疮又出现了，只好接着用药。

这样治疗了几个月，总是反复。尽管如此，臭子已经很满意了，毕竟用药不花钱，自己能操作。

牛扁头也多次找钟草根，让他给自己的牛治病，钟草根为难地说：“我没给牲口治过病。”

牛扁头还是那句话：“牲口跟人有啥区别？你就当人看得了。”

钟草根觉得他的牛肯定有牛黄，牛黄就是牛的胆囊结石，人也有胆结石。治疗人的胆结石可以用排石汤，他决定用排石汤给牛试一下。他把方子抄下来交给牛扁头说：“方子上的药如黄芩、大蓟、生甘草、蒲公英等山上有，其他没有的药，我按山上有的药做了调整，抽时间我领你去山上认一下，你自己采。”

牛扁头采回药来，钟草根让他按着人的药量加两倍煎汁，给牛灌下去。钟草根心想人喝了排石汤，结石会从大便中排出来，牛也许也这样，因此每天检查牛的粪便。

牛扁头给牛灌了一个多月的排石汤，牛比原来爱吃草了，说明药起了作用，但是检查牛的粪便，始终没找到牛黄。

钟草根想了想，决定搞个试验。他去找臭子，隔墙喊了一声，妞妞走了出来，说她爹不在。

妞妞问钟草根什么事，钟草根说：“我试验了一种治疗秃疮的新药，因为药少，只能先给一个人治。我想问你爹，先给谁治。”

“先给我治！”妞妞说。

“行。”钟草根说，“你准备一下，去供销社买 2 尺白布，扯成条，每条三指宽，放到锅里煮一下，晒干，晚饭后我去给你上药……”

钟草根交代完了，用纸盒去皮蛋儿家里取了一些新牛粪回来。金茹问他有何用，他说做试验。

晚饭后，钟草根去给妞妞上药。先处理了头皮，敷上药后用白布条缠绕固定。钟草根每天给妞妞换一次药，第 3 天换药问她有啥感觉，妞妞说：“觉着脑瓜子瓦凉瓦凉的，非常舒服。”

第 7 次换药，发现长癣失去头发的地方长出了新毛锥儿，说明毛囊被激活了。钟草根心想，毛囊处在肌肤的深层，能把毛囊激活，说明药的渗透力很强。

钟草根给妞妞治疗了一个多月，最后一天换完药，让臭子全家都过来看妞妞：妞妞的头上长出来一茬子新发，黑黑的，效果非常明显。

“咱们有救啦！”臭子大喊起来。臭子媳妇激动得泪流满面，拿来镜子给妞妞：“你自己照照看！”妞妞照着镜子“嗷”地叫了一声，放下镜子就往外跑。她跑到院子里连翻过两道墙，翻到了牛扁头家里，跺着脚大声喊：“皮蛋哥，你出来，快出来呀，我好啦，我好啦！”

皮蛋儿从屋里跑出来看着妞妞，愣愣地笑了起来：“嘿嘿，嘿嘿，妞妞好看了，好看了……”

臭子一家人都翻墙到皮蛋家里，钟草根从大门走了进去。臭子问钟草根：“你的药贵不贵？贵就先给榔头治，我们两口子以后再说。”

“哈哈哈，”钟草根笑着摆摆手，“这样，从明天开始，剩下三口人一起治。今天就做准备，买四尺白布，扯成一条一条的……”

臭子一家回去了，牛扁头问钟草根：“我的牛每天灌药，太麻烦了，有没有办法一下子把牛看好？”

“有，开刀。”钟草根说。

“你把我的牛割死了咋办？”牛扁头瞪着钟草根，“我没了牛，就啥都完了。”那时候有牛的人家不多，春耕时节各家排着队去有牛的家里借牛。借牛都不白借，粮食或者鸡蛋多少要送一些，因此有牛的家都把牛当成宝贝。

“割不死。”钟草根说，“给牛打上麻药，找准位置割开一个口子，找到胆囊切开，把结石取出来缝上就没事了。我在医科大实习的时候，给狗、兔子、老鼠做过这方面的手术，都恢复得很快。考虑到牛的体型大，麻醉方法可以采用全身浅麻，配合局部中麻的办法……”

钟草根尽量说服牛扁头，给牛做手术，但是牛扁头死活不同意，只好作罢。

钟草根每天从牛扁头家里取了一些鲜牛粪带回家，牛扁头感觉奇怪，问钟草根拿牛粪干啥，钟草根说“研究”。

钟草根给臭子一家治秃疮，一个多月后，每个人的头上都长出了新发，都能走出家门，堂堂正正地跟别人打交道了。

两个月后停药。臭子把钟草根请到家里，恭恭敬敬地让到炕头上，取来一个胆瓶，底朝下倒出来一堆零钱，对钟草根说：“你数数，看这些钱够不够你的药费？”

“哈哈哈，”钟草根笑了一下问，“这是多少钱？”

“没数过。”臭子说，“家里 4 口人，3 口人种地，腾出来榔头挖药材卖钱，所卖的钱全部在这里。”

钟草根问榔头多少钱，榔头说：“多年攒的，就这一骨堆儿，买咸盐、火柴用了一点，剩下多少不知道。”

“你都挖什么药材？”钟草根问。

“凡是供销社收的，我都挖，见啥挖啥。”榔头说。

“不赖！”钟草根把钱推到一边，看着榔头，“你攒点钱不容易，收起来吧，我不要钱。”

“那可不行！”榔头说，“亲兄弟还得明算账呢，何况咱们是两家人！我爹说你实在，我们也来实在的，把钱全部拿出来，还差多少你吱声，以后我挖药材还。”

“你都拿去吧！”臭子媳妇说，“费劲巴力地给我们治好了病，哪能不要钱呢，你一定要收下。”

钟草根摆摆手，换了个话题：“我考考你们，看谁能猜出来，我给你们治病，用的是什么药？”

“我猜出来一点，”榔头说，“从颜色上看，里面有黄芩，掺了大黄米面；从味道上看，好像加了酸菜汤子。”

钟草根摇摇头：“你们还谁知道？”

“我知道，”臭子媳妇笑了笑，“有你们家的大酱。金茹没做过酱，做的酱有一点这个味道。”

“别胡说！”臭子瞪了媳妇一眼，看着钟草根，“别卖关子了，你做的药我们哪能猜到，就是让全营子的人都来猜，也猜不到。”

“哈哈哈，有道理！”钟草根笑着点点头，“那我告诉你们吧，这个药呢，是牛粪！”

“牛粪？”臭子抻长了脖子，“你说死我都不信！”

“我也不信！”臭子媳妇说，“牛粪能治好这么重的病？就连老天爷都不会相信。”

“我解释一下吧。”钟草根顿了顿，“我先用苦参给你们治病，有没有效果？有！但是停药以后有反复，这说明啥？说明苦参的药力小，只治标不治本。秃疮这种真菌一旦进入人体，就好像把油揉进了面里一样，是很难清除的。”

“那么有没有一种药能清除深层次的真菌呢？有！古书讲，牛黄外用能入骨髓，透肌肤，治痘疮，除百病。这就是说，只有牛黄才能入骨髓，透肌肤，把病根彻底拔出来。”

“但是牛黄太贵呀，你们用不起。说句实话，就你们攒的这点钱，如果用来买牛黄，给妞妞一个人治疗都不够。”

“咋办呢？我想到了牛扁头家里的那头牛。他那头牛灌了排石汤之后病情有所缓解，由此我判断，这头牛肯定有牛黄！”

“由此我想到了几个医案，给胆结石的患者喝了排石汤后，有人从粪便里排出了结石，而有的人没有，但是胆囊中的结石却莫名其妙地消失了。这说明啥？说明排石汤有消融结石的功能，结石消融后，以液体的形态排出了体外。”

“于是我进一步想，牛是粗食动物，消化系统跟人不一样，结石会不会也以液体的形态排出体外呢？如果以液体的形态排出体外，那么牛粪中一定含有牛黄的成分！”

“但是，用什么办法鉴定牛粪里面是否有牛黄成分呢？没有化验仪器，尝又不可能。就是能尝出来，怎么尝牛粪？于是我想——”

“我知道了！”榔头打断钟草根，“于是你想用我们的脑袋瓜子做实验，假如牛粪里有牛黄，用牛粪敷秃疮，就等于用牛黄敷秃疮。”

“对！”钟草根点点头，“我还想到，用牛粪给你们治病，你们不一定接受，别人也会说三道四，于是瞒了你们。现在病治好了，没必要再瞒了。牛粪是不花钱的药，所以我不收钱。”

“那可不行！”臭子捧起一捧钱放到钟草根的怀里。“你给我们家消毒，哪次给你钱都不要。你一次一次地给我们上药，没少搭了功夫，我表面不吱声，但是心里清楚，你一点都不收，我觉着不得劲儿。”

“我收了你的钱更不得劲！”钟草根说，“你们家棒子熟了，先给我们家送去；黄豆结了荚自己舍不得吃，给我的孩子送毛豆。还给我送白菜、土豆、萝卜，送柴火，等等。你们对我们这样好，我再昧着良心收你们钱，还叫人吗？损德的事我不干！”钟草根把钱抖到炕上，下地走到门口回过头来说：“钱留着给榔头说媳妇吧，孩子大了，将来用钱的地方多着呢。”

第四章 智取牛黄

腊月的一天早上，牛扁头着急忙慌地过来喊钟草根，说他的牛一天多没吃草了，卧在地上不停地颤抖。

钟草根连忙去了牛扁头的家，见他的牛头触地，眼里流着泪，于是问："你没给它灌药吗？"

"大冬天的去哪儿整药？停了。"牛扁头说。

"完了！"钟草根摇摇头，"我早说做手术，你就是不同意。如今病成这个样子又没药，咋办？只能等死。"

"死了可不行！"牛扁头急了，"牛死了，我咋种地呀，啊？"他不再说什么，让钟草根马上给牛做手术。

"你说得倒容易！"钟草根瞪了牛扁头一眼，"做手术需要手术刀、止血钳、缝合线等，还得打麻药，我啥都没有，咋做？"

"哎呀，我叫你爹，给你跪下中不？"牛扁头拉住钟草根要下跪，"你帮帮我吧，我给你磕头！"

"哎哎！"钟草根连忙扶住他，"这样吧，你去旗里一趟，把手术器械和麻药买回来，我给你的牛做手术。"

"我啥都不懂。"牛扁头看着钟草根，"还是你辛苦一趟吧，让皮蛋儿跟你去。"他喊来皮蛋儿，交代儿子："带上钱，跟钟大夫一起去旗里，他让你买啥就买啥，快去快回！”

钟草根拗不过，只好去旗里。两个人起个大早紧着走，在商店关门之前来到了旗里，但是该去的地方都去过了，没有买到手术器械，还好买到了麻药。

“咋办呢？”钟草根突然想到了魏友明，他在医院工作，兴许找他能有办法。

天已经黑了，两个人找了个马车店住下来，第二天吃过早饭，赶在魏友明上班之前，去医院门口等他。

等了一会儿，见魏友明来了。他穿着皮领棉大衣，戴着狐狸皮帽子，脖子上围着毛围巾。钟草根上前打了一声招呼：“老魏！”

“哈哈，是你呀！”魏友明上前看着他笑起来，“帽耳子和帽遮儿上都是霜，眼眉上也是霜，我一下子都没认出来。打哪儿来啊？”

“从家来。”钟草根说，“天儿真冷，小北风跟刀子一样。”

“可不，”魏友明说，“我家的水缸都冻裂了，小狗冻得直哽哽儿。”他说着领钟草根去诊室。

钟草根随着魏友明走进诊室，打量了一下屋里，见两桌的后面两柜、两床，两把椅子两个木头凳子，明显是一屋俩大夫，另一个大夫还没来。屋里的小火炉烧得呼呼直响，炉盖都红了，他羡慕地说：“医院的条件可真好。”

魏友明笑了一下，让他俩坐。钟草根和皮蛋儿把凳子拉到炉子前，坐下来烤火。

“几个孩子啦？”魏友明问。

“俩。”钟草根问魏友明，“你呢？”

“没。”魏友明摇摇头说，“我媳妇在妇幼保健所上班，可忙了。可能因为忙的原因吧，一直没怀孕。”

“也可能是她脾气不好，嫌我不干家务，老冲我发脾气。她不知道我比她还忙，不但坐诊还管着病床，每天查房、整理病历。”

“我找你有急事，”钟草根打断魏友明，说了给牛做手术的事，“买不到手术器械，只好找你。”

“你确定牛真的有牛黄吗？” 魏友明问。

“我做了个试验。”钟草根把用牛粪给臭子一家治好秃疮的事说了一遍，“只有牛黄才有这么大的效力。”

“哈哈哈，你小子！”魏友明看着钟草根大笑着说，“给人家脑袋瓜子上箍牛粪，听起来像是笑话，这种事只有你才能干得出来。”钟草根也笑起来：“农村人穷么，有啥办法？说正经的吧，你看咋帮我。”

“其实给牲口做手术跟人一样，所用的手术器械也一样。”魏友明说，“我有现成的可以借给你，但有个条件。”

“什么条件？”钟草根问。

“取出来牛黄，分给我一半！”魏友明解释说，“我岳母找中医看病，开的方子里面有牛黄，太贵了吃不起，想省俩钱。”

“我当啥条件呢，”钟草根看着皮蛋儿，“我不要那玩意儿，你们家要吗？”

“我们家不要。”皮蛋儿说。

“那就都给魏大夫，怎么样？”钟草根问皮蛋儿。

“中！”皮蛋儿说，“只要把牛治好，啥都中。”

钟草根点点头，看着魏友明说：“取出来牛黄全部归你。”

“太好了！”魏友明高兴地站起来，从抽屉里拿出钥匙打开身后的橱子，取出来一个包，打开让钟草根看，“这是全套手术器械，手术刀、止血钳、持针钳、手术剪、深部拉钩、缝合线等，都是我自己买的。原来想当外科医生，没想到分到了内科，这些东西就闲了下来。”

“你真帮了我大忙！”钟草根让皮蛋儿把手术器械装起来，又跟魏友明要了一些酒精、纱布和药棉等，准备告辞。

“我提醒你几句。”魏友明看着钟草根说，“做手术的时候，一定要让牛站立保定。术部选择髋关节和肩胛前缘的连线，即倒数第二、三肋间的交汇处。缝合的时候，胆囊黏膜层、腹膜、肌肉各层要分别连续缝合，这样能确保手术成功……”

钟草根当天回到村里，让牛扁头连夜找一些人帮忙，刨开冻土栽上几根桩子，准备第二天把牛架起来，做手术。

第二天，天气晴好，牛扁头一大早请人把牛架了起来。村里人听说钟草根给牛动刀子，不少人来看热闹。

钟草根吃过早饭，换上白大褂并戴上白手套，来到牛扁头的家里。他首先给牛打上麻药，然后把手术包摊开来，在牛身上按按肋条比画了几下，拿起手术刀“噌噌”几刀刮出一块净皮，接着在刨面中间划了下去。

他划开一个口子，用长镊子夹出牛胆，用手捏了一下，感觉里面有硬块，划开牛胆挤了一下，随着一股黄水，一个表面棕黄色、比鸡蛋黄稍大一点的东西掉了出来。钟草根接在手里，周围的人呼啦一下围了上去，钟草根把手里的东西朝牛扁头晃了晃说：“牛的病，就是这玩意儿作怪。”

钟草根把牛黄交给皮蛋儿，让他拿回屋里保管好，开始给牛缝合创口。

钟草根做完手术，牛“哞哞”叫了两声，牛扁头当即笑逐颜开：“嗨嗨，我的老伙计，多少年来你一直哭，头一回听你叫，真好听！”

围观的人纷纷赞扬钟草根，钟草根说：“这是再普通不过的手术了，没啥了不起。”他让人们把桩子推倒，给牛放松，让牛扁头给牛熬点粥灌下去，一天 3 次，每天太阳落山后，把牛牵到柴火窝里保暖。

第二天一早，钟草根过去看牛，见牛已经自己吃草了。一周后，牛完全恢复正常。

牛扁头把牛黄交给钟草根，钟草根看都没看，让皮蛋儿去旗里还魏友明的手术器械的时候，顺便把牛黄交给他。

钟草根给牛开刀的事，在村里广泛传开了，谁家牲口有了病都去找他，弄得他啼笑皆非：“我这算啥呢，到底是人医还是兽医？国家培养了我多年，不让给人看病，居然给牲口治病。”

春节的前几天，农会田主任和米村长来到钟草根家里。农会主任是村农会的负责人，村长是行政负责人。

“哈哈，田主任、米村长，请上炕。”钟草根笑着打了个招呼。“快过年啦，我跟米村长到各家转转。”田主任上炕，把头上的毡帽摘下来放到一边，掏出烟袋装上烟点着，米村长也上了炕。有个男孩子坐在炕沿上，金茹抱着孩子进屋，看着那个男孩问：“你是谁家的孩子？”孩子没吱声，田主任说：“是我的孙子，叫蚂蚱。”“几岁啦？”金茹问蚂蚱。“九岁。”蚂蚱回答。

田主任岔开话头问金茹：“过年准备好了？”

“准备好了！”金茹说，“蒸了三锅豆包，两锅年糕。从石滚子家里买了 3 斤猪肉，其他没啥准备的。”她说完把孩子放到炕上，让钟草根看着，自己去外屋给客人烧水。

田主任看着钟草根，说：“营子里的人说你会给人治病，还会给牲口治病，还说你上过什么大学，真的吗？”

“我念过医科大学。”钟草根说。

“你别吹了！”田主任瞪着钟草根，“不是我瞧不起你啊，你的长相一般，穿的衣服皱皱巴巴，念大学的人哪像你这样？再说你念过大学不在城里，来我们这山旮旯儿干什么？有人悄悄地找我告状，怀疑你干了坏事，在城里怕被抓住，躲进我们这山旮旯里避风。你跟我说实话，你到底是什么人！？”

“嘿嘿，谁爱咋说就咋说吧。”钟草根摇着头说。

“谁胡说八道？”金茹怒气冲冲地走进屋里，愤怒地说：“我们有证明！”她掀开地上的小木箱，从里面找出来两个黄本本递给田主任，“你看！”

田主任接过黄本本，翻开看了看，瞪起了眼珠子：“哎呀，这上面盖着大红章子，兴许是国家发的。”

田主任不识字，把两个本本递给米村长。米村长正抽烟，把烟袋叼在嘴上，看过后放到炕上，拿下嘴里的烟袋对田主任说：“这两个本本，一个是当过解放军的复员证，一个是医科大学毕业证，都是国家发的。他是真打实凿的大学生，是真大夫。”

田主任看着钟草根，说：“你别生气啊，是犟驴子和老歪脖儿那两个人说的，我已经说过他们了。”他换个话题，“人们瞎嚷嚷，说臭子一家长秃疮，是你用牛粪给箍好的。牛粪那破玩意儿还能治病，我有点不相信。”

“用粪治病不稀奇。”钟草根说，“很多珍贵药材都是粪，比如寒号鸟的粪叫五灵脂，能治疗心腹血气诸症；蝙蝠的粪叫夜明砂，用于清热明目、散血消积；抹香鲸的粪叫龙涎香，能行气活血、散结止痛、利水通淋，还是制造香水的珍贵原料呢。中药唯成分，只要对症，啥都可以入药。”米村长点点头。

“听老郭头说，你会接生？”

钟草根没回答，金茹说：“我们家二小子就是他接的生。”

“你给我出个主意。”米村长看着钟草根，“我儿媳妇是年后的月子，前些日子找三道弯儿刘婆子过来摸了摸，摸完了说孩子横着，还说她的道行浅不敢接，让我找前井的李婆子。”

“可以提前矫正胎位。”钟草根说，“让你儿媳妇自己矫正，办法是在炕上铺个褥子，让她放松裤带，双手前臂伸直，胸部尽量与炕贴紧，臀部上翘，大腿与小腿成直角。每天两次，每次 5 分钟，渐渐增加到 15 分钟……”

“哎哎！”米村长摆手打断钟草根，“你说的这些我不懂，儿媳妇也不一定做，还有别的办法吗？”

“也可以灸至阴穴。”钟草根说，“灸至阴穴矫正胎位的成功率很高，方法也简单。我教你老伴，让你老伴给她灸，灸个十来天，找老娘婆检查一下效果。”

“我谁都不用，就用你，接生也用你。”米村长说。

“我不能接生。”钟草根摇摇头，“我是国家干部，一旦接开了头，生孩子的人都找我接生咋办？”他想了一下，“这样吧，你找一个认识字的年轻妇女，我给你们村培养一个接生员。”“这太好了！”村长一磕烟袋，“我闺女识字，就让她学！”

米村长的闺女叫百顺儿，跟钟草根学接生，金茹跟着一起学。首先学习矫正胎位，边学边给米村长儿媳妇矫正，很快矫正过来。

这样到了正月初六，晚上八点多钟草根刚睡下，就被一阵急促的敲门声吵醒了。金茹连忙点灯，还没等摸到火柴，一个男人已经闯进屋里，“钟大夫，快呀，我那口子要生啦！”

来者是米村长的儿子，外号大毛楞，是来找钟草根接生的。米村长固执地一定让钟草根给他儿媳妇接生。

钟草根光不溜秋地坐起来，把大毛楞喊出去，穿好衣服，让金茹也穿上衣服跟他一起走。金茹交代老郭头的老伴帮自己照看孩子。

两口子来到大毛楞家，见大毛楞媳妇把裤子套在脑袋上，赤着身子躺在炕上，哼哼呀呀地直叫唤。她提前知道了男人给她接生，有点不乐意，后来村长做工作，说刘婆子说她不是顺产，怕出问题，这才找的钟草根，大夫男女都一样。他儿媳妇想通了，但还是有点害羞，就用裤子套住了脑袋。

大毛楞的母亲和百顺儿在。钟草根让百顺儿用马灯照着，给孕妇检查了一下，见宫口开了七指，羊水已经破了，让赶紧烧开水。钟草根摸了一下孕妇的肚子说：“胎位很正，是顺产。”他提上马灯，让百顺儿和金茹上前，为她俩讲解接生要领：“要掌握四条原则，一是接生员的手要提前消毒，二要对接生用具消毒，三要对产妇会阴部位消毒，四是对新生儿的脐带消毒。你们按着我说的做……”

稍一会儿，孩子生下来了，是男婴，孕妇没多大痛苦，但是孩子不会哭，百顺儿看着钟草根，问：“是哑巴吧？”钟草根摇摇头，指导百顺儿剪断脐带，把婴儿倒提起来，在婴儿的屁股上拍打了十几下，婴儿哇哇大哭起来。“我的孩子啊！”孕妇一把扯下套在头上的裤子，坐起来看孩子。钟草根连忙喊她躺下，给她盖上被子。百顺儿母亲走进来，钟草根看了她一眼说：“恭喜你添了个孙子。”“呵呵呵，”百顺儿母亲近前看着孩子，笑着对钟草根说：“真得好好谢你！”钟草根指导百顺儿把婴儿洗干净，用布包好，放在母亲的身边。孩子母亲斜着头看着孩子，脸上露出笑容。钟草根捅了一下金茹，说：“没事了，走吧！”他说着先走了出来。“别走啊！”米村长站在外屋拦住钟草根，“我还没谢你呢。”“不用谢！”金茹说，“我家有孩子，不放心，得赶紧回去。”

农村正月十五之前，各家相互拜年。钟草根懒得出门，让金茹出去，代表他到几个熟人的家里转一转。金茹转了几家，回来不满地看着钟草根，说：“别人都问你，应该你去。别的家不去，难道裴站长家你也不去，说不过去吧！”钟草根想了想说：“是应该给裴志亮拜个年。”于是去了他家。

裴志亮住在村东头，钟草根进院喊了一声：“裴站长在家吗？我给你拜年啦。”“在！”裴志亮走出来，问了钟草根一声过年好，招呼他进屋。钟草根进屋，见裴志亮老伴守着孩子坐在炕上，上前问一声：“过年好！”“好，你也好！”裴志亮老伴客气地回一句，指着孩子说：“我孙子是夜猫子投生的，白天睡大觉，晚上贼啦地精神，使劲地哭，把他妈和我折腾得没着没落的。”“这可不行。”钟草根说，“孩子全靠夜间睡眠分泌生长激素，夜间睡觉少的孩子影响发育，将来个子矮。”钟草根上前看了看孩子，拉起胳膊摸了一下脉说：“孩子没啥病，我教你一个办法，立马能让孩子的坏习惯改过来。”

“孩子不是枕枕头吗？你把枕头撤下来，垫在孩子的脚底下。说白了就是头不枕枕头，让脚枕枕头，倒过来睡几天就正常了。”

“你啥都明白！”裴志亮老伴看着钟草根，“怪不得谁谁都说你有尿，还说你耳朵大，备不住是猪八戒二次下凡。”

“嘿嘿，他们是糟践我。”钟草根笑了一下说。

裴志亮笑了笑，看着钟草根：“我的腿不舒服，一直想找你整整，你先给我摸摸脉。”他说着把手伸了过去。

钟草根摸完脉说：“你的病不在腿上，而是在颈椎上，是颈椎生理曲度变直，造成了椎间管变窄，影响到腿。你这样试试：找一个酒瓶子枕到脖子底下，纠正一段时间之后，我看情况给你扎针。”

钟草根给裴志亮拜年回来，金茹说：“东院和西院都请咱们吃了饭，咱们不请人家，有点说不过去。”

“请吧。”钟草根说，“两家一起请，桌子有点小，只让牛扁头和臭子过来，其他人就算了。”

“把老郭头老两口也请过来吧，”金茹说，“我啥时候出去，都是让人家帮助我照看孩子。”

“行。”钟草根问，“吃啥呢？”

金茹想了想说：“年前公司捎来 2 斤白面，吃一顿饺子还剩了点儿，掺点棒子面炸油条吧。农村人吃不上油条，新鲜的。”

她说着拿出钱，让钟草根去供销社打豆油，买点炸油条用的白矾，并打两瓶子烧酒。

第二天中午，钟草根叫来牛扁头、臭子并房东老两口到家中做客。

客人们很高兴。臭子品着油条说：“我活这么大，头一次吃这种玩意儿，真好吃。”

牛扁头夹起一个丸子放到嘴里说：“真香！闻着都流哈喇子。”他问金茹是咋做的，金茹说：“把肥猪肉剁碎了，掺点高粱面子上油锅炸，就这么简单。”

“同样东西，外头人做的比咱们做的好吃。”老郭头说。

说话中间，金茹提到妞妞：“妞妞常来我们家玩，说她晚上做梦，好几次梦到皮蛋儿。”

“俩孩子一起长大。”皮蛋儿他爹说，“我媳妇生下皮蛋儿就走了，把皮蛋儿托给了妞妞她妈，俩孩子打小就在一起。”

金茹说：“我看出来了，妞妞心里有皮蛋儿。你看她的眼神儿吧，经常目不转睛看着皮蛋儿。跟我说话的时候，老是皮蛋儿、皮蛋儿的，你刚打过岔，她又回过头来说皮蛋儿，连皮蛋儿过去说过啥话，她都记得清清楚楚。”

“喝酒，喝酒！”臭子打断金茹，朝钟草根一举盅，把酒干掉。

钟草根让大家都把酒干了，自己也干了重新倒上，对皮蛋儿他爹和臭子说：“我看出来了，皮蛋儿也很在乎妞妞，担心她嫁给别人。依我看，你们两家结为亲家得了。”

“你不知道，我有难处哇。”臭子沉默了一下，看着钟草根，“皮蛋儿是我看着长大的，勤快、懂事，的确是个好孩子，但是我家穷，榔头都 23 了还没说上媳妇，我只能走换婚这条路。”

换婚就是两家互嫁，我有闺女嫁给你儿子，你有闺女嫁给我儿子。

皮蛋儿他爹低头不语。钟草根看了臭子一眼，说：“榔头从长相上看，鼻梁正，嘴唇厚，太阳穴饱满，干活也勤快，找对象应该不成问题。”

“你可别打错了主意！”老郭头看着臭子，“我过去也是家里穷，眼瞅着儿子老大不小了还没说人，心里一着急，就走了换婚这条路。你知道，我是跟前井汪三换的婚，汪三把他的闺女给了我儿子，我把闺女给了汪三的儿子。”

“唉——”老郭头老伴长叹一声，“没想到汪三那个儿子不是东西啊！他嫌弃我闺女没给他生儿子，往死里打她，整得我闺女实在活不下去了，就喝了卤水……”她啜泣着说不下去了。

“唉，”老郭头也流下眼泪，“我闺女死了，大女婿和二女婿都说要告他，营子里的人也让我告，我寻思来寻思去，人都死了，告还有啥用呢？再说了，人家闺女是我的儿媳妇，给我们家生了俩孩子，所以就没告，可我这心里头，一直堵啊。”

“唉，该我该操心的命。”老郭头老伴接过话，“我儿子跟李二潮家的大屁丫可好了，我看出来了，托人说合。但是李二潮嫌我们家穷，没整成。后来走了换婚这条路，两口子合不来，老是打架。”

老郭头接过话，“打架咋办？我只能嘶自己儿子，嘶了几次，儿子跟我闹翻了，分家单了出去，都两年多了，两口子不理我。一个村住着离着不远，过年都没来看我，恨上我啦！唉，别人我不惦记，就惦记我那孙子小蝈蝈啊……”

他正说着，忽然听见院子里有哭声。金茹连忙走出去，见一个蓬头垢面的小女孩，拿着一个粗瓷碗进了东屋。金茹把她叫到西屋，她见了老郭头喊了声“爷爷”就大哭起来，边哭边说：“小蝈蝈……小蝈蝈……死啦。我爸打我妈，我妈喝了卤水……也死啦……我爸也要喝卤水，让我……让我抢过来碗！”她抬起碗，让老郭头看。

“啊？”几个人都愣住了。老郭头哭着下地赶紧往外走。他老伴身子像筛糠一样颤抖，嘴里喊着：“你们谁扶我一把，我也去……”

牛扁头扶着老郭头老伴下炕走了出去，臭子急忙问钟草根：“喝卤水有办法抢救吗？”

“有。”钟草根让金茹把他从供销社买来的白矾找出来，提上一壶开水，让臭子在前面引路，去了老郭头儿子家。

来到老郭头儿子家，见一个男人捂着脑袋蹲在窗户下，院子里外围着很多人看热闹。

钟草根进屋，见地上放着一扇门板，门板上躺着一个孩子，老郭头两口子摸着孩子大声哭喊。炕上躺着一个穿着黑棉袄、黑棉裤的女人，面色煞白，嘴角流着血。

屋里还有几个人，正七嘴八舌地跟米村长说着什么。其中一个人说：“我听见两口子打架，开始没当回事，后来小梳子隔墙喊我，说她妈死了，我过来一看出事了，赶紧出去叫人。郭勺子一看人没救了，也去喝卤水，让小梳子给打洒了。”

米村长没说话，走到外头踢了捂脑袋那个男人一脚，让他站起来，交代说：“勺子啊，人没了，早准备后事吧。把你的姐妹都叫过来先商量一下，然后通知你的老丈人，看人家咋说。先找一块破炕席把你儿子卷巴卷巴扔到后山沟里去；再上山砍两棵树，给你媳妇打一口棺材。大过年的少放两天，早点埋了。”

钟草根先进屋给女人号了脉，然后让臭子找来水瓢，抓一把白矾放进去，倒上开水搅了搅，再掺上凉水，让金茹掰开女人的嘴，给她灌了下去。站在一边看的人都吊着心。

灌完白矾水，让把女人扶正。稍一会见那个女人手脚动了，并且一挺胸、一挺胸地要吐。钟草根连忙让人按住她趴在炕沿上头朝地，她哇哇大吐起来。

女人吐完了大哭，人们赶紧喊来米村长。米村长进屋一看，简直不相信自己的眼睛，大家都吵吵是大耳朵救活的，米村长拍了钟草根一巴掌：“你呀你，嘿嘿，你可真神了！”

钟草根笑了一下没说话，蹲下来给孩子摸脉，摸完了抱起孩子就往外跑。人们不知道咋回事，跟着他一起跑了出去。

他抱着孩子跑回家，放到炕上，把看热闹的人都轰了出去，让他们不要喧哗，让金茹也抱着孩子去外面。

钟草根把自己关在屋子里，大约过了半个多小时开门出来，听见东屋有说话的声音，去了东屋。

进屋见老郭头老两口和他们的儿子、儿媳妇都在。老郭头急切地问：“我孙子还有救吗？”钟草根没回答，瞪着老郭头的儿子郭勺子：

“你打什么架啊，闹出事来了吧！男人要知道体贴女人，家庭过日子，样样儿离不开女人，懂事的人不能打老婆。”

“还有，我来这儿快一年了，光听说郭大爷有个儿子，但是没见你的面。爹娘离你这么近，为啥不过来看看呢？你想过没有，假如你闺女不来找她爷爷，后果如何？孩子孝顺你，你也应该孝顺你爹娘……”

屋里人七嘴八舌地批评郭勺子，郭勺子认了错。正在这时，老郭头儿媳妇突然瞪起眼睛，大声哭喊起来：“蝈蝈，蝈蝈你别哭，妈在这儿，妈在这儿啊！”她边喊边跟头把式地下地跑了出去。

与此同时，人们都听见了孩子的哭声，都往外走。走到外屋，见老郭头儿媳妇已经把蝈蝈抱了出来，正“乖、乖”地使劲亲着。

“蝈蝈，你可活啦！”老郭头一家人围着孩子高兴地喊着，叫着。

“勺子啊，快给大恩人跪下，磕头！”老郭头喊了儿子一声，儿子连忙给钟草根磕头，儿媳妇也放下孩子给他磕头。

钟草根把他俩拉了起来，正在这时，金茹抱着钟明、领着钟声回来了。钟声一见蝈蝈，上前逗他。金茹给两个孩子每人一根油条，两个孩子吃着油条，去了院子里。

院子里看热闹的人围着蝈蝈，米村长好像不相信蝈蝈活了，抬头看了一眼太阳，猫下腰来去摸蝈蝈的手，蝈蝈以为米村长要抢他的油条，躲一下跑了。

米村长喊来钟草根，瞪着他问：“两个死人都让你救活了，难道你真是天上下界的神仙？”

“哈哈哈，”钟草根大笑起来，看着米村长，“谁是神仙，你？我可不是，我没有本事救活死人，是他俩根本没死。”

“我不信！”米村长摇摇头，“这些年，营子里喝卤水的好几个，都死了，唯独她让你整活了，你咋解释？”

“死没死不能看表面，要看脉。”钟草根说，“我摸她有脉，有脉就说明她还活着，没死就能抢救回来。”

“怎么救？用白矾。凡是轻生自尽吞吃砒霜、藤黄等一切能坏人脏腑，令人毙命的毒物，服毒时间短，可以将白矾打碎，用开水冲化，再兑凉水几碗，保存浓厚的酸涩性味，让患者喝下去。喝下去之后，一般不到一刻钟，便可将所食毒物呕吐净尽，保全性命。”

“白矾也叫明矾或矾石，凡是供销社都有卖。这个方子是民国年间天津冯文符医士，历经十余年总结出来的好方子，百发百中，屡见神效。后来，这个方子由佛门印光大师推荐给老百姓，我是从书上看到的，今天试了试，果真灵。”

“唉，”米村长叹了一口气，“我有一个叔伯嫂子，是前年喝卤水死的，我就在跟前。要是早知道有这种好办法，肯定能把她救活。”他说完朝众人摆摆手，“你们都记住啊，以后再碰到这种事，按钟大夫说的，赶紧灌白矾水！”

“我儿子可真是死了，让钟大夫救活了。”郭勺子擦了一把眼里溢出来的泪花说。

“你儿子也没死。”钟草根看了郭勺子一眼，对米村长说：“我摸孩子还有脉，说明没死。看着像死人，其实是假象。孩子的这个病适合针灸治疗，只要及时抢救，很快就能复苏。”

“了不起，了不起啊！你这种治法我闻所未闻！”米村长看着钟草根连连感叹，“说来说去，都是我们农村落后哇，要是有你这样的好大夫住在村里，会少死很多人。”

米村长正说着，蛐蛐母亲领着孩子走了过来，摸着孩子的头对钟草根说：“这孩子经常蔫了巴登的可怜不识贱儿，我一直觉着孩子不对劲儿，可又说不出来哪儿不对劲儿。”

“孩子是元气素虚，需要调理。”钟草根说，“山上有的是草药，我开个方子，你们自己上山采，给他吃上就好了……”

一转眼到了春季。一天上午，钟声挎着柳条筐，拿着个小镰刀片走进屋里看着钟草根：“爸，我跟他们去挖苦菜！”

钟草根正歪在炕上看书，移开书本坐了起来，见钟声旁边还有好几个孩子，都挎着小柳条筐，瞪着眼睛看着他。

“哈哈，”钟草根笑了一下说，“我跟你一起去！”

他去外面背上背篓，拿起了镐头。

“你挖苦菜，拿镐头干啥？”金茹问钟草根。

“我去刨药材。”钟草根说，“初春青草刚发芽，有的药材疗效最高。比如茵陈，三月茵陈四月蒿，五月割了当柴烧。过了这个季节就不是药了。”

钟草根跟着孩子们说说笑笑地走出家门，来到了田野。孩子们像一群小鸟，蹦来蹦去地边叫着边往前跑，很快就跑到前面去了。钟草根跟不上他们，落在了后头。

春天大地复苏，小草啃破土皮，一堆一片地冒出来嫩芽，散发着勃勃的生机。树全绿了，小鸟在枝头上鸣唱或叽叽喳喳地落到地上找食物。田地开始播种了，村外传来庄稼人的吆牛声。大自然像一轴美丽的画卷，身处其中，十分惬意。

时近中午，钟草根刨满了一篓子药材，正往回走，孩子们回来了，上前扒着钟草根的篓子看。钟声把父亲的篓子从他的肩上拽下来喊：“爸爸，你挖的啥呀，都不能吃！”

他把钟草根挖的东西拣出来扔掉，其他孩子也跟着往出拣。钟草根连忙护住篓子，制止孩子们说：“哎哎，不能扔！我跟你们说啊，这都是药材，比你们的苦菜贵重多了，只是你们不认识而已。”

第五章 传授经验

钟草根回到家里，翻看自己采的药材。有一种药材搞不清当地的名称，喊来榔头帮助辨认。

榔头看了钟草根采的东西说：“这叫铧头草，不是药材。”“是药材。”钟草根对照《中草药图谱》说，“它的学名叫紫花地丁，能治疗痈肿、瘰疬、黄疸、痢疾等多种疾病，怎么能说它不是药材呢？”榔头笑了笑说：“钟大夫懂得真多。”“你啥时候上山挖药材？”钟草根问榔头。“过了谷雨。”榔头说，“谷雨后，供销社收的药材全长出来了，天气不冷也不热，正是挖药材的好时节。”“挖药材的时候叫上我，跟你一起去。”钟草根说。“你也卖药材？”榔头问。“卖啥药材啊，我是研究。”钟草根说，“药材是治病的工具，真伪优劣关系到治疗效果，我想亲自了解一下当地的药材情况。”谷雨的头一天，榔头告诉钟草根，明天上山挖药材，并帮助他整理了背篓。第二天一早，两个人背上背篓，拿上采挖工具，带上干粮和水，走出了家门。榔头告诉钟草根，挖药的地方是猫爪山，山连着山很难走。有的地方要走草丛，有荆棘，要用镰刀砍一砍才能过去，不熟悉的人很容易迷失方向。

他还告诉钟草根，猫爪山因为离村远，去的人不多，那里的药材都是一窝儿一窝儿的，碰到一窝子就能挖好几斤。

两个人来到猫爪山，开始采药。凡是供销社收购的药材，钟草根都不采，只采不收的。

钟草根采的药材品种很多，榔头奇怪地问："你咋知道这些草能治病呢？"

"草药治病有一定规律。"钟草根说，"通常来讲，草木中空善治风，叶枝相对治见红，叶中有浆善拔毒，叶尖生刺除积痛，白花清肺能润燥，紫花祛瘀咸润融，蓝花味苦属寒药，红花破积消血肿。"

"嘿嘿，"榔头笑着摇摇头，"你的话，我一句都听不懂。"

"我说的是药材鉴别方法。"钟草根说，"一般来讲，中草药的治疗作用能通过它的外形特征、颜色和气味等鉴别出来。比如草木中间空的，可治疗风湿骨痛；叶子与枝同向对生的，可以外用止血；叶子边上有毛有刺的，可以治疗红肿疼痛等，这是基本的鉴别方法……"钟草根很快采满了篓子，帮助榔头刨远志。榔头的篓子也装满了，于是下山。回家的路上，榔头求钟草根："我想拜你为师，学治病。""不行！"钟草根一口回绝，"你没文化。雕玉必须是玉的材料，你不是那块料。"

钟草根回家吃过晚饭，拿个小板凳坐在院子里的杏树底下，对照《中草药图谱》，查验自己所采的药。不一会儿，榔头跳墙过来，问钟草根："累不？""不累。"钟草根说。"跑了一天，烫烫脚吧。"榔头说，"烫脚能放松一下，我去烧水。"他说着抱柴火去屋里烧水。榔头烧了热水，倒进盆里端过来放到钟草根脚边，试了试热度，为他脱掉鞋烫脚，钟草根连连摆手："我自己来，自己来！""你看书又看药不方便，我来吧。"榔头说着，已经把钟草根的鞋子脱了下来，为他撩水烫脚。金茹走出来，见榔头给钟草根烫脚，"哎呀"一声："你咋这么大的谱哇？年轻轻的自己不洗脚，让别人给洗，没见过你这种人！"

钟草根说："他要这样，我咋办？"

榔头给钟草根烫完脚，坐在旁边看他鉴别药材。钟草根拿起一株植物对榔头说："你看这玩意儿，叶子像藜芦，根像菱，味道像白及，我怀疑它是变种的白及。""白及是治啥病的？"榔头问。"白及可是好东西，"钟草根说，"书上记载，台州有一个劫富济贫的大侠，官府悬重金捉住他，打入了死牢。处决之前，狱长每天用好酒好菜款待他，他感激狱长，说出来一个秘方。他说：'我曾七次被捕，受尽了酷刑，肺部严重受伤，吐血不止。在生命垂危时刻，一个异人传我一个秘方，凡是遇到肺部吐血不止，白及为末，米汤送服，即刻能止血，我屡试不爽。'后来，狱长用这个方子治好了很多因肺部受损而吐血不止的病人。""有没有办法证明它就是白及呢？"榔头问。"可以试验。"钟草根说。

"怎么试验？"榔头问。"亲口尝。"钟草根说，"神农尝百草，古人鉴别药材都是尝出来的。"他说着拿起一株植物，"我想试验一下这种草有没有毒，需要提前预备几株防风。书上讲，服错药中了毒，用防风一两研成末，水调服，能解毒。""我去挖。"榔头说，"平顶山的防风可多了，只是离家远，十多里地，每次去都要老早走，傍黑天才能回来。""我跟你一起去。"钟草根说。

第二天一大早，钟草根跟着榔头去平顶山挖防风，走到山下有点累，坐在一个山泉旁边休息。钟草根举目四望，见远山云雾缭绕，近处碧草青青，虫鸣鸟叫，流水潺潺，心情无比舒畅，随口念了几句唐诗："松下问童子，言师采药去；只在此山中，云深不知处。"

钟草根念完诗冲榔头一笑，榔头也冲他一笑："我听明白了，你说的是咱们俩。我是童子，你是严师。宋瞎子看见了我，问：你严师去哪儿啦？我回答：上山采药去啦，就在此山中，不知道具体在哪儿！"

"哈哈哈。"钟草根仰头大笑起来："你是咋琢磨的呢？嘿嘿，采药吧，采完了早点回家。”两个人采完药回到家里，天已经黑了。钟草根说累，明天休息一天。

第二天上午，钟草根两口子吵起架来。老郭头老伴见金茹在院子里哭，劝了她几句不顶用，见臭子一家隔着墙朝这边看，招呼榔头过来劝劝。榔头过来了，臭子和臭子媳妇跟着跳墙过来。臭子问金茹咋回事，金茹哭着说：“他要喝药！他出了事……我和孩子……可咋办呀……”臭子进屋见钟草根坐在炕沿上，炕上放着一盆一碗，里面装着药汤子。他数落钟草根：“你干什么呀？拌两句嘴不大离儿就中了，喝啥药哇？听你老婆一说，吓得我脊梁骨直冒凉气！”钟草根没吱声，臭子媳妇见孩子哭，脱鞋上炕哄孩子。榔头指着药汤子问钟草根：“你整这干什么？”“试验毒性。”钟草根说，“就是前天我跟你说的那种植物，看有没有毒。我让你嫂子看着我喝，一旦我中了毒，让她给我灌解药，你嫂子不让我喝。”“哪个是试验药，哪个是解药？”榔头看着盆碗问。“碗里是试验药，盆里的是解药防风。”钟草根看着榔头回答，“这样吧，我喝药，你看着我，一旦我中了毒，你给我灌防风，怎么样？”

榔头没说话，端起那碗试验药，咕咕两口倒进嘴里，说：“我试验，你给我灌防风！”“啊？你个王八羔子，哪儿用着你啦？”臭子媳妇想抢榔头手里的碗，已经来不及了，朝他骂了起来。“你让他喝！”臭子瞪了媳妇一眼，“瞅你个样儿，你还信不过大耳朵？有他在跟前儿，就是天塌下来都没事！”“嘿嘿，”钟草根拍了榔头一下，摇摇头：“你上炕吧，我看着你。”榔头上了炕。

金茹走进来，瞪了钟草根一眼，小心翼翼地把盆挪到榔头的身边，嘱咐别让孩子碰洒了。大家都上炕坐下，提心吊胆地看着榔头，准备给他灌解药。臭子说榔头想拜钟草根为师，金茹看着钟草根说：“我觉着榔头不赖，你应该教他。”钟草根先是沉默不语，过了一会儿看着榔头：“这样吧，你真想拜师，要先交拜师费。”“中！”榔头问：“交多少？”“把你挖药材攒的钱，一分不少地全部给我。”钟草根说。“你贪心不足！”金茹瞪着钟草根，“你变了，咋变得这样啊？”“这事不用你管！”钟草根瞪了金茹一眼，看着榔头：“你交不交？”

榔头没说话，跳下炕跑了出去，稍一会抱着胆瓶走进来，当着钟草根的面，底朝天把钱全部倒出来，“都在这儿，当拜师费！”钟草根看着臭子和他媳妇问，“你们俩啥意见？爹妈不同意，我不收。”“我同意！”臭子看着媳妇，“榔头有了本事，比啥都值。”臭子媳妇点点头。钟草根拿过来胆瓶，把钱全部装回去，抱着胆瓶看着榔头说：“胆瓶也归我。”“归你。”榔头说。“你气死我了！”金茹朝钟草根大喊起来，“他还没找上老婆，你也忍心？不行，我做主了，只收一半！”“呵呵。”钟草根笑了一下摇摇头，把胆瓶放到炕上看着榔头，“钱我不要，你拿回去吧，我答应教你。我是考你，之所以考你，是因为你想跟我学医。想当年我拜承德知名老中医蒋一丹为师的时候，他也是这样考我。当大夫的应该怀着济世的仁心，讲究医德。这个医德就是为病人可以舍弃自己的一切，就是不吝财，你这两点都做到了，所以我答应教你。”榔头有点发愣，臭子朝他大吼：“钟大夫答应你了，还不赶紧磕头拜师！”榔头马上下地跪下，连连给钟草根磕头：“师父在上，受徒儿三拜！”

“哎，使不得，使不得！”钟草根连忙下地拉起他，“跟你说啊，我只说教你学医，并没有让你拜我为师。我是国家干部，不能收徒。”

“师父！”榔头固执地称呼，接着给金茹跪下：“给师母磕头啦！”“呵呵呵，”金茹笑了一下，看着钟草根说：“没想到我当了师母，你代表我给徒儿一点东西留个纪念吧。”

钟草根点点头，拿来一盒银针并一本书，交给榔头说：“这个是我备用的银针，这是《中草药图谱》，交给你，你要好好学习。”

榔头接过银针和图谱，激动得不知所以。钟草根看着他说：“你要学好三门课程，一是学针灸，二是学会认识药。特别是认识当地的药材，知道花花草草里面哪些是药草，有什么明显特征，都有什么功效。三是学认字，会开药方。”

“要懂得经络。人体有六脏（心、肝、脾、肺、肾、心包络）六腑（胃、小肠、大肠、膀胱、胆、三焦），每个脏腑都连接着一条经络，共 12 条经络，经络上排列着穴位。你别小看这些穴位，对于人体的气机来讲，每个穴位都是一个屏障。气机从这些穴位经过，过得去就是健康身体，过不去就是有病。扎针就是找到阻塞的穴位，通过疏通气机，达到治病的目的。”

“这么多穴位听起来让人望而却步，无从下手。其实常用的穴位不过几十个，你每天记住两个，一个月就能烂熟于心。”

“你要知道，中医是一门复杂学问。比如开药方，药的用量偏差了一点点，多了一味或者少一味，都会影响治疗的效果。再比如针灸，人的体型高矮胖瘦各有不同，身上有大大小小的交感神经无数，除了神经干，还有密集而复杂的神经丛。如果穴位找不准，扎偏或扎歪了位置，治不好病还会给患者带来痛苦。所以治病不是一朝一夕就能学好的，必须锲而不舍。”

“钟大夫，”臭子打断钟草根，抬起手竖起三根指头勾了勾，“你忘了说教他这个。”钟草根知道臭子的意思，是让榔头跟他学号脉，他看着榔头说：“学号脉光靠嘴教没用，必须接触病人，等你把基础知识学扎实了，我带你去看病，在实践中教你号脉的知识。”榔头笑得合不拢嘴，屋里人都笑了。钟草根看着榔头：“最后告诉你，你刚才喝的药没毒，你放心好了。”他伸手把装着解毒药的瓦盆拿起来交给榔头，“倒了吧，这不是解药，是酸菜汤子里面加了几滴墨水。”“啊？哈哈哈……”臭子抚掌大笑，看着榔头说：“是你师父弄了个套儿，想套你。”他看着金茹，继续说：“你跟大耳朵配合得真好。他做套子，你使劲地哭，把脸哭得魂儿花儿的。中，中啊，我算是服你们了！”“你说啥呀！”金茹看着臭子大喊起来，“我事先根本不知道。”她瞪着钟草根，“你咋这样啊，啊？连我都瞒着，也太无情了！”“不是我无情，是无奈。”钟草根看着金茹，“培养一个德才兼备的大夫不容易啊，培养好了造福一方，培养不好害人不浅，我不得不慎重。”他看着榔头，“我观察你很长时间了，知道你的人品不赖，不足的地方是没念过书，深入学习有困难，我只能教你一般的。”钟草根正说着，老郭头走了进来，白了他一眼：“你让我叫榔头原来是假招子。”

钟草根利用跟榔头一起采药的机会，教他认识药，并教他认字和开药方。教他扎针的时候，让他在自家的院子里挖一个坑，里面倒进沙子，天天用筷子插沙子。插完沙子，让榔头去供销社买来毛边纸，裁成巴掌大小，每沓几十张，用线绑上放到笼屉上蒸，蒸湿了用银针扎。他说：“学扎针要紧的是进针，手捏着银针如同捏气团，空空如也。手腕轻轻一转，在患者还没有觉察的时候，就已经把针扎上了。”榔头学习很用功，学扎针手都磨起了茧子。经过一段时间学习，用 3 寸针扎湿纸，一次就能插进三分之二并且不弯。扎完湿纸，钟草根让他在自己的身上扎，说当初他学扎针的时候就是在自己的身上扎，这样能体验针感，知道进针后是否扎到了经穴上。他说：“扎到经穴上，能感觉到经气像河水般的流动。不必用劲，靠经穴之气，就能把银针带进去。”榔头进步很快，钟草根觉得他学得差不多了，就带着他实践，只要来人找钟草根治病，他都让榔头上手，自己在一边指导。有一次，榔头为一个脖子疼的患者扎针，选中渚穴，一针见效。扎完针，榔头也学着钟草根的样子为病人讲解：“中渚这个穴位，在小指与无名指的指根间，向下两厘米的手背凹陷处。以后你脖子疼，可以自己按摩这个穴位，不必求人。”钟草根教榔头号脉是先自己号，然后让榔头复诊，体验感觉。钟草根摸脉跟一般中医不一样，是三根手指头立起来像站排一样，从指肚上体会浮、沉、迟、数、虚、实、滑、涩等脉象，他让榔头也这样学。

他告诉榔头，给小儿诊脉要特别谨慎，因为小儿不像大人，表达能力差，难以诊断。榔头跟着钟草根学治病渐渐出了名，被人称为“二神医”。有好几家主动上门提亲，把臭子两口子乐得屁颠屁颠的。九月的一天下午，米村长来找钟草根，说他老伴吃饭，刚端起碗又不吃了，嚷着饭臭；睡觉刚躺下又起来，说话也是颠三倒四的，非常奇怪。

“去看看吧！”钟草根让榔头跟他一起去。

来到了米村长家里，钟草根没动手，直接让榔头号脉。榔头号完脉说：“脉微数，心肺气虚。据脉象判断，好像是百合病。”

钟草根复诊后点点头，“由你给她治疗。”榔头从针盒里取出银针，消过毒后，对钟草根说出自己的治疗方案：“主穴选神门、三阴交，随症配心俞、肺俞。”钟草根点头表示认同。榔头扎针的时候，米村长在一旁大瞪其眼，忍不住地说：“你居然会用针灸治病，而且扎得挺利索，真是出乎我的意料。我纳闷，你是啥时候学的呢？”

恰好百顺儿在跟前，一直盯着榔头，看了父亲一眼说：“他跟钟大夫这院那院，早就学上了！现在村里都传遍了，说名师出高徒，钟大夫是大神医，榔头是二神医。”

米村长换了个话题，问榔头：“你大娘的病能治好吗？”

“从脉象上看，得病的时间不长，扎针应该有效。”榔头说。

榔头说得没说错，他正扎着针，病人已经恢复了正常，跟榔头唠起嗑来：“营子不少人吵吵，说你会扎针还会开药方，是二神医、二大夫。你找对象了吗？”

榔头没回答。钟草根笑了笑：“他已经成了香饽饽，光我知道的就有好几家上门提亲。他爹的屁股翘得老高，说得好好挑一挑。”榔头有点不好意思，红着脸岔开话：“大娘的病要彻底治好，光扎针不行，还得吃药，我开个方子吧。”“你还会开方子？”米村长瞪着榔头问，“越说越玄乎了，你没念过书，会写字吗？”榔头没说什么，找出纸笔，唰唰写出一个方子，递给钟草根。钟草根看了点点头：“君药百合入心经，性微寒，能清心除烦，宁心安神，用于热病后余热未消、神思恍惚、失眠多梦、心情抑郁、喜悲伤欲哭等病症，很适合。”钟草根正要把方子递给米村长，百顺儿一把抢过去念道：“百合 7 个，知母 3 两，7 服。”她念完递给她父亲，米村长看了一眼药方，问榔头：“你这兔崽子还中啊，怎么吃呢？”“药方简单，但是熬起来麻烦。”榔头说，“百合要用泉水泡一宿，第二天早上用泉水二升煮成一升；知母三两，用泉水二升煮一升。最后把两种药掺到一起，煮取一升半，分服。百合和知母近处就有，关键是泉水，要到平顶山去挑，离营子十多里地。”“不用泉水，用井水中不？”米村长问。“不行！”钟草根摇摇头，“百合病的起因是劳心思虑而伤脾，脾阴受困，厥阳之火尽归于心而扰其百脉。泉水偏阳可助药力，井水偏阴影响治疗效果。”钟草根看着榔头：“你既然给她治病，挑水的事也由你解决。”“我——”榔头挠着脑袋，“路太远，我一个人……”“我帮不了你！”钟草根说，“榆树岭的药材够一车了，我明天去榆树岭看着装车，晚上回不来。”“咱俩去！”百顺儿看着榔头，“我帮你挑水。”“没你的事！”米村长瞪了闺女一眼，“去，把你哥叫来。”百顺儿低头走了出去。米村长老伴看着钟草根说：“我这个病是气上得的。百顺儿都 23 了还没主儿，你大叔非要找个门当户对的，全营子就一个村长，你说跟谁门当户对？愁死我了！”米村长老伴正说着，百顺儿进屋拉着脸大喊一声：“我哥来啦！”大毛楞随后进了屋。

“你明天跟榔头去挑泉水。”米村长安排完大毛楞，看着百顺儿，“你跟他俩一起去，负责刨百合和知母。”

第二天一早，榔头和大毛楞、百顺儿去了平顶山。

三个人一路有说有笑。百顺儿看了榔头一眼，说：“我娘昨晚睡得可稳了，早上醒来也没发脾气，你治病真有两下子。”“我算个啥，我师父可神了！”

榔头说：“瘪六子腰疼，疼得走不了道。我师父让他脱光膀子，在他腰上行针。他扎针的时候，抓起银针手腕一动，说扎哪儿就扎哪儿，银针飞快地落下，仿佛刺进了豆腐，扎的速度太快了，看得我眼珠子都快瞪出来了，只有说好的份。而且他扎针技术高超，刚扎上，瘪六子就说腰不疼了。”

“还有王三儿，脖颈子起了一个疙瘩，挺大的，疼！我师父摸了摸那个疙瘩，让他背过身去，唰唰几下，还不到两口烟的工夫，一眨眼就在他后背上扎了一排子针。过一会儿，我师父说：‘王三儿，你自己摸摸，看疙瘩还有没有？’王三儿伸手一摸，‘哎呀，疙瘩没了！’这是我亲眼见，要不是亲眼见，我都不敢相信！”“还有什么新鲜事吗？”大毛楞问榔头。

“还有牛大疤瘌，左边身子痛，走路一瘸一拐的，找我师父给他扎针。我师父扎完了让他下地走两步，他下地走了几步，捂住脸‘呜哇’地叫起来，说不上是哭还是笑，把我吓了一大跳。他接着放下手跟我师父说：‘我的腿有劲了，左边身子也不痛了。’给牛大疤瘌一共扎了 7 天针，后 6 天是师父让我扎的，把他的病彻底治好了。我师父说，人的穴位就是药，扎针就等于吃药。比如，气海这个穴位能补中益气，扎针等于吃人参；扎两合谷配两太冲，等于给病人吃柴胡，疏肝理气；扎足三里健脾益气、燥湿利水，跟吃白术没有两样。这都是我师父说的，说得可多呢。”大毛楞说：“牛大疤瘌那个病，花很多钱都没治好。大耳朵给他治好了，收了他多少钱？”“一分钱都没收！”榔头说，“我师父给谁治病都不收钱。他说他是国家干部挣工资，收钱不合适；但是反过来讲，人心都是肉长的，给谁治病，谁能白用他，他不要钱就给他送东西。我师父不种粮食、不种菜、不整柴火，但是你看人家，吃粮、吃菜、烧柴火可劲造，都是别人送的。他家的柴火垛比谁家的都高，稍微矮了一点，就有人挑过去了。送啥东西不管他要不要，都是扔到院子里就走，整得我师父毫无办法。包括我们家，我爹经常说，咱们亏了谁都不能亏了钟大夫，他是咱们全家的大恩人啊！”“我师父吃百家饭！”百顺儿也称钟草根为师父，她说：“村里这么多人家，都请师父治过病，因为他治病不要钱，所以都请他吃饭。听我师母说，全村各家都让我师父吃遍了。”“男人嘴大吃四方，他嘴大就有那个命。”大毛楞说。“还有，我师父接生。”百顺儿接着说，“前些日子汤蛋儿媳妇难产，孩子横着，我和师母都处理不了，就去找师父。我师父过去看了一眼，让他媳妇侧身躺着，在这儿——”她撸起裤腿儿让榔头看，“就在这个地方用酒精棉球擦了一下，用红药水点了个小点，取出用艾蒿做的小球。跟你说，那些小球比黄豆粒大一点，圆的带尖儿，是他自己做的。他把小球放到红点上，点着一根香，用香头从小球的顶尖点着，看烧到了一半，就用手指头摁灭；接着取出第二个小球点着，仍然放在原来的地方，烧了一半又摁灭；接着取出第三个小球，点上还没烧到一半，就听汤蛋儿媳妇‘啊——啊——’地叫了起来，孩子很快生下来了，真神！”“他那是灸！”榔头说，“我师父教过我，就是用艾绒在穴位上燃烧，通过温热刺激治病。人们都以为针灸就是扎针，其实针是针，灸是灸，不是一码子事。当然也可以说是一码子事，因为针和灸都能通过经络、腧穴的传导作用来治病。我琢磨，他舍针用灸，可能是灸比针来的作用快。”“我见过师父教师母。”百顺儿说，“给妇女和孩子治病，师父都带上师母，有时候也带上我。王七的小闺女病了，师父用灸的办法，让师母和我在旁边看着。我见师父把艾卷点着，把左手中、食二指放在被灸的穴道两旁，右手持艾卷悬起来对准穴位灸。师母不理解，问师父为啥把手指头放到两旁。师父说，这样能探知艾卷热度高低，知道病人能不能承受，万一落下火也能随时扑灭。师父无论啥事都想着病人，真是难得的好师父。”“你给女的扎过针吗？”大毛楞换了个话头，问榔头。“扎过一个老太太。”榔头说，“我没结婚，不好意思给女人扎针，因为给女人扎针一般要问：‘你怀孕了吗？’你说我还没结婚，咋好意思问人家这种话呢？”“哈哈哈，”大毛楞笑起来，“是了，你是不好意思问这种话。”“可是不问又不中。”榔头说，“听我师父讲，像三阴交、昆仑、合谷等穴位，稍微刺激强一点就会导致流产，所以必须问人家怀孕了没有。怀孕五个月以上的孕妇，上腹部的穴位最好别碰。万不得已非扎针不可，要轻扎轻拔，不要用太强的针法。我师父还说，刚生孩子的女人元气大亏，不适合行针，只能用别的办法。”三个人边说话边走，不一会就到了平顶山。大毛楞跟榔头商量，先帮助百顺儿采药，采完药挑上水，一起回家。采药的时候，百顺儿说：“我最喜欢百合花。花叫百合，我叫百顺儿，百合百顺，百顺百合，都是一个意思。”“我也喜欢百合花。”大毛楞指着前面，“你们看那片百合，一株一株地长在那儿。小风一吹所有的花都摆动，像我们家小眯眼儿跟别人家的孩子一起跳舞。”“我跟我师父都爱百合花。”榔头说，“有一天采药，我师父还讲了一个百合花的故事呢。”“啥故事？”百顺儿问。“说啊，古时候有个国家，国王有一百个儿子。”“一百个儿子？”大毛楞打断榔头，“那么多儿子咋养活呢？像我一顿吃二斤高粱米饭，一百个儿子，一顿饭二百来斤，锅得多大？”百顺儿也提出疑问，“一百个儿子，他老婆是咋生呢？”“这你们不懂。”榔头说，“国王跟普通老百姓不一样。听我师父说，国王有三宫六院、七十二偏妃，老婆多了，孩子自然生得多。”“接着讲。”大毛楞朝榔头摆摆手说。

“接着讲啊，说国王有个妃子，长得花里胡哨的，国王最疼她，但是白疼了她一回。她的心眼不咋地，跟外国人勾搭，破坏国王跟皇后的感情。国王也有点山炮，糊里糊涂地把皇后赶出了皇宫。他小老婆得手后，勾搭外国人把国王给关起来了。”“小老婆真傻！”大毛楞插话，“放着好日子不过，瞎整那些干啥？国王也傻，要是换了我，一脚把小老婆踹到南山根子里去！”“先听我说。”榔头接着讲，“这件事被皇后知道了，马上招呼她一百个儿子说，你们的爹让外国人关起来了，你们尽快出兵，狠劲地整治那些外国人，把你们爹救出来。儿子们说遵命，就跟外国人干开了。跟你们说啊，她的那些儿子可厉害了，把外国人打跑了。”“对，就是得好好整治他们！后来呢？”大毛楞问。“后来听我师父说，打完仗下起了小雨，雨点子落到地上开出了洁白的小花。人们根据一百个儿子合力救爹的事，给这种花起了个好听的名字，叫百合……”

三个人采完药，挑上水回到家里，为熬药做准备。米村长有点不放心，去找钟草根。金茹说：“他去榆树岭了，明天才能回来。”事也凑巧，就那天夜里，金茹听见外头有人敲窗户，并照着手电筒喊她。她一听是百顺儿，问有什么事，说是有人家生孩子。金茹赶紧穿上衣服走到院子里，见百顺儿身边站着个男人。百顺儿介绍那个男人叫粪蛋子，说他老婆怀孕八个多月了还让她去压碾子，可能是累着了，肚子疼得厉害，已经见了红，像是要早产。她还告诉金茹，粪蛋子媳妇连着生了5胎都是女孩，想要个男孩，40岁又怀了孕。到了粪蛋子家里，金茹见他老婆挺着大肚子正躺在炕上哼哼。百顺儿褪下她的裤子让金茹检查，金茹摸了摸说：“糟了！孩子横着，你师父不在家，咋办？”“矫正一下吧，”百顺儿说。“不行！”金茹摇摇头，“你师父说过，临产前矫正，孩子的脐带一旦绕到脖子上，会窒息死掉。”两个人不敢离开，坐在炕上守着孕妇，只能等钟草根回来。

天快放亮的时候，金茹和百顺儿正打盹，突然听见孕妇大声喊叫，睁眼一看，羊水流出来了，百顺儿惊叫一声：“哎呀，要生！”金茹赶紧摸孕妇肚子：“完了，孩子仍然横着，肯定生不下来，咋办呢？最担心的是羊水流干了，胎儿缺氧死掉，大人孩子都有危险。”粪蛋子也着了急，出主意说：“大神医不在，为啥不叫二神医呢？”“对呀！”金茹一拍大腿，吩咐粪蛋子：“赶快去叫榔头！”粪蛋子去叫榔头，不一会儿跑回来，说榔头不来。“啊？刚有点本事就端架子，他咋这样啊！”金茹生气地对百顺儿说：“你盯着，我去叫！”“我去吧！”百顺儿说着走了出去。百顺儿来到臭子家，看见榔头就说道：“你咋回事啊？粪蛋子老婆小产，把师母都快急死了，叫你为啥不去呢？”“我还没结婚，再说我没给孕妇治过病，万一出了岔子咋整？”榔头说。“我不也是没结婚嘛！”百顺儿嘟着嘴，“没结婚就见死不救啦？遇到事先想到你自己，你这个大夫白学了！”“我去还不中吗？”榔头不再说什么，拿上针包走了出去。榔头来到粪蛋子家，一掀门帘见孕妇赤身露体，“哎呀”一声连忙缩回去，让百顺儿进屋把孕妇盖住，只露出来手脚。榔头进屋给孕妇行针，扎三阴交，用泻法，并点刺合谷穴。扎上针后，眼瞅着孕妇身体一缩一缩的，十几分钟后，随着孕妇“啊”地一声大叫，孩子生下来了。孩子哇哇哭了起来，金茹报喜：“生了一个大胖小子！”“小子啊！”孕妇一把掀开被子，光着身子坐起来去看孩子。榔头正收拾针包，“啊”地一声，连针包都没顾上拿，低着头赶紧往外跑，金茹和百顺儿哈哈大笑起来。

第二天钟草根回来，金茹对他说了给粪蛋子老婆接生的情况。钟草根让把榔头叫过来，对他说：“孕妇临产的关头，胎儿不能转胞，补合谷泻三阴交能感传子宫，使子宫口一开一挤，催产效果非常好，这种方法，我记得以前跟你说过。史上记载唐朝长孙皇后怀高宗数日不能分娩，李世民诏令医博士李洞元诊治。李洞元针刺孕妇合谷穴，一针扎下去，胎儿就顺利地生了下来。这说明针灸确实能使胎儿由异位转为正常胎位，实现正常分娩。你能记住我说的话，说明你很用心，这方面我不说了，要说的是，当大夫的不能光考虑自己……”

自打榔头给米村长老伴治病，百顺儿去榔头家的次数就多了。邻居这院那院，金茹经常看见两个人一起出入，听见他俩爽朗的笑声。

有一天，臭子两口子来钟草根家里串门，臭子媳妇一进屋就说百顺儿：“那丫头跟过去不一样了，过去见我躲得老远老远的，现在见了我主动搭话，笑呵呵地说：‘婶子忙啥哪？’小嘴可甜了。她还勤快，看见榔头衣服脏了一小点儿就让他脱下来，往我们家的脸盆子里一摁，哼哧哼哧地就洗开了。”“榔头没说她什么？”金茹问。“榔头红脸秃噜地站到一边看着她笑。”臭子说，“俩人到一块总是你盯着我，我盯着你，还故意地碰胳膊，往一块堆儿拥挤。我一见他俩那样就心里怦怦跳，都不敢当面看他们啊，去别的地方偷偷地看，还得捂上一只眼睛。我说出来你们不一定信，百顺儿家里有啥情况，包括她爹娘有啥喜好，我们榔头都知道；榔头有啥情况，百顺儿也知道。就连我们家胆瓶里装着多少钱，百顺儿也都一清二楚，你说说，这俩人是啥时候谈的呢？”“我知道啥时候谈的。”金茹朝钟草根挤挤眼，看着臭子笑了笑，卖了个关子没说。“你知道，就快说！”臭子媳妇催金茹。金茹看着臭子媳妇，说：“榔头每天晚上来我们家，跟钟声一起写生字，这你是知道的。”“我知道。”臭子媳妇点点头。“有好几个晚上，榔头正写字，见外头有人用手电筒晃我们家的窗户，一亮一灭晃三下，接着‘喵、喵’有人在外面学小猫叫，明显是对暗号。榔头听见了，立马走人。”

“开始我没怎么在意。有一天傍黑儿我去南墙根拿尿盆，听见墙外有男女说话的声音，没头没尾地说‘师父、师父’，我心里一惊，就蹲在墙根儿底下听了起来。”“听你的话，像是……”臭子正要插话，金茹朝他一摆手，学着百顺儿的声调：“‘咋呀？不稀罕我，是吧？我最看不起你这扭扭捏捏、叽叽歪歪的样子。快说，稀罕不稀罕我？’‘稀罕！’这是榔头的声音。榔头说，‘你真好！小嘴叭叭的，说话真好听，我最稀罕听你说话。’百顺儿可能是亲了榔头一口，榔头美滋滋儿地笑起来，‘嘿嘿，你干啥呀，整了我一脸哈喇子！’百顺儿‘呵呵呵’笑起来说，‘跟你实说了吧，咱俩的事，我偷偷跟我嫂子说了，我嫂子肯定告诉我娘，我娘肯定告诉我爹。跟你说啊，我爹可向着我了。以前吧，有个老娘们给我说了个主儿，是乡干部，我娘同意了，我爹不放心啊，让我自个儿偷摸着去乡里看看。我一看那个人长得太丑了，我说不干，我爹由着我。现在看来，不干就对了……’‘你偷看他干什么？’是榔头的声音，‘我不愿意听你说别的男人……’榔头还要说什么，可能听见了啥动静，接着没了声音，估计是走了。”金茹说完，看着臭子两口子，“事情发展到这一步，关系已经明确了，就差双方父母表态。依我看他俩挺恩爱的，你们就成全他们吧。”“中！”臭子同意，并求金茹当媒人，去女方家里提亲。“还有一个事。”金茹看着臭子，“妞妞和皮蛋儿也在一起了，我碰到过。妞妞跟我说，她担心家里不让她找皮蛋儿，半宿半宿地翻来覆去睡不着觉。”“这我都知道。”臭子看了金茹一眼，“也是你当媒人，榔头的事办完了，就给妞妞办。”金茹第二天去米村长家，说了榔头和百顺儿的事，米村长两口子同意了，但提出一个条件：臭子一家原来得过秃疮，万一旧病复发怕把自己的闺女害了，要求榔头去别处单盖房。金茹跟臭子两口子说了，两口子同意。米村长给榔头批了一块地皮和几棵树，村里人主动帮忙，房子很快盖起来了，榔头和百顺儿结了婚。接下来，皮蛋儿和妞妞也结了婚。

1954 年 6 月的一天，供销社来人叫钟草根接电话。钟草根拿起电话，是医药公司领导打来的，说他的工作有变动，组织部让他去旗里，当面跟他谈话。

钟草根赶到旗里找组织部，组织部部长把一纸调令交给他说：“调你到老河沿子乡当文教助理，负责扫盲工作。”“是不是搞错了？”钟草根疑惑地问组织部部长：“我是学医的，不让我去医院，怎么搞扫盲呢？”“我知道你是学医的。”组织部部长说，“但你是国家培养的大学生，应该首先考虑国家需要。全国5.5亿人口，其中80%是文盲，农村文盲率高达95%以上。农业要发展，必须提高广大农民的文化素质。眼下从事扫盲工作的人不好找，组织部认为你合适，希望你多努力，为扫盲工作做出更大的贡献……”

组织部部长讲了很多，讲完了让钟草根表态。钟草根叹了口气说：“让干啥就干啥吧。”组织部部长让钟草根先去老河沿子乡报到，然后搬家。从旗到老河沿子乡不通汽车，钟草根仍然步行。到了老河沿子，钟草根用几天时间熟悉了情况，并且租了房，起个大早步行回到连山营子，准备搬家。他到家已经天黑了，一进门，金茹就迫不及待地问：“调哪去啦？”钟草根说了调动情况，金茹大喊：“不去，不去，爱咋就咋！”“不去咋办？”钟草根摇摇头，“我是国家干部，只能服从分配。”金茹说话强硬，也觉得无可奈何，过了一会问：“搬家咋办？”“老河沿子没车，让自己想办法。”钟草根说，“只能求裴志亮。”邻居们见钟草根回来了，都来问情况。榔头听说钟草根调走了，当即哭了起来。百顺儿赶紧去找她爹，让她爹去找乡里，留下钟草根在连山营子扫盲。米村长叫上田主任一起去找乡长，乡长摇摇头：“我没办法！组织部的衙门大，我这芝麻粒大的小官递不上话。”钟草根调走的消息很快传开了，人们纷纷来他家看望。裴志亮和老伴提着两瓶子豆油送给钟草根说：“这豆油是我去乡里用黄豆换的，可香了，你收下。搬家的事我已经安排好了，让拉药材的大车提前来，先送你，然后拉药材。”

田主任和米村长也来了，田主任看着钟草根老泪纵横：“这营子离不开你，你咋走了呢？实话讲，前些日子一个什么大干部来了，我没理他，因为他跟我们老百姓没直接关系。唯独你，我舍不得你啊。”“真舍不得你走！”米村长也流了泪，“咱们营子离城里远，过去有病找不到大夫，只能硬撑着，死了不少人啊。你来了给我们带来了希望，可是我们没福哇，留不住你……”

搬家的那天早上，全村男女老少都来为钟草根送行，家家都带来礼品，光五谷杂粮就装了整整两麻袋，煮鸡蛋装了尖尖一篓子都没装完。钟草根担心这么多熟鸡蛋吃不完就坏了，让金茹跟他一起，给在场的人每人两个作为回赠："就算我们吃了啊，谢谢你们的好意！"装完车要走，女人们拥着金茹痛哭，哭得金茹直抽搐。钟草根劝大家别哭，自己却泣不成声。老郭头用拐杖使劲地笃着地大声哭喊："老天爷啊，你不应该让好人走哇！"车老板从来没见过这种场面，也感动得哭了起来，边哭边指着他的马说："就连我的马……都跟着落泪！"车老板让钟草根一家上车。正要走的时候，榔头、皮蛋儿和大毛楞走过来围着车老板说："我们叫你大叔，求大叔帮我们，让我们牵着马送恩人一程吧，就送到营子外，中不？"车老板含泪点点头："中！可得小心啊，别把马惊了。"三个人上前牵马，马似乎懂事，老老实实地让他们牵着。村里人都跟在大车后面，一直送搬家的车到村外。

第六章 扫盲工作

钟草根把家搬到老河沿子乡，着手扫盲工作。扫盲的主要困难是缺乏师资，为了解决这个困难，钟草根进行调查，凡是识字超过1000个以上的人都选当老师，让识字的人教不识字的人。钟草根建议乡长召开一次会议，统一布置扫盲工作。会议结束后，他下到谷子坝村抓点。谷子坝村有250多户人家，人口相对集中。他来到谷子坝跟村长商量，从村办公所腾出一间房子，作为扫盲的教育场所。村办公所是过去旧保长的办公所，有一间较大的空闲屋子，钟草根让人把屋子打扫干净，用土坯垒了一些土墩子，上边铺上木板作为课桌，并做了一些长条板凳，买了一些墨汁把山墙涂黑了一片，上方挂上毛主席的像。门口挂上一块木牌，上面写着“谷子坝民校”，基础设施就算齐备了。民校老师由小学教师担任，因为民校是晚间上课，不影响老师们白天教学。

刚开始，村民对上民校有抵触情绪。很多人说：“我们全家不识字，不也过日子吗？”更多的人说没空，“白天去地里干活，晚上在家里挑土垫圈、喂牲口、编筐、绑笤帚等，哪有时间上民校啊？”钟草根只好下去挨家挨户做工作：“新中国要向工业化进军，没有文化跟不上形势。”经过一番工作，少数人想通了，答应上民校。

钟草根见上民校超过了 20 人，开始上课。第一堂课由他先讲，讲了一个故事：“说呀，有几个农村妇女结伴去旗里，看见广场聚着很多人，墙上贴着大标语，感到新鲜，就走过去看热闹。”

“几个妇女走进广场，见是开大会。听了一会觉得没意思，说天儿不早了，咱们回家吧。几个妇女往广场外面走，突然看见一个人手里拿着大麻花，问他是从哪儿买来的，那个人一抡胳膊说：‘那儿！’几个妇女见他指的是广场东南角，说咱们也去买一点吧，带回去给孩子吃，就朝广场东南角走去。她们走到东南角，见有两个席棚，外面贴着字。其中一个席棚的旁边站着一个妇女，抱着一个孩子，正吃大麻花。她们心想，席棚里一定有卖麻花的，就朝席棚里面走。其实这两个席棚是开大会搭的临时厕所，席棚外面醒目地标着‘男厕所’和‘女厕所’字样。男厕所旁边那个抱着孩子的妇女是在等她丈夫，她丈夫在男厕所里面解手。这几个妇女心里只想买麻花，匆匆忙忙往席棚里面走，进去看见几个男人有的站着，有的蹲着，正在大小便。男人见女人们进来，大声喝问：‘你们来这儿干什么？快出去！’几个妇女的脸臊得通红，赶紧跑了出来……”钟草根讲到这里，大家笑了起来。

钟草根说：“你们别笑，这就是不识字的人出的洋相。假如她们认识字，能去男厕所里买麻花吗？不识字简直羞死人！”

钟草根讲的故事很快传开了，村民谈笑之余，都说没文化不行。特别是一些年轻妇女，主动上民校，家里人拦都拦不住。那年代女人一般十六七岁就出嫁了，各家都有很多孩子，想上民校但是把孩子放到家里不放心。钟草根说：“可以带孩子上课。”民校晚上 7 点钟上课，免费发《农民速成识字课本》。课文是三字经格式的，念起来朗朗上口。为了增加农民的学习兴趣，钟草根除了教字，还经常去乡里摘录报纸，把有关国家大事记下来讲给学员听，并且教学员们唱歌。当时有一首歌叫《夫妻识字》：“黑格隆冬的天上，出呀出星星。黑板上写字，放呀么放光明。什么字，放光明？学习，学习二字我认得清……”凡是上过民校的人，都会唱这首歌。

刚开始学习，村民最感兴趣的是写自己的名字。那时候，大多数村民都没有名字，只有外号。钟草根主动替他们取名。有个村民叫艾结巴，是根据他说话结巴起的外号，钟草根给他改了个名字叫艾顺达，并教他怎么写。老农民拿惯了锄头的手，换成拿铅笔感觉很费劲，他用了好几天时间，才歪歪斜斜地写出来“艾顺达”三个字，艾顺达学会了写自己的名字很高兴。钟草根通过观察，发现艾顺达虽然说话结巴，但是唱歌不结巴，就把生字配上《夫妻识字》的曲子教他唱歌，并且教他一个绕口令：“天上有个日头，地下有块石头，嘴里有个舌头，手上有五个指头。不管是天上的日头，地下的石头，嘴里的舌头，手上的指头，反正都是头儿。”艾顺达学会了绕口令，居然把结巴治好了。

钟草根为了让大家多认字，想了很多办法。比如用形象字教学，在黑板上写一个“木”字，“木”字旁边写上“困”，让大家分析字与字之间的关系。“木”对“困”说：难怪见不到你，原来你被关进去了；“夫”对“天”说：我总算熬出头了。“男”对“力”说，你有力气为什么不种田？白吃饭呢；“申”对“田”说，我总算伸出了头脚，自由多了；“大”对“人”说：怎么，你没挑担子；“卓”对“桌”说：几天没见，你咋架上双拐了呢？有个学员记不住“吉”字，钟草根说：“你倒过来看，就好记了。”他把“吉”字倒过来看了一眼，笑了起来，原来是“口干”二字，他说：“我经常口干，这下可好记了。”钟草根见报纸上有一条经验：先教农民认识注音符号，然后用注音符号拼字，可以解决扫盲中的回生现象，并且能让农民无师自通地自己学习，他采用了这个方法。村民刚开始学注音，觉得注音符号曲里拐弯的很难学，但是学会了这些符号，发现居然能拼字，兴趣就来了。大家学会了注音，注在生字下面，提高了认字速度。农活忙的时候，钟草根组织“地头学习小组”，结合农活、农具和牲畜名称等，进行实物教学；针对部分农民住得分散，离民校远，钟草根还背着小黑板去个人家里教学，并组织小学生，帮助家长学习文化。此外，还组织了识字比赛，要求人人身上挂布条，文盲身上挂黄布条，不是文盲的挂红布条。挂黄布条的人要主动向挂红布条的人问字。大家争着挂红布条，促进了学习自觉性。还不到半年时间，第一批学员就学会了 1000 个单字，有些人还超出了标准。

随着 1955 年全国农业合作化，扫盲运动也上了一个新台阶。尼格杜尔旗扫盲工作委员会按着国家发布的扫盲标准，制定了“识字证书”。证书设计得很漂亮，上方正中印着毛主席头像，左右各有 1 面红旗，中间印着“为人民服务”字样，边饰花纹，下面写着识字人的姓名，盖着尼格杜尔旗扫除文盲工作委员会主任的红色印章。尼格杜尔旗扫盲工作委员会于 1955 年 9 月统一对农民识字情况进行考试，谷子坝所有村民都获得了识字证书。通过考试，老河沿子乡被旗评为扫盲工作先进单位，钟草根被评为先进工作者，受到了上级表扬。

1956 年 7 月的一天，钟草根接到调令，调他到尼格杜尔旗制缸厂担任文化教员。他不想去，找到组织部要求去医院，组织部部长说：“医院里的中医一大把了，你凑什么热闹？”还说：“干扫盲比你在医院能发挥更大的作用。扫盲队伍有了你这样的大学生，整体实力就提升了。”

组织部部长态度很坚决，钟草根知道胳膊拗不过大腿，只好去了制缸厂。制缸厂是旗新成立的重点国有企业，主营业务是为老百姓生产水缸、腌菜缸等。厂里盖有家属房，钟草根调动的同时，把家也搬了过去。制缸厂离旗医院不远，钟草根闲下来想去看魏友明，提前跟他打了电话。魏友明说：“礼拜天来吧，到我家吃中午饭。”礼拜天那天快到中午的时候，钟草根去医院门口找魏友明。魏友明已经在等他了，见面寒暄几句后，领着他往家中走。“几个孩子啦？”

魏友明问钟草根。“三个，两个小子一个丫头。”钟草根说完问魏友明：“你呢？”“唉！”魏友明叹了口气，“还跟以前一样，没孩子。”“都三十好几了没孩子，咋搞的？”钟草根看了魏友明一眼，“是你的问题还是吴小霞的问题？”魏友明的爱人叫吴小霞，是旗妇幼保健所的医生。“我和吴小霞都检查过，都没问题。”魏友明说。“小霞的脉象怎么样？”钟草根问。“我不会摸脉。”魏友明说。“不对吧？”钟草根看着魏友明，“那年我去你们家，见你给你哥摸脉，连牙疼都能摸出来，怎么说不会呢？”“我那是骗人的。”魏友明说，“我见我哥牙齿周围肿着，半拉脸也肿了，说话嘶嘶哈哈的老是捂腮帮子，不摸脉也知道他牙疼。摸脉只是装个样子而已，其实我根本不会。实话讲，我对中医没任何兴趣，但是农村人判断你是不是医生就看会不会摸脉。我为了不让哥哥失望，所以装了个样子。”“哈哈，你装得真像。”钟草根笑着说。“唉，”魏友明叹口气，“当初找吴小霞的时候，我妈不同意，但是朋友说，找她有好处，她爸在卫生局工作，能帮我进医院。”钟草根岔开话题：“你娘的身体好吗？”“还中吧。”魏友明说，“去年来我这儿住了三个月，跟吴小霞老是吵架，待不下去，回家了。”“为啥吵架？”钟草根问。“主要是嫌小霞没孩子。”魏友明说，“我妈一直想我能有个孩子，但是小霞三十多了还没身子。我妈很生气，说她‘结婚这么多年了你都没怀上，想眼睁睁地看我儿子断子绝孙怎么着？不知道你到底能不能生，不能生就早点打罢刀！’打罢刀是我们这地方的土话，就是离婚的意思。此外，婆媳性格也不合。我娘节俭惯了，小霞打小生在城里，不了解农村苦，跟我娘说不到一起。”两个人说着话，来到魏友明家门口。魏友明推开院子门喊了一声：“来人啦！”随着喊声，从屋里走出来三个人。钟草根见过吴小霞，另外两个人：一个男人中等个儿，留着小分头；一个女人小圆脸，梳着两个小辫。

吴小霞跟钟草根打了个招呼，介绍另外两个人：“我妹子吴小敏，妹夫沙大力，礼拜天没啥事，来我们家里玩。”

沙大力和吴小敏跟钟草根寒暄了几句，让他进屋。

钟草根进屋，见一条小走廊隔开东西两间屋子，后面是厨房。魏友明介绍说：“是医院分给我的家属房。”钟草根走进西屋，迎面见是一张八仙桌，两边各摆着一把椅子，墙上贴着四扇屏年画。八仙桌的侧面有一张床，屋子北面有一个红堂柜。钟草根羡慕地说：“你的家庭条件可真好。”魏友明让钟草根坐在八仙桌旁边，打开一盒大生产牌香烟，取出两支分别递给他和沙大力，自己也叼了一支，擦根火柴分别点着。吴小霞提着暖瓶走过来给客人倒水，倒完水招呼吴小敏帮她做饭，魏友明和钟草根、沙大力坐下来说话。“我介绍一下吧。”魏友明指着钟草根对沙大力说：“我俩同年当兵，同年上医科大学，既是战友又是同学。”沙大力“哦”了一声，看着钟草根说：“你念过医科大学，理应安排在医院，为啥没去医院呢？”钟草根对这个问题不好回答，魏友明说：“我同学是学中医的，医院里的中医严重超编，没法子安排。”“我找过几个中医看病，都糊弄人。”沙大力看了一眼魏友明，“你看他摸脉，把手指头按上去了，但是摸完了，说的病情跟我得的病对不上号，甚至驴唇不对马嘴。”钟草根看着沙大力摇摇头，“嘿嘿”两声没说什么。魏友明觉得沙大力当着钟草根本人的面说这些话不好，打圆场说：“中医有好有差很正常，你不喜欢中医，就别找中医。你家离医院近，有病去医院治疗，何必找中医呢？”沙大力把目光转向钟草根，眨眨眼说：“我最近经常肚子疼，疼起来就像刀绞一样，找几个中医看，有的说我凉着了，有的说我热着了，按他们开的方子吃药根本不顶用。你既然是学中医的，能不能给我把把脉？”“可以。”钟草根点点头。沙大力移过来一把椅子，坐到钟草根跟前，把左胳膊伸了出去。钟草根把烟摁灭，把烟头放到烟灰缸的一边，给沙大力把脉。钟草根把完脉，皱了皱眉头，接着哈哈大笑起来。沙大力不解地问：“你笑什么？”钟草根止住笑，绷着脸看着沙大力："你在检察院工作。""啊？"沙大力瞪大眼睛，"号脉能号出来我在什么单位工作，你不是大夫，是巫师！"魏友明也瞪着钟草根："你咋知道他在检察院工作？""我不知道他在哪儿工作，是讽刺他！"钟草根朝魏友明说完，把目光转向沙大力，"你啥病都没有，却撒谎说肚子疼，想干啥？是监察我吗？我一不行医，二不卖药，三没违法，你监察我没用。""你错了！"沙大力瞪着钟草根，"是你的医术不高，摸不出我有病。""嘿嘿，"钟草根冷笑一声，"你糊弄人找错了对象！我告诉你，人的脉络就像一张大网遍布全身，在心气的推动下，血液在脉管里循环往复，四通八达，任何一个地方发生病变，都会从脉象上显现出来，有啥病我一搭手就知道，你骗不了我。""哈哈哈，"沙大力睨了魏友明一眼，笑着坐回床上，朝钟草根摇摇大拇指，"高，高！我试验过好几个中医，摸完脉都说我这儿有病，那儿有病，唯独你说实话。你太牛了，我佩服得五体投地！""你以后别这样。"钟草根看着沙大力说，"中医除了在医院工作的，大多靠卖药养家糊口，他不说你有病，咋卖药挣钱呢？可我不同，我是干部，不吃卖药这碗饭。"沙大力点点头，去外面把吴小敏叫进屋里，让她坐到钟草根跟前，"麻烦你给我老婆看看她有什么病。"

钟草根没说什么，为吴小敏把脉，刚按上去就说："你咽喉疼痛。"

"对！"吴小敏点点头。钟草根让吴小敏把左胳膊伸出来，摸了一下皱皱眉，重新摸右胳膊，摸完笑着对她说："恭喜你啊，你的脉象说明你已经怀孕四个多月了，咽喉疼痛跟你怀孕有一定关系。""我咽喉疼痛，能给开个方子吗？"吴小敏问。钟草根说："咽喉疼痛不是大问题，不必吃药。每天多喝一点水，过一段时间自己会好。"吴小敏点点头，跟沙大力低声耳语几句。沙大力看着魏友明，说："姐夫，我觉得钟大夫有两把刷子，让他给小霞号号脉吧？"魏友明沉思了一下喊吴小霞，吴小霞走进来，眼圈红红的，看着钟草根勉强笑了一下，没说话。“让我的同学给你看看。”魏友明拉着脸，朝吴小霞说一句。“我不看！”小霞气鼓鼓地说，“我说找中医，你不让，说你自己是医生，找中医看是丢人现眼。”“我是说过。”魏友明瞪着吴小霞，“因为你要找的那几个中医我知道，虽然他们的岁数很大，但医术不咋地，而且嘴不好。你让他们看病很快就会传扬出去，岂不是把我毁了？但是钟草根不同，他是我同学，我知根知底。你不相信我，难道也不相信他？”吴小霞不再说什么，坐到钟草根跟前，把胳膊伸了出去。钟草根先摸了吴小霞右腕，接着摸左腕，摸完凝目沉思了一下，接着“呵呵”大笑起来。“你笑什么？”魏友明不解地问。“我笑小霞有病。”钟草根说。“我没病！”吴小霞露出惊慌之色，惊呼一声站起来走到窗前，捂住脸哭了起来。“你什么人啊？”吴小敏瞪着钟草根，“我姐有病你不同情也就罢了，还笑，这不是幸灾乐祸嘛，真是的！”“你不懂！”钟草根看了吴小敏一眼，对魏友明说：“如果吴小霞没病，但又不生孩子，那就是天生有问题，只有离婚的份儿。离婚的原因是不生孩子，日后改嫁也没人要，那就全完了。好在她有病，不生孩子是因为有病造成的。病是后来得的，完全能治好，病治好了，一定怀孕。”“你搞错了吧？”魏友明看着钟草根，“小霞自己是妇幼保健所的医生，检查全无异常，你怎么说她有病呢？”“有没有病，她自己应该知道。”钟草根看着吴小霞：“你例假虽然正常，但血色暗红，白带多，我说得对吗？”吴小霞擦了一把眼泪回过头来，点点头。“还有，你颈部经常不舒服，晚上睡觉时身体很重，好做噩梦，时常半夜醒来大口大口地喘气，这难道不是病吗？”“连这你都能摸出来，你可真神了！”吴小霞连连点头说，“我原来一直认为工作忙，是休息不好造成的，不是病。”“不对！”钟草根看着小霞，“你左耳朵后面经常发痒。”“对，对！”吴小霞不由自主地搔搔耳后，“经常刺刺挠挠的，但是不红不肿，没法子说有病。”“你后脑有时发胀，咽喉里像是有东西，干咽几下才舒服，对吗？”钟草根接着问。吴小霞点点头：“呦，全被你说中了，你不说我都不觉着。”“你的确累！”钟草根看着吴小霞，“但你不是身累，而是心累！你看见别人有孩子，自己三十多岁了还没有，心里憋屈，但又说不出口。因为情志不舒，导致了阴虚火旺，你是自己给自己找麻烦。”“唉——”小霞长叹了一口气问：“你有办法给我治吗？不瞒你，自打结婚到现在，我的肚子毫无动静，我怕，怕啊……”她说话的声音有些哽咽，又流出了眼泪。“其实你能生孩子。”钟草根一摆手，“我现在夸下海口，打包票能治好你的病，保证让你生孩子。”他让吴小霞找纸笔，说要开方。魏友明看着钟草根，问：“你真的有把握？”“你要相信中医，有实实在在的经验。”钟草根说着开方：白术1两，白芍1两，当归1两，菟丝子1两，杜仲1两，白蒺藜1两，羌活8钱，川芎6钱，川椒6钱；5服，水煎服。他把开的方子递给吴小霞，“先吃5服，吃完了找我。估计吃上二十几服，必定有效果。服药期间注意不得有房事，等断了药以后皆可恢复。”吴小霞拿上药方走了出去，钟草根把抽过的烟头拿起来重新点着。不一会儿吴小霞走进来，对钟草根说：“吃饭了。”吴小敏把八仙桌移到中间，等着上菜。

菜很丰盛，酱焖肉、猪肉炖粉条子、小鸡炖蘑菇等上了七八盘。钟草根看着菜一直吸鼻子，咽着口水羡慕地说：“太香了，满屋子都是香味，一看菜就知道，你们家的日子比我强。”魏友明没说什么，招呼大家入座，拿来一瓶东北老白干，打开瓶盖倒上酒，说：“没外人，客气的话就免了，咱们边吃边聊。”钟草根一口干了杯中酒，赶紧夹起酱焖肉往嘴里填。他低着头，一筷子接着一筷子夹着吃，好像啥都顾不上了，魏友明看他吃的样子笑起来。钟草根说：“你别笑，我月工资32块5，要养活一家5口人，日子过得紧巴巴，从来都没吃过你们这样的好菜。今天要放开吃一顿，美美地解一次馋。”“吃吧，可劲造！”魏友明看了钟草根一眼说，“我月工资

45，小霞36，两口子加起来八十多。猪肉一斤7毛5，牛肉一斤7毛8，鸡一斤7毛3，有钱就能买得到，家里一年四季不断肉。”钟草根也不搭话，只顾往嘴里填酱焖肉，一会就把一盘子酱焖肉吃得精光。吴小敏看着他直咋舌，悄悄地跟她姐姐耳语几句。吴小霞笑着说：“小敏说了，很少见过像钟大哥这样的实在人。”魏友明看着吴小敏：“你别笑他，我俩来的路上，他在老乡家里吃饭也是这样……”

小霞吃了钟草根开的药见好，吃完了打电话找他接着开药，钟草根又开了5服：桂枝3钱，茯苓4钱，桃仁3钱，丹皮3钱，白芍4钱，杜仲2钱，橘红3钱，当归3钱，石菖蒲6钱，水煎服。一个多月后，吴小霞第5次打电话让钟草根过去。钟草根到她家，为吴小霞摸了脉，摸完笑了起来，魏友明问：“你笑啥？”钟草根看了吴小霞一眼，“你让她自己说吧。”吴小霞瞪了魏友明一眼没说话，去厨房拿来一条子猪肉递给钟草根说：“刚买的，上班忙没时间做，拿回去让嫂子给你做吧。”“哎呀，使不得！”钟草根连忙推辞。“拿着！”魏友明朝钟草根说了一句，接着问：“她真的有啦？”钟草根说：“中医有经验，有孕没孕一搭手就知道。孕者脉象往来流利，应指圆滑，如盘中走珠，是谓滑脉。”吴小霞看着魏友明抿嘴一笑，说：“已经检查证实，确实怀孕了。”

1957年腊月的一天，沙大力来厂里找钟草根，说他母亲病了，求他去给治一治，钟草根二话没说就去了。沙大力的母亲住在他哥哥沙大富家里，钟草根走进沙大富家，见离屋门口不远的地方支着一口棺材。进屋后，几个男女守着一张床，床上躺着一个面色苍白的老太太。几个人见钟草根来了连忙让开，让他近前给病人看病。钟草根走到床前，见老太太活像一具死尸，摇摇头，让人搬来一把椅子，坐下来给病人把脉。他拉过来老太太的手往下一按，“嘶”地吸了一口气，心里说：“没脉！没脉就是死了，死了为什么还找我呢？”但他又一想，是不是自己刚进屋，因为精力不集中，没有摸到脉呢？他把手抽回来，闭上眼睛集中精神再搭上去，这回摸到脉了，但是脉搏非常弱，弱得几乎感觉不出来。他摸完脉朝沙大力摇摇头："病人只剩下最后一口气了。"沙大力点点头："就不瞒你了，人是从医院抬回来的，医院说没救了，包括上头来的专家也说没得救，也不给治。"这个病治起来很难，我没把握。"钟草根说。"我求你了！"沙大力的哥哥沙大富拉住钟草根流着泪说，"我爹是老公安，解放初被土匪打死了，是我娘一个人把我们5个孩子拉扯大的。老人为我们操碎了心啊，她六十出头就走，我不甘心哪！你无论如何都要救救我娘，求你了，求你了！"他说着"扑通"一声跪在钟草根的面前，几个人全给钟草根跪下了。钟草根连忙喊他们起来，说："老太太这个病是以前得的，以前是怎么治的？""一直在医院治疗，吃西药。"沙大富说，"上礼拜三夜里，我娘让家里人把她的棺材支到门口，说要用了。礼拜五叫我给她拢头发，穿寿衣，还没等我说话，她就昏了过去。""你妈是重度心衰，已经濒临死亡。"钟草根看着沙大富，"我只能说试着治，不敢保证把她救过来。"他说着开了方子，并把方子交给沙大富，嘱咐说："我再说一遍，没有把握把她的病治好。如果这几服药吃完了还没醒过来，你们就别找我了，赶紧安排后事。"

这样过了5天，沙大力哥俩突然来到了钟草根的家里。沙大富提着两只鸡，沙大力提着一条子猪肉，看着钟草根兴冲冲地说："我妈的病全好啦，过来谢你，请你去家里吃顿饭。""不可能！"钟草根摇摇头，"我开的药自己清楚，吃5服能苏醒过来，就算是烧高香了。""我妈真的好了。"沙大力说，"我打电话告诉魏友明，他也不相信，亲自去我哥家里看病人，现在还在我哥家里。他说要见你。你去吧，酱焖肉已经给你准备好了。""嘿嘿嘿。"钟草根笑着摇摇头，跟着哥俩走出了家门。钟草根来到沙大富家里，见魏友明正坐在八仙桌前跟几个人说话。一个穿着黑棉袄的老太太坐在床上，笑眯眯地看着他们。钟草根跟魏友明打过招呼，把目光转向床上的老太太，似曾认识。沙大富走到床前，指着钟草根对老太太说："娘，你不是说见一见治病的大夫吗，我请来啦。"老太太端详着钟草根，说："哎呀，你这么年轻就会瞧病？有本事，真有本事，我谢谢你啊！"

钟草根见老太太说话中气十足，一点都不像病人。他不敢置信地望着老太太，问沙大富："你是不是找过其他大夫，给你娘治病。""没有。"沙大富说着挪来一把椅子，让钟草根坐，自己也坐下说："我只找你一个，没找其他人。"

魏友明瞪着钟草根，"你挺能耐的，居然把一个濒死的人救活了。""药方十分普通，但是我有点纳闷，老太太这个病到了快死的程度，就算这个方子真的能救她，也要吃20服以上才能见效，我不理解她为啥好得这么快，真的不理解。""你开的方子里有附子4钱（单包、先煎）对吧？"沙大富问钟草根。"这没错。"钟草根说，"附子属于独行药材，辛、热、有毒，须严格控制剂量及煎煮方法，要求先放到药吊子里大火煎20分钟以后，再下其他药。""让我老婆整错了。"沙大富说，"我老婆去药店抓药，药店把5服药的附子包在了一起，外面写了一个'分'字。""这是药店的通常做法，没错。"钟草根说。"但是我老婆整错了。"沙大富顿了一下，"我老婆没文化，不认识那个'分'字，把一包附子全部倒进药吊子里熬了20分钟，再加上其他药熬了一会，晾凉了，给我妈灌了下去。""她这是害人！"钟草根瞪着眼大叫起来，"附子20钱能致人死亡，这不是胡闹嘛！"他让沙大富把他老婆叫过来。

沙大富老婆来了，说了熬药和服药经过："我不识字，不知道人家写那个'分'是什么意思，光记住了那个药要先熬一会，没分就全倒进了锅里，熬了一会下另一包药接着熬。熬完了凉个差不多，托起我婆婆的头，给她灌了下去。灌完了，过了一会我来看她，见她身子一抽一抽的，胳膊腿儿抖得很厉害，嘴里酿着白沫。我寻思，她躺了好几天，快要死的人了，这会儿能动弹了，还真不赖。”“她那是严重的中毒症状！”钟草根失声叫道，“得亏没死人，死了我都说不清！”沙大富觉得不能让母亲听到这些，把老太太扶下床走出去了。沙大富媳妇望着婆婆的背影“嘿嘿”一笑，接着说：“后来她又吐又拉折腾了七八次。”“好，好！”钟草根激动起来，“她这是排毒。邪阴和病毒通过上下窍排了出去，是好现象。后来呢？”“呵呵，后来可有意思了！”沙大富媳妇笑起来，“吃完了头服药，熬第二服的时候，我扒拉来扒拉去的，就是找不见先下的那一包，心想咋没有先下的呢？肯定是药铺少给我了，就去找药铺。药铺抓药的是个半大小子，我生气地说他少给了我 4 包药，给我补上。”

“那个半大小子找出方子看了一眼说：不对呀，我全给你了，其中有一包是 5 剂包在一起了，写着‘分’，要分开。”

“我说我没分，一起倒进了药吊子里，熬了给病人吃了。他听我一说着急地大喊：你胡闹，会药死人的！我说你废话，人不是没死吗？人死了我找你要药噶哈？”

“后来他又卖给我 4 包，是小包的。我接着给我婆婆熬药吃药，吃了第二服药，她照样拉、吐，但是轻了；吃了第三服药她没拉也没有吐；吃完第四服药她说想下地走走；吃完第五服药她睡了一觉，醒来说肚子饿，让我给她做粥吃。她吃完了自己去外面溜达，溜达回来告诉我，让我把她的棺材放起来，不用了。”

“嗨嗨，我知道了！”钟草根看着魏友明笑了一下，“老太太的病是陈寒凝聚已深，表里之邪交织难解，首服必须加大附子量，这样才能达到峻逐阴寒的目的。”“老同学，我想说几句不中听的话。”魏友明看着钟草根，顿了一下，“病人治好了，是因为吃错了药，歪打正着，但是你想过没有，假如病人吃了你开的药中毒死了，会是什么后果？”“唉。”钟草根叹口气，摇摇头没吱声。“你不是医生。”魏友明说，“医生必须有政府批准的行医手续，这才合法。你应该知道，有手续跟没有手续不一样啊。比如我，国家允许行医的，出了事有国家兜着，可是你出了事谁给你兜着？治不好出了人命，你得背黑锅，你背得起吗？”“你的话有道理。”钟草根点点头。“看在老同学的份上，说句掏心窝子话吧，我不主张你看病。为什么？因为你没有政府出具的合法手续，出了差错很难收拾，你说对不对？我说这些是为了你好，可别怪我没提醒你！”魏友明说完摇摇头，站起来走了。钟草根有些尴尬，沙大富安慰他：“他爱说啥说啥，你别往心里去。我娘的病，刚开始一直找他，他不但没治好，还说没救了，必死无疑。如今被你看好了，明显打了他的脸，对你有意见很正常。你知道我为啥请你给我妈治病吗？”钟草根没回答，沙大富说：“我听我妈说的那些话，明显要走，把我急坏了，问沙大力咋办。沙大力说，有一个叫钟草根的人医术高明，且性格大大咧咧，找他试试吧，于是我们哥俩就去请你。”“哈哈，”钟草根笑了一下说，“实在话，我原来也不想插手，但是看你急的那个样子，知道你是孝子，明知道病难治，也心存希望。实在话，治好你母亲病的不是我，而是你的媳妇，是她稀里糊涂地加大了附子的首服量。说句迷信话，你母亲的病好得这么快，或许是因为你们一家人孝敬老人，感动了上苍……”

第七章 工作调动

1957年底制缸厂扫盲考核，所有工人都获得了“识字证书”。考核结束后，钟草根接到调令，调他到马家胡同乡担任文化教员，专职扫盲。钟草根从组织部谈话回来，制缸厂刘厂长接着找他谈话，主要是工作交接的事，谈完了扯起闲话：“我听到一些风言风语，说你随便加大了附子量，差点把一个老太太药死。”“简直胡说八道！”钟草根说了给沙大力母亲治病的经过，“加大附子量是沙大富媳妇干的，而且首服量加大并不一定错，其实中医治病法无定法。”

“我对中医没研究。”刘厂长打断钟草根，“给你提个建议吧，你不是大夫，尽量别给人治病……”

钟草根调到马家胡同乡，随后把家也搬了过去；但是仅半年多又调动了，从马家胡同调到了邱家杖子。邱家杖子离旗不算远，钟草根抽空去医院看魏友明。魏友明已经提升为科主任，有了单独的诊室，见钟草根来了，让他进屋坐下，说：“中午去我家吃饭吧，给你做酱焖肉。”

“好哇！我知道去你家吃饭，肯定能解馋。”钟草根说。

魏友明笑了笑，给吴小霞打电话，让她早点回去准备午饭。

魏友明下班后，与钟草根一起往家里走，进门见吴小霞和一个抱着孩子的老太太迎了出来。吴小霞介绍，老太太是自己的母亲。

“哈哈，孩子都这么大了！”钟草根朝吴小霞笑笑，上前逗孩子，“告诉大伯，叫什么名字？”孩子认生，把头扎到姥姥的怀里，吴小霞代替孩子回答：“魏超美。”钟草根摇摇头，“名字听起来怪怪的。”“是老魏起的名字。”吴小霞说，“咱们国家要赶英国超美国，所以起名叫魏超美。”“哈哈哈，”钟草根笑着从挎包里掏出一个纸包递给吴小霞，“给孩子买了点冰糖。”“谢谢你啊！”吴小霞接过冰糖，让钟草根进西屋。钟草根走进西屋，坐下问：“超美应该两岁多了吧？”“两岁多了。”吴小霞说完一句，告诉钟草根要忙着做饭，与母亲一起离开了屋里。魏友明跟钟草根坐下说话，魏友明问：“怎么样，还好吧？”“咋说呢？”钟草根顿了一下，“我是忙来用，哪个乡扫盲上不去，上级首先想到我，把我调过去。这不是，才一年多的时间就调动了两次。调动倒是无所谓，关键是搬家麻烦。从这儿搬到那儿，又从那儿搬到这儿，好像蚂蚁。你嫂子搬家都搬腻了，经常对我发脾气。”“老是搬家，问题出在你。”魏友明说。“这话咋讲？”钟草根说，“上级调动，也不由我说了算。”“咋跟你说呢？”魏友明斟酌了一下词句，“你不是外人，我就直说了。”魏友明看着钟草根，“扫盲是长期任务，你急啥呢？比如你在制缸厂天天晚上讲课，假如你改成每周讲一次课，把时间拉长一些，一年完成的任务拖成两年或三年，岂不是能在制缸厂多待几年？城里的条件毕竟比乡下好。”“那可不行！”钟草根摇摇头，“上级要求扫盲要上新台阶，作为扫盲工作者，应该抓紧赶进度。”魏友明眨眨眼，随后笑起来：“哈哈，对，对！现在咱们全社会都在赶进度，扫盲也不应该例外。”

两个人正说话，吴小霞走进来看着钟草根说：“你给我妈摸摸脉吧，她左胳膊又麻又疼，已经半年多了，吃药老是不见好。”

钟草根摇摇头，说：“老魏说过，我不是医生，不主张我看病。”“你给她看看吧。”魏友明说，“我想听听你有什么说法。”吴小霞把母亲叫进屋里，钟草根为她摸脉，摸完后说：“你的眉棱骨经常疼，额头的这个地方曾经长过一个小疮，并且最近一段时候，饭后经常吐酸水。”

“你咋说得这对呀！”吴小霞母亲用力点点头，“就好像你在我跟前看见了一样。”

“你的病是心脏供血不足。”钟草根说，“供血不足必然升起心火，心火升到额头停了下来必然长疮；心火下行进入脾胃会引起胃部不适，必然吐酸水。这是中医的老合套，不足为奇。”

“我觉得你中。”吴小霞母亲看着钟草根，“你给我治治吧。”“用不着我。”钟草根看着魏友明，“你是主任，你治吧。”

吴小霞母亲摇摇头，“吃他开的药不能停，停了还犯。”

“你给我娘治治吧。”吴小霞说着拿来纸笔，让钟草根开方。

钟草根写出方子交给吴小霞，说：“方中黄芪 4 两，附子 2 两，干姜 1 两 5 钱，紫石英 1 两，生地 1 两，炙甘草 1 两，葱白 1 根。服用方法是把所有的药掺和到一起上碾子压成面，用细箩筛一下，每服 3 钱，一日 2 次。估计一服药就能治好你母亲的病，如果一服药没好利索，照原方再抓一服，保证治好。”

吃饭的时候说起话，吴小霞说旗妇幼保健所计划培训一批接生员，时间为 21 天，她想照顾金茹参加。钟草根说：“金茹会接生，是我教的，用不着培训。”

“你教的没用！”魏友明说，“参加妇幼保健所培训给发结业证，有了结业证，则代表政府允许接生。你教的谁给她发证？这跟你行医一样，你的医术再好，没有政府发证也不合法。”

“参加培训有好处。”吴小霞说，“政府给每个培训人员发一个带红十字的保健箱，箱子里头有酒精盒、镊子、剪刀、注射器、体温计等小医疗器具，并且发一个搪瓷脸盆，一块油布。”

“家里的孩子一大堆，金茹走了，谁管呢？”钟草根说。

“反正时间不长。”吴小霞说，“可以找人帮忙照看一下。”

“行吧。”钟草根回到家里，跟金茹说了培训的事。金茹很高兴，拿点钱给邻居，求邻居帮助照看孩子，自己参加培训。

1959年初，邱家杖子乡经上级考核达到了脱盲标准。1959年5月，钟草根调到了丰益人民公社。到丰益人民公社后，钟草根把家搬到了瓶底儿庙。瓶底儿庙村是大队所在地，辖三个生产队，三百多户人家，人口相对集中。瓶底儿庙村过去办过民校，后来由于大炼钢铁顾不上学习，停了。钟草根去了之后先从恢复民校上课开始，召集民校老师开会，重新布置了工作，并且利用家在瓶底儿庙的方便条件，亲自走家串户，动员社员们进民校学习。

他走到一个社员家里，见男人蒙着被子躺在炕上，女人和几个孩子七倒八歪地坐着。钟草根正要问话，女人大喊：“我们家没粮食！”“咋回事啊？”钟草根感到莫名其妙，“我又不在你家吃饭，你说没粮食干啥？我是扫盲干部，来动员你们上民校的。”

钟草根询问女人，得知炕上躺着的男人叫冷二，让他起来。女人说：“他病着，起不来。”钟草根问冷二啥病，女人说：“去年腊月上山捡牛粪，回来晚了没吃上饭，连冻带饿地浑身哆嗦。他吃了3片镇痛片，盖上被子发汗，发完汗倒是不哆嗦了，但说不出话来，成了哑巴。”“我给他看看吧。”钟草根上炕把冷二扶着坐起来，冷二朝他张了张嘴，指了指自己的舌头。钟草根把冷二的手拉过去摸了一下脉，摸完了用大拇指抠住他胸骨柄上窝凹陷正中处，按揉起来，边按揉边让冷二吞口水。他按揉了十几分钟，冷二发出了“啊、啊”的声音。又按揉了一会，冷二说出话来：“我好啦！”冷二老婆看着钟草根笑起来，“不吃药就能把人的病治好，你真是神医！”“他的病需要继续治疗。”钟草根从兜里掏出钢笔和一片纸开了个方子：附子2两（单包、先煎），麻黄5钱，细辛5钱，生姜2两；3服，水煎服。他把方子递给冷二说：“你的病是痰随气逆，按摩一下虽然能说话了，但是病没有完全好，需要再吃几服药。方子里的药，公社卫生院都有，不到两块钱。你吃完了药去找我，我再给你看一下。我家刚搬来，住在陶牛牛家的对面屋。”

钟草根从冷二家里出来往前走，拐过一个窄胡同，迎面看见几个人抬着担架匆匆忙忙地走过来，其中一个梳着俩小辫、背着红十字箱的年轻妇女走在前面。钟草根不经意地问了一句：“你们是去哪儿？”“公社卫生院。”年轻妇女回答。钟草根见担架上有个蒙着被子的人，判断他们是送病人的，就说：“公社离这儿二十多里，要走很长时间，担架上的人啥病？可别耽误了。”“人都快死啦！”年轻妇女瞪着钟草根大吼，“与你没关系，让开！”她喊完让抬担架的人靠墙边走过去。“你们站住！”钟草根大喊一声，“让我看看病人。”抬担架的人愣在了那里，年轻妇女朝他们挥挥手，“放下，让他看！”几个人放下担架。钟草根走过去蹲下来掀开被子，见一个男人脸色晄白，头歪在一边。钟草根拉过来他的胳膊摸了摸脉，接着扶他坐起来，解开他的衣扣，把手从他背后伸进去鼓捣起来。抬担架的人不知道他要干啥，愣愣地看着他。

几分钟后，担架上的男人睁开眼问年轻妇女：“你们这是干什么呀？”他见自己坐在担架上，抱起被子就走。那个年轻妇女愣了一下喊：“爹，你的心口还疼吗？”“不疼啦！”那个男人大喊一声，头也没回地拐出了胡同。

“你是谁呀？”年轻妇女问钟草根。“我叫钟草根，是扫盲干部。”他看着年轻妇女，“你爹是胃气痛，小病，干吗要送医院呢？”“你是咋给他治的？”年轻妇女问。“用指针。”钟草根勾了勾手指头说，“人的背部，第 7 胸椎棘突下旁开 3 寸有个穴位叫膈关。治疗方法是让患者取坐位，治病的人蹲在患者背后，右手握拳，以中指中节尖端顶住穴位转着按压，三五分钟就能治好。如果没有治好，再取左侧膈关穴按压几分钟，肯定手到病除。”“你是大夫吧？”年轻妇女看着钟草根，

“我在旗里参加卫生员培训的时候，大夫说话口气跟你一样。”“呵呵。”钟草根笑了一下正要说什么，见冷二走了过来，跟一个抬担架的人打招呼：“我正要去你家，借你的毛驴。”“啊？你不是变哑巴了吗，咋会说话了？”一个人问冷二。

“好了！”冷二指着钟草根，“是他给我治的，三两下就治好了，还开了一个方子让我吃几服药。我腿脚不利索，想找你借驴去公社抓药。”年轻妇女看着钟草根，“哑巴都让你治好了，真是神了！”“他根本没有哑。”钟草根说，“他是受了点寒，加上过服发汗药使阳气受损，少阴经脉凝闭阻塞了气道，导致了暂时性的失语。我取天突穴按摩了一下，让他恢复了说话能力，但是他的脉沉紧，光靠按摩达不到治疗效果，需要吃药调理一下。”“我听出来了，你果真是大夫。不，是神医！”年轻妇女激动地说，“我叫卢丫，是大队妇女主任兼卫生员。我拜你为师，请你教我治病，中吗？”“我不是大夫，更不是神医。”钟草根看着卢丫，“我是扫盲干部，是来你们村扫盲的，刚来不熟悉，你帮助我动员社员进民校，遇到病人我治疗，你在旁边跟着学。”“太好了！”卢丫高兴得跳起来。“大夫，先去我家吧！”一个抬担架的人上前拉了一下钟草根，“我叫贾三，我儿子的眼睛突然瞎了，如果你把我儿子治好了，我们全家上民校。”“我先看看病人吧。”钟草根说。

第二天上午，贾三来找钟草根，卢丫也来了，跟着去了贾三家里。贾三的儿子叫小庄，钟草根摸完脉问情况，小庄说：“年前我跟姐姐一起去姥姥家，路过一条河，不小心掉进了冰窟窿里。姐姐把我拉了上来，见衣服全湿透了，让我赶紧往姥姥家跑。我跑到姥姥家脱下衣服，捂上被子睡了一觉，睁开眼睛黑黑的，啥都看不见了。”小庄母亲哭着求钟草根：“我儿子才 17 岁，眼睛瞎了咋挣工分、咋找对象啊，愁死我了，您给治治吧！”“没送医院吗？”钟草根问。“去啦！”贾三说，“到公社卫生院说治不了，让去旗医院。到旗医院，大夫检查说眼底没毛病，脑袋也没毛病，也不是青光眼，找不出原因，让住院观察。我寻思住就住吧，东借西凑地整了点钱，住院治了五六天，照样看不见，钱也花光了，只好拉回来。我现在是啥办法都没有了，咋办啊？”小庄也哭起来。钟草根安慰他们几句，让卢丫找个手电。卢丫拿来手电，钟草根用手电照着小庄的眼睛，问他有什么感觉，小庄说眼前有亮，钟草根点点头：“这就好办了。”他开了个方子：制附片 4 两，麻黄 5 钱，辽细辛 5 钱，生姜 3 两，甘草 2 两；5 服，水煎服。他让卢丫把方子记下来，解释说：“他失明的原因是掉进冰水里，寒邪直中少阴，邪阻气遏而导致了暴盲，治疗方法要先宣肺温肾。”卢丫抄完，钟草根让她把方子交给贾三，告诉他：“5 服药不到 3 块钱，去公社卫生院就能抓到。”

钟草根从贾三家里出来，卢丫领着他去一个叫刘老拔的家里。走到半路上，发现一个女人从后面追了上来，看见卢丫，拉上她就跑，边跑边急头白脸地说：“我到处找你都找不到，急死我了！满囤儿一天一宿尿不出来，憋得吱哇叫，都快不中了。”卢丫回头喊钟草根，钟草根也跟着跑。跑到那个女人家里，见一个七八岁的孩子盖着被子躺在炕上。卢丫上前掀开被子，见孩子下腹隆起，浑身颤抖，摸了一下孩子的脑门，说他发烧，问钟草根咋办。钟草根反问卢丫：“你说呢？”“导尿吧！”卢丫说着取出导尿管，让孩子母亲抱住孩子，她托住孩子插导尿管，孩子痛得哇哇大哭，卢丫急得一身汗都没插进去。“停！”钟草根朝卢丫摆摆手说，“他的尿道口肿着，导尿管能插进去吗？”他边说边取出银针，给孩子扎针并按摩，同时让孩子母亲去外面拿尿盆。孩子母亲走出去，还没把尿盆拿进来，孩子已经尿到了炕上。卢丫看得傻傻的，瞪着钟草根：“师父，你一定要教我这一手！”钟草根点点头：“先说孩子的病。你看他脸色发红，明显是上焦火盛，气失肃降，因为不能升清降浊，所以导致了尿路不通。治疗方法是用四寸银针，选气门穴进针三寸。气门这个穴位的取法是脐下 3 寸，旁开 3 寸，扎上气门后，取寸半针，选营池穴进针 8 分。营池穴位于足部内踝下缘前、后之凹陷处，每足两穴，左右共 4 个穴位。行针手法是急提慢插，弹动震颤，上下诱导，左右捻转。扎完针按摩，方法是取利尿穴，位置在脐下 2.5 寸，在神阙与曲骨穴的连线之中。按摩方法是借手指的力量引动内括约肌舒张，逼着尿肌一收一缩，形成排尿反射，使尿液排出来……”

从女人家出来去刘老拔家里，卢丫边走边告诉钟草根：“刘老拔是我二舅，第二生产队的羊倌。他的病是从腰部到屁股蛋子疼，后来整条腿都疼，好几年了，整天哼哼呀呀的，去公社卫生院和旗医院都治过，都没治好，经常疼得下不来炕。”来到刘老拔家里，见刘老拔在炕上躺着。卢丫喊他一声，他咧着嘴坐了起来。钟草根朝他看去，大约四十多岁，脸色黑紫。钟草根为刘老拔摸了脉，问：“你一直喝酒吧？”“每天喝，往死了喝！”刘老拔媳妇说，“他用酒止疼，除了喝酒，吃啥药都顶不住。”钟草根摸完脉，让他媳妇找一根缝衣针，并且把毛巾拿过来，取出酒精棉球把缝衣针擦了擦，让刘老拔撸起裤腿儿趴下，在他的膝盖下面垫上毛巾，按了一下他的膝盖里侧，开始治疗。他边治疗边讲故事：“据说呀，唐朝的时候，唐高宗脑袋瓜子闷疼闷疼的，疼得直发昏，眼睛都看不清东西了，皇后传秦鸣鹤大夫为唐高宗治疗。秦鸣鹤摸了脉说，皇帝的病是风毒上攻，单靠药物治疗效果不佳，要在头上放血。秦鸣鹤的话被皇后听见了，皇后大怒：天子的头上岂可放血？拉出去斩了！唐高宗摆摆手，说当大夫的议论一下怎么治病，不能说他有罪，况且他脑袋瓜子又闷又疼，放点血如果能治好，也不是坏事。秦鸣鹤一听皇帝准许了，就用针——跟你说啊，不是这种做活的针，是三棱针。三棱针我也有，忘带了。据说啊，他用针刺皇帝头上的百会穴和脑户穴，各出了三滴血，皇帝当即叫了起来：‘哎呀，我的头不疼啦，眼睛也亮啦！’皇后一听，才知这个大夫真有本事，于是重赏！”

“哎呀，我的腰不疼了！”钟草根正讲故事，被刘老拔打断，也喊了起来。“老天爷，今天遇到神医，我的腰疼好了。”“不疼了就下地！”钟草根拍了一下刘老拔让他坐起来，“跟你说啊，以后别喝酒，也别老躺着。”刘老拔下地扭了扭腰走了几步，朝钟草根竖起大拇指：“你简直成了精，没费事就把我的病治好了，太神奇了！”刘老拔的老婆在一边呆呆地看着钟草根，感激不已地说：“他病得不死不活的，多亏你把他治好了。说说吧，多少钱。”“我治病从来不要钱。”钟草根说。“真的不要钱？” 刘老拔老婆不相信。“真的不要钱。”钟草根说，“我是干部，挣国家工资，说不要就不要，你放心好了。”

卢丫看着钟草根，问：“你治病云里雾里，我都看花眼了，是咋治的？”“很简单。”钟草根讲解，“这叫放血疗法，所取的穴位叫委中，位置在腘窝横纹中点，股二头肌腱与半腱肌腱的中间。委中穴是治疗腰背疼痛的要穴，在委中这个穴位放血，可以舒筋通络、散瘀活血、清热解毒，对治疗腰脊强痛、股膝挛痛、风湿痹痛、小便不利等有奇特的效果。”“放血会不会有危险啊？”卢丫问。“不会。”钟草根说，“用针刺破某些穴位或者体表的小静脉，放出少量的血，是古医家常用的方法。《内经》讲凡有瘀血，泻之万全，说明这种治疗方法由来已久。放血要用三棱针在皮肤上点刺，边放血边观察，只放出黑血和紫血，看着要出鲜血的时候马上停止，别胡乱放。以前我用放血的办法治过急性扁桃体炎，即取少商穴刺血，同时在耳郭背面的小静脉处放血。当时放血，当时就能缓解咽痛。还治过一个感冒头痛的病人，取双侧太阳穴、双侧少商穴放血，也是疼痛立止。还抢救一个急性昏迷的人，放血的当时，人就苏醒了。按照中医的理论，体内的各种毒素、寒湿、瘀血会被推送至皮肤下面，等待从皮肤排出，但是由于种种原因，皮肤排不出去，从而造成了皮肤下面蓄毒的部位血脉堵塞，循环不畅，使人生病。用放血疗法使毒素排出去，气血流畅，病也就好了，这道理很好理解，疗效也不错，有实用价值，我经常运用。”“放血疗法需要注意什么？”卢丫边作记录边问。“注意消毒。”钟草根说，“消毒后一手拿针，另一只手捏起皮肤刺血。要注意刺的时候别太深，放血量别太多，一般 1 ～ 5 毫升即可。放血疗法禁止给虚寒病人、孕妇以及血管瘤患者使用。出血性疾病及贫血病人也不要用。”

从卢丫二舅家里出来，他们又去了第一生产队队长侯七家里。侯七有个 12 岁的女儿，孩子每天尿炕，去医院治好后，回到家里很短时间又复发了。卢丫跟侯七介绍了钟草根，叫他的女儿过来看病。钟草根给他女儿摸完脉，说：“她的病是睡凉炕引起的。”“你可说对了！”侯七说：“自打办公共食堂不准个人家里动烟火，很多孩子都尿炕。”“我给她治吧。”钟草根从挎包里掏出艾条和火柴，取穴关元，用艾条温和悬灸，灸了半小时对侯七说：“要灸 5 次才能治好。”“要多少钱？” 侯七问，“不要钱。”钟草根说，“我是来村里搞扫盲教育的，碰见病人顺便治一下而已，不是为了挣钱。”“你真是好人。”侯七说，“我有事求你，”钟草根看着侯七，“帮我动员社员参加民校学习，你是队长，说话方便。”“中！”侯七说，“这事交给我吧。学习文化是好事，应该参加。”卢丫问钟草根：“我觉得扎针比灸来得快，你为啥不扎针呢？”钟草根说：“尿炕这种病，得病的原因是肾阳虚，是下元虚冷。灸是热疗法，适合虚冷病人。”

他说完看着侯七，“我有个顾虑，你闺女的病治好了，但如果继续睡凉炕还会复发，要想办法解决睡凉炕的问题。”几天后，贾三领着儿子去感谢钟草根，告诉他：孩子能看见了。卢丫不解地问钟草根：“医院都治不好的病，怎么到了你手，吃 5 服中药就治好了呢？”“道理很简单。”钟草根说，“小庄是冬天掉进冰窟窿里的，从救上来到去他姥姥家有一段时间，受寒一定很重。寒邪入达三阴，伤伐肾阳必然闭阻肾气。因为肾是元气之根，肾气闭阻，必然导致元气不能正常通行，五脏六腑之精不能上输于目，出现寒凝闭窍。医院不考虑这些因素，单独地治疗眼睛，必定无从下手。而中医就不同了，考虑到肝经上连于目，通过疏肝、清肝治疗，必然能治好这个病。”卢丫领着钟草根走家串户，动员社员们进民校学习的同时，捎带着治病，治好了很多人。他治病不但手艺高，且不要钱，这样的大好事很快传遍了全村，社员纷纷上门找他。他借此机会动员大家上民校，大家都答应下来。钟草根觉得动员得差不多了，让人把民校收拾出来，并召集教员们做了布置，准备开课。而就在这时，一个让他意想不到的事情发生了。

旗里的组织部调他到岔子沟公社担任文化教员，专职扫盲，并要求他先去岔子沟公社报到。

岔子沟公社离旗九十多里，不通汽车，钟草根走了一天才赶到，找到公社吴社长。吴社长看了调令说：“当前经济工作压倒一切，你先把扫盲放一放，去杨家围子大队，协助供销社收购鸡蛋。”

钟草根心想自己是学医的，不让进医院也就罢了，怎么让他去收鸡蛋呢？他斟酌了一下词句说：“我是医科大学毕业，会看病，公社卫生所比较适合我的专业。”吴社长冷冷地看着他，“你是不是认为大学毕业值钱啊，告诉你，你要服从分配！”钟草根不敢多说什么，只好去杨家围子大队。跟大队长和供销社主任打了个照面后，去村里租了房，回瓶底儿庙村搬家。金茹听说又要搬家，当即喊起来：“咋又搬啊？ 2月18号才搬来，今天4月29号，才几天又搬家？上次搬家，好好的一个咸菜坛子打碎了，这样下去我折腾不起，不搬！”“不搬就算了，”钟草根说，“你们娘几个就在这儿过，我一个人走。”金茹说的是气话，瞪了钟草根一眼，默默地收拾东西。钟草根去大队找孙大队长，提出雇大队马车搬家的事。孙大队长当即给公社社长打电话，求社长设法留住钟草根。社长说：“钟草根是个好同志，但是调令已经下了，我无能为力。”孙大队长撂下电话，叹了一口气：“唉，这几年我最头疼的问题就是社员们因病减少劳动力，恰好你懂医，帮助我解决了大难题，我心里乐啊，可是没想到你调走了。”孙大队长把车老板叫了过来，当面交代了给钟草根搬家的事，交代完了对钟草根说：“按理我应该送你，但是赶上公社开会，送不成了，让卢丫代表我吧……”钟草根想悄悄地装车，悄悄地走，但是万万没想到搬家的那天早上，男女老少来了很多人，卢丫早把他调走的事传了出去。很多人哭着与钟草根话别，钟草根表面上若无其事，其实心里很痛苦。车装好了，钟草根让金茹和孩子们先上车，随后跟送行人招招手说：“感谢大家啦，再见，再见！”他打完招呼正要上车，突然听见了一个瓮声瓮气的声音：“老少爷们，大家听我说几句话啊。钟大夫免费为很多人治好了病，是咱们的大恩人啊！但是咱们没福，没办法留住他，让他走啦。老少爷们，咱们要知恩报恩啊。咋报？咱们没东西，但是都长着脑袋瓜子和两条腿，跪天、跪地、跪父母、跪恩人，咱们都给他跪下，给恩人磕头！”

在场的人呼啦一下全跪下了，朝着钟草根磕头。

“你们这是干啥呀！呜——”钟草根再也装不下去了，跪下来大声哭喊，捣蒜似的给大家磕头……

钟草根把家搬到了杨家围子，第二天去供销社上班。供销社原来有两个人，一个是沈主任，年岁很大，另外一个是残废军人，少了一条胳膊。沈主任交代他专管收鸡蛋，那时候粮食紧缺，杨家围子是平原地区，养鸡的人家很少，钟草根上班半个多月才收了 20 斤鸡蛋。钟草根通过观察，发现卖鸡蛋人大多来自转山营子。转山营子靠着山，社员的房子大多盖在山脚下。那里的山是封山，禁止放牧，但是不限制养鸡。各家都开着后门，早上起来把鸡放出去，小鸡自己上山找吃的，根本不用喂。因为有这样的好条件，多数人家养鸡。转山营子没有供销社，社员卖鸡蛋要走七八里路来杨家围子。社员们嫌不方便，除了买生活必需品外，下的鸡蛋大多自家吃了。“能不能去转山营子收鸡蛋呢？”钟草根把这种想法说给沈主任。沈主任说：“我早就想这么干，但是年龄大了，腿脚不利索，去不成。”“我去吧。”钟草根说，“我在老家的时候，村里经常来货郎担，挑个小担，摇着拨浪鼓走家串户。卖的东西无非是针线、纽扣、红头绳、松紧带、木梳、小镜子和孩子们喜欢的糖果，很实用。我想收鸡蛋，顺便带一点货下去，既收了鸡蛋又卖了货，两全其美。”“这样最好。”沈主任让他早一点下去。钟草根说干就干，改装了两个大箩筐，上层装货，下层准备装鸡蛋。跟供销社赊了货，买了一个拨浪鼓，一切收拾好了准备上路，但有一个问题：从公共食堂打饭吃，中午和晚上大人给一碗粥，另加三两蒸熟的糠；10 岁以下的孩子只给粥，不给糠。金茹问丈夫：“你吃不饱，再挑上担子走那么远的路，受得了吗？”

钟草根摇着头说：“有啥呀，战争年代比现在还苦，不也坚持下来了吗？只要能收上鸡蛋，再苦也值得。”钟草根来到转山营子摇起了拨浪鼓，引来了孩子们跟随。他放下担子，给每个孩子发了一颗糖球儿，让他们回家喊大人。

钟草根找了一个干净的地方把货摆开，稍一会来了几个妇女，看着他的货问价。钟草根说：“我是杨家围子供销社的，卖的东西跟供销社价格一样，可以用鸡蛋换。不买东西单卖鸡蛋，我也收。”几个妇女连忙回家拿鸡蛋，用鸡蛋换买货。1959 年鸡蛋提高了收购价格，由每个 5 分钱提到 5 分 5 厘，有鸡蛋的人家都愿意卖。还没到中午，钟草根收的鸡蛋已经装满了两筐。他算了一笔账，一上午收的鸡蛋，比他蹲在供销社里收的两倍还多。他心里很高兴，回家的路上想唱歌，于是自己编了几句词，边走边哼哼呀呀地唱了起来：“我挑着筐啊，来转山啊，收鸡蛋啊，收得多啊，真高兴啊。大母鸡啊，快下蛋啊，咕咕哒啊，咕咕哒啊；咕哒咕哒咕哒咕咕哒……”钟草根回到村里，直接把鸡蛋挑进供销社。沈主任见他收了这么多鸡蛋高兴坏了，当即到酒坛子跟前，提出来二两酒，朝他晃了晃说："来，奖励你二两酒，给你洗尘！""哈哈哈。"钟草根一口干了酒，让沈主任把鸡蛋过秤入库。钟草根回到家里，跟金茹说了收鸡蛋的情况，金茹也很高兴，给他端来粥和糠干粮，并有一碗清煮豆苗汤。钟草根上炕坐到桌子前，端起豆苗汤喝了一口，"哎呀，太好喝了！"他一口气喝完，抹了一把嘴问："这豆苗是从哪儿弄来的？"金茹正要回答，二儿子钟名抢着说："从地里挖的，我和我哥、二土匪、小鬼脸、花耳朵、山闹儿、大屁丫一起去挖的。""你哥没上学？"钟草根问。"没有。"钟名说，"学生们喊饿，老师也说饿，就不上课了。二狗子说队里豆子地出苗了，领着我们去挖……""你们这是偷青苗！我让你偷——"钟草根要打钟名，钟名溜下地跑了，恰在这时钟声进了屋。钟草根上前抓住钟声"啪、啪"打了两个大耳光，又踹了一脚，把他踹倒在地。钟声鼻子出了血，擦把血站起来，瞪着父亲。钟草根还要打他，金茹连忙上前护住孩子："你干啥呀？这年头谁不偷？我不敢偷，是因为我是干部家属，可我也饿啊！人是铁饭是钢，一点都不假。我上山挖过野菜，跑了大半天才挖到两小把，还不够一个人的嚼头，这日子可咋过啊，呜呜……"她大哭起来。钟草根眼里浮着泪，背过身子擦了一把，回头瞪着钟声："你都12岁了，应该懂事，眼下正闹自然灾害，全国人民都吃不饱，你为啥不想一想大家呢？我讲过长征的故事，苦不苦，想想红军两万五，你应该学红军，要相信大家忍一下，困难的时期一定能过去。要记住啊，不准再偷青苗！天旱，是大家挑水才把地种了下去，刚出苗就被你们挖着吃了，没了苗就打不下粮食，没有收成，你吃土？别不懂事！"

钟草根第二天仍然去收鸡蛋，下午回到家里，金茹给他端饭，发现糠干粮没了，只剩下了一碗稀粥。她知道孩子偷吃了，很生气，大声地责问："你们谁偷吃了给你爸留的糠干粮？"孩子们都不承认。金茹要打他们，钟草根摆摆手：“算了，你看他们一个个瘦得那个样子，全是营养不良，唉！”他长叹了一口气，喝完粥拿上军用水壶灌了一壶凉水，揣在怀里走了。天黑以后钟草根回来，金茹抽了抽鼻子：“怎么有一股酒味呢，谁请你喝酒？”“这年头连饭都吃不饱，谁还请我喝酒哇？”钟草根说，“我饿得心里发慌，找不见吃的，就去供销社偷酒喝，偷了酒兑凉水，明知道这样做不对，可我饿呀……”

那一段时间，钟草根每天去转山营子收鸡蛋，后来越收越少，十天半月去一趟才收上两筐。

1960年端午节的前几天，他从转山营子收鸡蛋回来的路上，被一个拄着棍子的老头截住了，老头哭着求他：“你行行好，帮我埋个人吧。”钟草根撂下挑子问：“咋回事？”“我老伴没了。”老头解释说，“我和老伴从大儿子家里回来，去转山营子找二儿子，因为不通车，一百来里地一路要饭，吃着野菜走回来。我老伴走到这儿跌倒了，喊她不醒，我一摸没气了，饿死了哇！你行行好，帮我挖个坑埋了吧。”钟草根让老头领他去他的老伴跟前，上前摸了一下脉，连忙跑到担子前拿来一根缝纫针，用嘴含了一下算是消毒，给她扎针。针扎下去，老太太当即醒了。老头看着老太太醒来大哭起来，“老天爷有眼啊，让咱们碰上了好人，把你救活啦……”钟草根摆摆手，“大娘是饿昏了，并没死。”钟草根看见两个老人脚都肿着，就用针刺破他俩的脚，挤出来一些黄水。知道两个老人饿，就拿了6个鸡蛋，每人3个，让他们磕破了喝下去。老两口千恩万谢，说他们的儿子叫刘二，就住在转山营子，让钟草根再去转山营子的时候，一定要去他们家。

过了一段时间，钟草根又去转山营子收鸡蛋。他进村摇响了拨浪鼓，村民都熟悉这个声音，纷纷走出家门买货。一个老太太前来买货，看了钟草根一眼惊叫起来："是你呀，走，跟我回家！"他上前拉钟草根。钟草根看着老太太想了一下，不知道她是谁。老太太见拉不动钟草根，扭头走了。老太太走了一会儿，领着她老伴和儿子风风火火地赶来。老爷子看着钟草根说："你记不住我们啦？我老伴是你救活的。"钟草根这才想起来，这老爷子是半路上拦住他，求他挖坑埋老太太的那个人。钟草根不知道该说什么，老爷子拍了一下他身边的儿子，指着钟草根说："快给恩人跪下，谢他救了你的娘，请他回家！"还没等儿子跪下，老太太先跪下了。钟草根连忙上前拉起老太太，"你这是干啥呀？我举手之劳，过去算了。"

一家人不依不饶，一定要请钟草根回家。钟草根没办法，只好跟着他们走。到了老汉家里，他们把钟草根让到炕上，说了很多感谢的话，并且煮了鸡蛋和蘑菇野菜汤招待他。吃过饭，老太太跟儿子嘀咕了几句，儿子让媳妇去山上把鸡赶回院子里，然后提着木棍猛地甩过去，打死了一只鸡，放到钟草根的筐里，说："我爹娘吃了你 6 个鸡蛋，还你一只鸡。"钟草根推说不要，一家人强迫他收下，他没办法。钟草根下午回到杨家围子，先绕到家门口喊出金茹，让她把鸡拿回去。金茹怕别人看见，掀开衣服，把死鸡藏在了底下。孩子们见有鸡吃了，高兴得不得了。

金茹刚怀上孩子，由于营养不良手脚浮肿。那年头生活困难，多数人家不敢要孩子，钟草根和金茹也很犹豫。如今凭空得了一只鸡，金茹说怀孕能吃上鸡，说明怀的孩子有福，留下吧。那年头吃好的不能公开，但是钟草根想，鸡是人家送的，可以公开吃，让金茹做熟了给邻居们送一点。金茹觉得为难，院子里住着七八户人家，就一只鸡咋送呢？倒不如自己吃了，于是半夜起来关紧门窗，把鸡收拾好炖上，熟了之后推醒全家人，怀着兴奋的心情，狼吞虎咽地把一只鸡装进了肚子里。金茹自以为吃鸡这件事神不知鬼不觉，没想到还是被人发现了，左邻右舍纷纷议论："那老娘们把鸡捂在衣服底下拿回家，半夜三更才炖，说明什么？说明鸡是偷来的！一定是钟草根去转山营子收鸡蛋的时候顺手牵羊，偷了人家的鸡。”

钟草根偷鸡的事很快传开了，并且有人告到了大队，大队找邻居们调查。一个邻居说：“吃鸡倒是没看见，但是看见他们家的烟筒半夜冒烟，还有鸡肉的香味从屋里飘了出来。”还有邻居气愤地说：“钟草根作为革命干部偷老百姓的鸡，必须严肃处理！”大队感觉事态严重，赶紧报告了公社。公社吴社长说：“这是一起发生在干部队伍中的严重违法事件！”他让大队通知钟草根，立即停职检查，并派出专门工作组调查处理这件事。

第八章 吃鸡风波

工作组到转山营子调查完情况，把结果报告了公社。公社领导认为钟草根救了一位老人，老人送给一只鸡无可厚非；但是由于偷偷地吃鸡，被群众误会了，已经造成了不好的影响，决定报告上级处理。

组织部接到公社报告，认为钟草根没什么错，但在全国勒紧裤带过紧日子的情况下，他吃鸡，群众有意见很正常。考虑到事情已经在当地造成了不好的影响，组织部决定把他调走，调到辛家地公社担任文化教员，仍从事扫盲工作。钟草根回到家里，把调动的事跟金茹说了，金茹说："吃一只鸡就惹来这么大麻烦，这个地方不能住了，走！""唉，走吧。"钟草根叹口气，"不停地搬家，我也烦了。"组织部让钟草根先去辛家地公社报到，由于不通车，钟草根仍然走着去，到了公社后，派他去老烧锅大队搞扫盲。他去老烧锅了解了情况，得知大队辖老烧锅、大鸡红山、梁家窝铺三个自然村，大鸡红山条件比较好，于是去那个村租了房，回去搬家。他回到家里对金茹说："这回调好了，大鸡红山四周全是山，家家养鸡，你坐月子不愁鸡蛋了。""赶紧搬，我一天都不想在这儿待了！"金茹拉着脸说，"邻居之间原来挺好的，现在谁见了我都一扭脸，日子没法过了。"

第二天上午，钟草根去找大队长，要求租大队的马车搬家，大队长看着他笑了笑说：“你发扬风格救了一个老人，是典型的雷锋精神，本来应该大力表扬。我不理解的是，你完全可以公开吃嘛，干吗偷着掖着，让群众误会，好事也变成了坏事。”“嘿嘿。”钟草根苦笑了一下没说话。大队长接着说：“你可能不知道，偷鸡的谣言是你的房东朱老太太传播的，也是她告到了大队。朱老太太说她做梦都想肉吃，看见你媳妇从外面回来，怀里揣着东西，下面露出鸡爪子，知道你们家有鸡吃了，肯定会给她送一点。但是你们偷偷摸摸自己吃，自己率先进入了发达社会，把老百姓甩到了一边，让她非常嫉妒。”“唉，”钟草根叹口气，“院里有二十多口子，除了房东朱老太太，还有两个八十多岁的老人，有十多个孩子。我媳妇跟各家的关系都很好，说单给朱老太太送，别人家肯定有想法。她动了很多脑筋，想来想去，觉得自己吃了反倒意见少一些，没想到……你理解吧！？”大队长打断钟草根，“由于自然灾害，大家都吃不饱饭，人人眼里盯着那点口食，对口食的渴望几乎超过金子，所以对你吃鸡有想法，很正常。”

钟草根把家搬到大鸡红山，租村民孔庆凡的房子。孔庆凡有两栋房子，坐西朝东的房子靠着山养鸡方便，自己住，坐北朝南的房子租给了钟草根。孔庆凡的父母八十多岁了，都在世。父亲识文断字，村里人叫他孔先生。孔先生有 4 个儿子，孔庆凡排行老大，下面三个弟弟，其中两个在旗里上班，一个早年出家不知去向。有一个闺女，嫁在本村。钟草根搬完家着手扫盲工作。大鸡红山以前搞过扫盲，民校设在小学校内，近两年由于没人管，停了课。钟草根走家串户地动员农民上民校，遇到病人就治疗，人们渐渐知道了他会治病。孔先生老伴脖子上起了几个大疙瘩，说话声音嘶哑，经常喊疼。老太太得知钟草根会治病，求他给自己治一治。钟草根摸过脉，并摸了她脖子上的疙瘩，说是甲状腺瘤，开了一个方子交给孔庆凡，让他按方抓药。孔庆凡想到自己的两个弟弟在旗里，不打算让钟草根治，于是借上队里的马车，把母亲送到旗里找他的两个弟弟。他的两个弟弟一个叫孔庆民，一个叫孔庆国，哥俩一起把母亲送到医院。医院建议手术治疗，老太太不同意，只好开药回到家里服用。老太太住在孔庆民家里，吃了两个多月的西药疼痛减轻，就回了大鸡红山；但是回来后断了药，疙瘩长得比原来还大。孔庆凡没办法，只好找钟草根治疗。钟草根重新给老太太摸了脉，说病情没有改变，让他把原来开的方子找出来，方子是：醋炒黄药子、柴胡、枯草各5钱，海藻、昆布、牡蛎、当归、红花、浙贝、八月札、玄参、海浮石、半夏各4钱，川芎、乌药各2钱；5服，水煎服。钟草根说方子不改，让孔庆凡按方抓药。

孔庆凡去公社抓回药给母亲服用，服完5服药，脖子周围的疙瘩明显小了。钟草根接着开方：玄参、海浮石、生地各6钱，海藻、昆布、土贝母、天葵子、八月札各5钱，川芎、丹皮、乌药各3钱；10服，水煎服。老太太吃完钟草根第二次开的药，脖子下面的疙瘩消失了，让钟草根再给看看。钟草根摸完脉说病好了，不必再治，前后一共花了不到十块钱。孔庆凡感谢钟草根为他母亲治好了病，免了他半年房租。

第九章 偏方有误

在钟草根的努力下，大鸡红山的民校很快开了课。开课后，他把教学工作交给了民校老师，自己去了老烧锅村。

老烧锅村的民校也是半路停了，他仍然采用老办法，走家串户地动员社员们去民校学习。有一天他来到一家，发现家里大人正给孩子的脖子上敷一种药，并且吃药面。钟草根问那个人孩子得了什么病，那个人回答“老鼠疮”。他接着问：“你给他用的什么药？”“猫爪草压的药面。”孩子父亲回答。“不赖！”钟草根点点头，“老鼠疮的医学名称叫淋巴结结核。一份医学资料介绍，用猫爪草治疗单纯型、混合感染型、溃疡型、瘘管型颈淋巴结结核，总有效率超过78%。还说一家医院用猫爪草治疗114例淋巴结结核，经过两个多月的治疗，治愈了106例，效果相当好，并且没有发现副作用。”钟草根问孩子父亲：“这种治疗方法是谁教你的？”“杜偏方。”孩子的父亲回答。“杜偏方是谁？”钟草根问。“就是杜三。”孩子父亲说，“那个家伙会用偏方，无论谁找他，只要说出病情来，他开口就给你一个偏方。”“有这种高人？”钟草根惊讶地问，“他的师父是谁？”“没听说他有师父。”孩子的父亲说，“他也是农民，不识字，后来得到几本古医书，突然无师自通，自己会开偏方。”“有这种事？”钟草根觉得有趣，跟孩子父亲打听杜偏方的住址，去了他家。

他走进杜偏方的家里，进屋见一个四十多岁的男人正坐在炕上抽烟。钟草根自称学生，毕恭毕敬地说：“我叫钟草根，来到村里听说杜先生得到了真传，善用偏方治病，所以登门请教。”杜偏方看着钟草根眨眨眼，说：“你别文绉绉的，我听不懂，说你有啥病吧，我给你个偏方。”“我不要偏方。”钟草根说，“我是扫盲干部，来这儿工作，想跟你聊一聊。”“那就上炕。”杜偏方说。钟草根坐到炕上，赞扬杜偏方：“农村缺医少药，对于老百姓来说，用偏方治病解决了大问题。特别像你们这样的山村，山连着山，山套山，交通不便，群众看病真难。”“说得好！”杜偏方点点头，“咱们庄稼人没钱，就是有俩钱儿，谁舍得拿出来瞧病？前年刘大疤瘌得病，他儿子倒是挺孝顺的，送他去旗医院看病。一进医院，大夫先让他验血验尿，验大便……后来化验结果出来了，说是什么链球菌、软疣，我不懂，反正是让交押金四百多块住院。刘大疤瘌穷得不行，上哪儿整那么多钱？他二话没说回来了，回来后到我家找我，我一看是鸡屎疮，就让他上山整点狼毒泡水洗，没几天就洗好了。”

“你真了不起！”钟草根赞叹一句。“你的偏方是哪儿来的，祖传还是民间收集，还是从医书上看来的？”杜偏方看了钟草根一眼，“我是把古人的方子吃进了肚子里，有了垫底儿，自个儿琢磨出来的。”“好！”钟草根朝杜偏方伸出大拇指，“你这叫古为今用，推陈出新。我也是搞医的，这方面应该向你学习。”钟草根走家串户，渐渐知道了杜偏方的来历：有一次他去旗里亲戚家串门，亲戚是收破烂的，收到了几本古医书，他要了两本带回家里，因为没文化看不懂，就把书扯碎了放到锅里炒，炒完弄成碎末兑上水喝了下去，这就是他所说的“把古人的方子吃进肚子里垫底儿”。

杜偏方治好过几个病人，但是更多的病人让他延误了。有个五十多岁的农民叫熊老疙瘩，是生产队的保管。有一次吃饭，感觉吃进去的东西划破了嗓子，因为不是很疼，就没当一回事。但是过了一些天，他感觉一吃东西就噎，食道里的烧灼感、针刺感和摩擦感很严重，实在顶不住了，就去找杜偏方。熊老疙瘩把病情跟杜偏方一说，杜偏方当即给了个偏方：“找几根擀面杖熬水，每天喝擀面杖熬的水，5 天一个疗程。”杜偏方跟熊老疙瘩解释说：“擀面杖是直的，喝擀面杖熬的水能直上直下地捅嗓子眼，嗓子眼通了，病就自然好了。”那时候农村人大多迷信。熊老疙瘩没文化，仅凭想象觉得杜偏方的话有道理，就东借西凑找了十多根擀面杖，熬水治病。他喝了几天擀面杖熬的水，吃东西仍然噎，食道仍然有烧灼感，并且胸骨后面也疼了起来。第二次找杜偏方，杜偏方说：“你的病不但嗓子眼里有东西，而且肚子里也有东西。擀面杖太短了，够不着肚子，要换成杠子。找几根杠子劈了熬水喝，肯定管用。”熊老疙瘩赶紧回家劈杠子熬水，喝了还是没管用。后来病情发展到吃东西就吐，声音嘶哑，恰在这时，他在旗里念书的大儿子放假回来，极力劝说父亲去旗医院治疗。他咬牙卖掉了毛驴，借上队里的马车，由家人陪着去了旗里。到旗医院一检查，确诊为食道癌，还好食管下段无远处转移，且无心、肺、肝、肾功能的严重损害，能做手术。

杜偏方瞎给别人看病，不但害人，还害己。因为家里出了一些事情，他被气得整天头痛，结果他自己给自己琢磨了一个偏方，但是吃完后头更痛了，并且呕吐。他自己连着吃了几个偏方，不但没见好转，反而说不出话了，只好去找钟草根。

找到钟草根，杜偏方光流泪说不出话。钟草根问：“你咋啦？”杜偏方用力张了张嘴，流着泪看着钟草根。钟草根给他摸了脉，说：“你是吃了野芹菜！”杜偏方点点头，钟草根摇摇头：“完了，野芹菜含毒芹碱，误食以后，能麻痹运动神经而导致死亡。你吃了没死就算万幸了，但是引起了脑积水，人为地损坏了声带。我没办法治疗，你只能去旗医院。”钟草根还说，“中医治病不是迷信，更不是巫术，不是你想的那么简单。中医是中国古代人民同疾病作斗争的经验和理论知识，博大精深，治什么病该用什么药，计量多少都要讲科学，不是你凭空想象的偏方。”

钟草根通过做工作，老烧锅村的民校也开了课。他把教学工作交代给民校老师，自己回了大鸡红山。

他回家一进门，金茹就抱怨起来：“你咋去了这长时间？都快把我急死了！”“有啥可着急的？”“钟声考上了中学，9 月 1 日开学，去旗里念书。”“考上中学是好事嘛！”“你光说好事，困难咋解决？”金茹瞪着丈夫，“食堂打饭不够吃，全靠他挖野菜填补；没柴火烧，全靠他往回整。钟扬小离不开我，你又不在家，很多事都得靠他，他走了咋办？”“嘿嘿，”钟草根苦笑了一下没吱声。他知道农村孩子的作用，特别是长子，家里孩子多，整天为吃不饱而着急，钟声领着弟妹们没心没肺地去山上找吃的，解决了大问题。孩子在家感觉不出他的作用，但是要离开了，才知道少了他不行。

“到底咋办，你说话呀！”金茹见丈夫不说话，把钟声的录取通知书塞给他，“家里的困难，我可以慢慢地解决，但是一上学就让带 25 元，家里没钱你是知道的，咋办？”“没钱借嘛，以后慢慢还。”钟草根说。“你胡说八道！”金茹说，“你一个月工资 34 块 5，养活七口人，你算算能剩多少？借了钱拿啥还？而且大家都穷，找谁去借？”钟草根看着金茹，“那你说咋办？”“从现在开始，治病收钱！”金茹说，“以前日子过得去，不收钱也就罢了，现在咱们穷啊，没钱还装大方，岂不是犯傻吗？”“不能收钱。”钟草根说，“我是国家干部，不允许有额外收入。”“那就别念了！”金茹一跺脚，“让他在家挣工分！”“我看病从来没收过钱，突然收钱，你让我咋张口呢？”钟草根软了下来，“我不管！”金茹大声说，“都穷到这份了，还顾面子，我再也不当冤大头了。你前脚给谁治病，我后脚就去找他要钱，你爱咋就咋！”“这样吧，”钟草根沉默了一会儿说，“往后谁来找我治病，你去，你多年跟我学医，一般病已经能应付。”“哼！”金茹瞪了钟草根一眼，“你爱说啥说啥，反正我收钱收定了。”“你不会开方子，钱咋收呢？”钟草根问。“我不会开方子，但是你会。”金茹说，“你开了方子，自己把药抓回家，我卖。我还想到一个办法，就是自己采药加工。药是自己采的，卖药收钱天经地义。”

“你爱咋就咋吧，我不参与。”钟草根说，“但是价格不准超过公社卫生所的，困难的人家要免费。”

两个人正说话，钟声回来了，跟父亲打了声招呼，扭头要走。“干啥去？”金茹问，“背柴火！”钟声说，“遇见了好柴火，割多了背不动，让钟名看堆儿，我回家送一趟，还得回去背。”金茹点点头，“从明天开始不整柴火了，跟你爸上山采药。”钟草根说出几种药材的名字，问儿子哪里有，钟声说：“庙梁山东坡多的是。”庙梁山东坡离村子十几里，钟草根嫌远不愿意去，钟声坚持要去。他说那里不仅药材多，而且能挖到百合，吃百合能解饿。钟草根不再说什么，第二天跟着儿子去了庙梁山东坡。钟草根一路走，儿子一路忽左忽右地跑来跑去，经常拔起一种草或者揪下一种花让钟草根品尝，使他感觉无比快乐。爷俩走了两个小时才来到庙梁山东坡，这里不仅有钟草根说的几种药材，并有少见的白花蛇舌草、溪黄草、八角枫等，钟草根非常高兴，感觉来到了好地方。

“我见过一种草，但不知道是啥。”钟声对父亲说，“这种草的秧是细长的小棒，颜色像倭瓜花那样黄黄的，秧的顶上有个小蘑菇头。最奇怪的是它的根，包在一个黑色的大蛹壳里。扒开蛹壳后见到根，像一条大毛毛虫，我想它一定是药材。”“哪里有这种东西？”钟草根惊奇地问，“那儿！”钟声指着前方，“一直往山上走，快到山顶的时候，有个陡坡。陡坡那片矮树林子下面有很多烂树叶子，那种东西就是从烂树叶子里头长出来的。”“你说的有点像冬虫夏草。”钟草根看着前面，“冬虫夏草生长在海拔 3000 米至 5000 米高山草地的灌木带上，这里的环境有点类似，但是药典上查不出东北地区有冬虫夏草的记载。”“我领你去挖。”钟声说完，朝山坡走去。钟草根跟着儿子往前走，越走山坡越陡，稍不注意，就有滚到山下的可能。他觉得太危险了，惊魂未定地喘着气大声喊：“钟声回来，不去了！”钟声好像没听见，手脚麻利地往上爬，钟草根只好跟着他往前走。快走到中间的时候，钟声回头等父亲。钟草根大声说：“停下，歇一会再走！”钟声原地坐下，钟草根走到他跟前吃惊地问：“这种地方你也来？”“来！”钟声说，“近处野菜都被人挖没了，挖不够，只能到远处。来这儿是远了点，但是一次就能挖一篓子，够一家人吃好几天。还有，矮树林子里头有枯树枝，咱家烧的枯树枝都是我从这儿整回去的。”钟草根在儿子身边坐下来，擦了擦汗，把军用水壶取下来，拧开盖子喝了几口递给儿子，钟声也喝了几口。钟草根问：“累不累？”钟声摇摇头：“不累，就是有点饿，但是没关系，下山的时候能挖到百合，绵绵的，吃多少都不拉稀。”两个人歇了一会继续往上爬，一会爬到了那片矮树林。钟声找到他所说的那种东西，用手把周围的腐树叶拨开，用小铲子挖出来递给父亲，“你看，就是这个。”钟草根接过来端详了一下，掰开尝了尝，兴奋地说：“太像冬虫夏草了！真没想到，这地方居然有这种东西。”“冬虫夏草好吗？”钟声问，“好！”钟草根说，“严格来讲，冬虫夏草是虫和真菌的共生体。有一种菌喜欢寄生在鳞翅目、鞘翅目的幼虫体内。这类虫子冬天蛰伏到土里，寄生菌就侵入到这类虫子的体内，使虫体充满菌丝而死亡，夏天从虫体上长出来一种草，就是冬虫夏草。”“冬虫夏草有啥用？”钟声问，“用处可大了。”钟草根说，“冬虫夏草具有调节心脏、肝脏、呼吸系统及造血等多种作用，最重要的是能双向调节免疫系统和中枢神经系统。在提升免疫力及抗肿瘤方面，有着其他药物无法替代的优势，可与人参、鹿茸等齐。”“能下奶吗？”钟声说，“我妈说她没奶，从食堂打来啥就给钟扬喂啥，钟扬不吃老是哭，我妈也哭。我妈说钟扬在她的肚子里就挨饿，生下来还挨饿。她让我去山上采老鸹瓢和羊奶给她下奶，但是她吃了不顶用。”“能不能下奶，要试验。”钟草根说，“我只说它的样子像冬虫夏草，但颜色跟图谱不一样，到底是啥说不清。”“应该给它起个名字，”钟声说。“你起吧。”钟草根看着儿子，“叫金箍棒！”钟声做了个猴动作，“俺老孙出花果山，寻得金箍棒，棒咯、棒咯、棒咯，棒棒棒！老孙去也，哈哈哈……”“哈哈哈，”钟草根笑着摇摇头，“金箍棒是一根直棍子，这个药顶上有个小圆头，叫金箍棒不合适，重新起个名字吧。”钟声想了想说：“玉兔妖怪有个捣药的杵子，是金色棒，上头有小圆头。你别小看那个杵子，比金箍棒还厉害。‘这般器械名头大，在你金箍棒子前。广寒宫里捣药杵，打人一下命归泉！’叫金杵子怎么样？”“行！这个名好听，就叫金杵子。”钟草根说。爷俩采了两篓子药材，下山挖吃了一些百合，打道回家。

回到家里，钟草根取了一点金杵子，让金茹泡水喝。泡出来的水是金黄色的，金茹说看了就喜欢。金茹喝了 5 次金杵子就有奶了，笑得合不拢嘴。“这种东西功效真大，真是好宝贝！”她问儿子，“别人家的孩子知道这种东西吗？”“二猴子和小壮知道。”钟声说，“我们三个人去那里，我拔了一棵金杵子让他们看，他们尝了一下说不好吃，就扔掉了。还嫌远，后来没去。”“那就好。”金茹嘱咐儿子，“金杵子下奶的事，不准跟任何人说。”她让爷俩再去挖金杵子。钟草根和儿子又去挖，挖了三百多棵再也找不到了。回到家里，金茹让他俩去别处挖，钟声说：“我整柴火挖药材，大小山都跑遍了，只有庙梁山东坡有这种东西，别处哪儿都没有。”钟草根把金杵子切成细丝，放到锅里烘干，把根单独烘干，交给金茹。金茹说金杵子是稀缺药材，定价要高一点，每钱 1 块。大鸡红山的女人生孩子都是金茹接的生，那年头吃不饱，大多数生孩子的女人都没奶，金茹觉得正是挣钱的好机会。她把金杵子包成小包，主动上门卖给她们，吃了之后都下了奶。对于付不起药费的人，金茹不收钱，但是人家不白用，给她送柴火或者送鸡蛋。金茹有了收入兴奋不已，但有一件事，几乎让她后悔一辈子。

那是一天早晨，一辆马车停在院子外，车老板进院找钟草根说："公社一个干部的家属难产，孩子一天一宿都没生下来，让我来接你。""谁接的生？"钟草根问，"公社卫生所。"车老板说，"大人也快不中了，你得赶紧去。""女人的事我不方便处理。"钟草根看着金茹，"你去吧！""我去。"金茹说。车老板看着金茹，问："你中不中啊？"金茹瞪着车老板，"你看不起我是吧？我有旗里培训的结业证，赶紧走！"她嘱咐钟草根看好孩子，拿起保健箱走了出去。金茹坐着马车来到公社卫生所。下车后，几个干部和一个穿白大褂的男人走了过来。其中一个矮个问车老板："钟草根呢？""人家不来！"车老板生气地说，"除非你亲自请。""啥破事啊？"金茹瞪了矮个一眼，"不就是生孩子吗？我接生多年，一个孩子都没死过，用不着我家老爷们。""是横生，一直没有宫缩，而且昏迷不醒，你能处理吗？"一个穿白大褂的人问金茹，"芝麻粒儿大点的小事，算啥呀！"金茹说，"走，让我看看。"穿白大褂的人拿不定主意，看着矮个儿。矮个儿人说："让她看看吧，同时联系旗医院，让医院派救护车来接病人，拉上去医院抢救。唉，肯定要多花钱，花就花吧，没办法。"穿白大褂的人领着金茹走进产房，见一穿白大褂的女人守在产妇跟前。金茹没理睬她，上前看产妇。她见产妇脸色刷白，闭着眼，用手摸了一下脉，又摸了一下孕妇的肚子，说："她这是临产用力过早，把劲儿使完了，胞宫无力，所以不能生产。"她说着，敏捷地打开保健箱取出艾条，点着艾绒灸两合谷，边灸边看着孕妇叨叨："我说大妹子，你醒醒吧！你知道不？你怀的是小子，但是死了哇，真可惜，就连我都替你难受，但是没关系，看你的样子还年轻，还能生。”她灸了不到 2 分钟，孕妇就睁开了眼。金茹看着她笑了笑，说：“你别害怕啊，啥事都没有。”她接着灸三阴交，并针刺催产二穴。留针之时，摸着产妇的腹部感觉有宫缩，喊穿白大褂的人准备接生。她再次运针，宫缩加强，随着孕妇一声尖叫，孩子生下来了，是个死婴，胎盘也随之下来。从她进屋的时间算起，整个过程用了不到半小时，就把问题解决了。金茹见两个穿白大褂的人处理善后，用不上自己了，收拾保健箱走出去大喊：“谁是她的男人？”那个矮个走到她跟前，问什么事。金茹把 6 包金杵子交给他，“你老婆脉虚，需要服药，每天吃两包，药费 6 块。”矮个身上没带钱，找人借，付了钱后，让车老板把金茹送回家。车老板拉着金茹，走到半路说起话：“大妹子的手艺还中，就是穿的不打腰。褂子上俩大补丁，猛一看，跟山沟的娘们儿没啥区别。”“穷，有啥办法？”金茹说，“我当家的一个月才 34 块 5，好几口人生活，还得供孩子念书，钱不够花，但以后就好了。”金茹想说看病收钱的事，但是没说。“大妹子，我有几句话不中听，你可别往心里去啊。”车老板看了金茹一眼说，“你说吧，我的心可大呢，啥都不当一回事。”“你的心不大！”车老板说，“你表面上挺精巴的，实际上啥都不懂。”“你到底想说啥？”金茹有点不高兴，“有啥你就直说。”“我问你，你知道生孩子的女人是谁吗？”车老板问，“管她是谁呢，”金茹说，“我只治疗病人，是谁跟我没关系。”“你呀，唉！”车老板摇摇头，“产妇是公社李社长的老婆。李社长见你那么快就把他老婆的事儿处理了，对身边干部说，真没想到她有这么大的本事，可以考虑，把钟草根调到卫生所工作。”“啊？”金茹瞪大眼睛，“他真的这么说？”“真是这么说。”车老板看了金茹一眼，“实话告诉你，我是公社的车老板，经常跟着李社长走这儿走那儿，他说话从来不避我。”“我男人要调卫生所了，太好啦！”金茹激动得大叫起来。“我还没说完呢，”车老板顿了一下，“但是，你们两口子不打腰哇。先是钟草根不来，惹得李社长不高兴；你来了还不错，三下五除二就把事儿处理了，但是你小心眼啊，生怕李社长不给钱，屁大呼地瞎吵吵，让他抹不开脸。李社长看你那个样儿，一直摇头。都说老钟看病不收钱，却让你收钱，难道少了那6块钱就活不了了？你傻得一点都不透气，怪不得你们那么有本事，至今还在农村……”

第十章 父子谈心

“我干了一件天大的傻事！”金茹回到家一进门就迫不及待地跟钟草根说，“万万没想到，那个矮个儿是李社长。你说我跟他要钱干啥呢？把你调公社卫生所的机会也搅黄了，真后悔啊！”“李社长老婆难产，为啥车老板不说呢？”钟草根问。“李社长不让说！”金茹抬高嗓门，“我埋怨车老板，你咋不提前跟我说呢？车老板说，我不敢说。李社长怕群众反映他用公家的马车办私事，有意见。其实他用车是交过钱的，有账。公社干部知道，他是怕群众不理解。”“当领导的都有这方面忌讳。”钟草根说，“我不明白，为啥李社长找我处理他老婆难产呢？”“是大队黄大队长告诉他的。”金茹说，“听车老板说，黄大队长不停地在李社长面前夸你，说你治病可能耐了，治一个好一个，而且治病从来不收钱。”“唉，”钟草根叹口气，“我不收钱，却让老婆收钱，连李社长都不放过，这跟我收钱有啥区别呢？这回名声彻底地砸了！”“反正这样了。”金茹说，“只要能挣到钱，谁爱咋说就咋说。”

离钟声上学的日子越来越近，金茹开始忙碌起来。她去供销社买了点粗白布自己染了染，给儿子做了一身衣服，并做了一双新鞋，翻新了棉衣和被褥，直到儿子上学的头一天才忙完。钟草根一直考虑儿子上学怎么走，从大鸡红山到尼格杜尔旗八十多里地，不通车，只能走着去。他计划把儿子的行李打成两个背包，爷俩一人背一个。

上学的那天早上，金茹早早把钟声叫起来，给他换上新衣服，整理好上学用的东西和被褥，整理完，赶紧去食堂打粥。她头天晚上就跟食堂的管理员说好了，要点锅底下的粥疙渣，带给爷俩路上吃。村里虽然有供销社，但是吃的东西买不到，只能带粥疙瘩。此外，还带了十几个煮鸡蛋和两个咸菜疙瘩。吃过早饭，爷俩出发了，走在路上，钟草根嘱咐儿子：“你要记路啊，记住路过哪个村子，村子叫啥名，在哪个路口转弯。我只送你这一次，以后上下学都靠你自己走。”“我知道。”钟声说，“鼻子下不是有嘴吗？我自己会打听。”爷俩开始话不多，过一会到了平原，太阳升起来了，钟草根没话找话地问儿子：“长大了干啥呀？”“赶大车！”钟声说，“我要赶三匹马的大车，大鞭子一甩，威风凛凛地吆喝一声‘驾——’三匹马嘚嘚嘚地走起来，踏着薄雾，迎着朝阳一路向前，哈哈哈，简直太威风了！”“你不适合赶大车。”钟草根说，“赶大车要喂马，你做不了，还想过干别的吗？”“开飞机！”钟声说，“我想开飞机上天，到处飞，飞遍全中国。我还想当发明家，发明一种药，人吃了能自己长出翅膀，能飞，飞到很高很高的地方，一直飞到兜率宫，跟太上老君要金杵子的种子，撒遍大鸡红山。”“哈哈，你就知道金杵子！”钟草根笑了一下说，“多亏了金杵子，我才能上学。”钟声看了父亲一眼，“听我妈说，卖金杵子挣了六十多元钱，我上学一分钱没借还有剩。我妈还说，李社长老婆吃了金杵子说好，又来买，但是嫌咱们家卖得贵，让卫生所查一查别处哪儿有卖的，查了老半天连名字都查不到，咱们家是独一份。我妈打算用卖金杵子的钱，给全家每人做一身新衣裳，留着过年穿。”

钟草根换个话题：“听说你们班有四个同学考上了初中。”钟声点点头，“全班 28 个人，我、闫新民、刘松、周玉考上了。闫新民他妈想让他念，但是他爸不同意。”

“刘松知道家里没钱，就拼命地挖药材攒学费，到末了还差十多块。他妈到处借都没借够，想卖毛驴子，他爹不让。刘松哭喊着要念书，被他爹打了两鞋底子，再也不敢吱声了。周玉他爸是木匠，做活攒点了钱，想让周玉念书；但是没想到他爸前些日子摔断了胳膊，用钱治病了，也没念成。”“就是有钱，念书也难。”钟草根说，“学校离家太远，走不起路，要是中学建在公社就好了。”“建在大鸡红山最好了！”“如果大鸡红山建中学，就建在村北的那片荒地上。那片荒地平平整整的，长着很多花。在那里建中学，就像建在花园里一样。”“我曾经异想天开，在村北盖个卫生学校。我念过医科大学，教书绰绰有余。”“爸，你应该把卫生学校建在篓子山下。”钟声说，“篓子山下有很多树，树上缠着藤，藤上开着花，花可香了。地上能找到好吃的菇娘，有一次我发现一块地有很多菇娘，一下摘了好几捧，吃了几个，剩下的全放进兜里，拿回去给大家吃。”

“山下还有橙黄色的连翘花，金黄色的串叶花，红色的百合花，蓝色的鸽子花，紫色的苜蓿花，啥花都有。风吹起来所有的花都摇摇摆摆，好像抖起一块色彩鲜艳的大花布，好看极了。我经常领着钟名他们几个去山下找吃的。”

“当然也有不好的地方，就是树上有毛毛虫，碰到身上起小疙瘩，可刺挠了，但不是什么大事。我觉得爸要是建卫生学校，一定要建在那儿。”

“我建卫生学校？哈哈……”钟草根大笑起来，“我哪有那个本事，我说了，我是异想天开。”“爸，你小时候都有什么理想？”钟声问父亲。“我没啥理想。”钟草根说，“我周岁抓周，就是周岁过第一个生日的时候，老人在炕上摆上印章，还有《三字经》《千字文》等书，并摆上笔墨、砚台、算盘、钱币等让孩子抓。因为父母都希望自己的孩子长大了有个好前途，所以把印章摆在孩子最容易抓到的地方，希望孩子长大做官。摆上书是希望孩子长大后好学，能写出锦绣的文章，三元及第。一些人家虽然不迷信，也让小孩抓周儿，因为已经形成了一种风俗。”

“你太爷喜欢研究中医，突发奇想，在炕上摆了几本医书，并放了一把中草药。摆好之后，你奶奶把我抱过去放到炕上，让我抓。其他人站在一边看，看我先抓什么。我没抓印章，也没抓离我近处的书，而是爬过去抓医书，接着再爬到你太爷摆的那把中草药前，抓起来就往嘴里填。你太爷哈哈笑着说，这孩子长大了能治病。你太爷因为我抓了他摆的草药，所以给我取了一个小名叫草根儿，大号叫钟草根，是中草药的意思，希望我长大了当个大夫，给老百姓治病。等长大了我才觉得，这个名字有点俗，人们说一听到我的名字，就知道我是乡下人。”

“我小时候抓过周吗？”钟声问。“你们几个都抓过周。”钟草根说，“你抓了印章和书，扔掉后去抓玩具手枪，你爷爷说你是当兵的命。钟名先抓书，扔掉后抓放大镜。钟远先抓书，扔掉后抓笔。钟扬先抓书，扔掉后去抓算盘。你妈老脑筋，没让你妹子抓周，说女孩子大了嫁到别人家里，抓周没用。其实抓周只是长辈们对孩子的一种希望，没啥实际意义。”“你小时候都想过干啥？”钟声问父亲，钟草根说：“我小时候念书，后来见你爷爷在大栅栏开算命馆常往家里捎钱，觉得算命能挣钱，想跟你爷爷学算命，但你爷爷不教我。后来，你爷爷想让我去北京开电车。那时候的电车也叫‘铛铛车’，就是司机脚下有一个脚踏的铃铛，一边开车一边踏出‘铛铛铛’的声音，提醒行人避让。你爷爷带我去北京一个亲戚家里，那个亲戚是开电车的，想让我跟他学。亲戚开始答应了，但后来又反悔了。我跟你爷爷学过画画，给村里人画弥陀佛和观音菩萨。后来你爷爷当糊匠，我给他打下手，干几年后当了兵。”

“我妈说你当解放军，上过前线。”钟声说。

“当兵哪有不上前线的？”钟草根说，“我刚当兵就参加战斗，打完仗行军的途中，遇到野战医院转移伤员。当时敌人离我们只有几里路了，伤员还没运走，医院求我们团长帮助他们转移伤员，刚好我们排路过跟前，就把我们排整建制地抽去运伤员。我们排三十多个人，背的背抬的抬，把伤员转移到了上级指定的地方。但是到了指定地点，上级说敌人又朝这个方向追过来了，让我们继续转移。我们忙乎了十多天，跟大部队失去了联系，就归了野战医院。我先是在野战医院警卫排，后来改当卫生员。”“当卫生员不打仗吧？”钟声问。

“当兵的都要做打仗准备。”钟草根说，“当卫生员也带着枪，并且发了3个手榴弹，随时准备参加战斗，但主要任务还是抢救伤员。每打一仗都会从前线运下来几十，甚至上百个伤员，往往顾不上休息就连忙抢救，经常忙到凌晨两三点钟。那时候我的脑子里全是伤员，其他啥都不想。”

“那时候野战医院条件非常差，消毒锅是我们自己用汽油桶改装的，消毒剂和一部分注射剂也是我们自己配的，就连常用的消炎药、杀菌药及冲洗伤口用的生理盐水也都自己配。包扎伤口用的药布、药棉是从市面上买来棉花和白布，放到大锅里撒上五分之一的碱，煮上一小时之后，捞出来洗净晾干就用。条件虽然差一些，但是我们从来没有因为消毒不严而使伤员的伤口感染。绝大多数伤员都被我们治愈，重返了前线。”

“记得有一次我们抢救一位主力部队连长，他的腹部被机枪打了数个伤口，脾脏、小肠、大肠严重创伤。他在昏迷中还喊着冲啊，冲！军医连续做了4个多小时的手术，才把他的命保住。”

“还有一个伤员的头包得严严实实的，只露出来鼻子和嘴。大夫让我给他解开绷带，解开后见他的脑袋血肉模糊。他不停地说胡话，喊着打、打！据说他是机枪手，打仗打红了眼，受伤都不下阵地。最后营长说，不下阵地就枪毙他，才被人抬了下来。”

“他也被我们治好了，重返前线的时候跟我们告别，不停地说谢谢。看到他那高兴的样子，我一直想，将来一定要当医生。”

“我妈说你做梦都想去医院。”“我觉得世界上最伟大的人就是医生。”钟草根说，“医生可以使无数生病或受伤的人得到康复，化悲伤为幸福。但是想归想，个人还要服从组织分配。”“我妈嘱咐我好好念书，将来离开农村，去旗里工作。她说庄稼人谁都看不起。”钟草根说：“现在城乡有差距，将来就好了，凡是城里有的，农村都会有，农村和城市一个样。”

“农村有电灯就好了。”钟声说，“我妈用小碟子装一点豆油，用破棉花捻成灯捻。为了省油，捻子捻得可细了，小灯苗跟黄豆粒差不多，晚上做作业，凑到灯前才能看清楚字。”

“还有，农村要是有图书馆就好了。有一次上课，老师问同学们煤油是从哪儿来的，全班同学都说是从煤里整出来的，只有我一个人说是从石油里提炼的。因为我在旗里经常去书店，看过《十万个为什么》，书上就是那样说的。”

“农村孩子比城里的孩子苦。”钟草根说。

“农村干活累。”钟声说，“咱们家在旗里烧煤，不用我整柴火，能有时间去广场跟别人玩。但在农村就不行了，天天放学整柴火，很晚才回家。挑着柴火可重了，咬着牙才能坚持到家。”钟草根换个话题，“你每天吃完晚饭就往外跑，干啥呢？”“玩。”钟声说。“玩啥呢？”钟草根问。“啥都玩。”钟声说，“藏猫猫、抗拐、打王八、十步抓人、扇元宝、叠手枪、弹弹子、爬树比赛等，玩得可高兴了。”“我小时候也玩藏猫猫。”钟草根说，“咱们老家东面有一片树林子，我们经常在那个地方玩，分成两帮，一帮藏，另一帮找。念书的时候玩捉迷藏，玩的办法是把一个孩子的眼睛蒙住，其他孩子站到他的周围，战战兢兢地上前捅他。被蒙眼睛的孩子凭知觉抓其他孩子，抓住谁，谁替他。”

“我经常玩抗拐。”钟声说，“就是在地上画一个圆圈，抗拐的人站在其中，每人用一只手抓住自己一只脚的脚腕，将这条腿盘起来，只留另一条腿踩着地跳、跳、跳，互相用膝盖和身体撞击对方，但是不能用手，被撞出圈外或是盘着的腿着地就算输。我们经常好多人一起抗，一个一个地撞下去，看谁能坚持到最后。”

“我有一次赢了好几个人，但是后来被二狗子偷袭了。他从后面推了我一把，把我摔了个仰巴扎。抗拐最怕有人偷袭你，非摔跤不可。”“我也玩抗拐。”钟草根说，“当兵到了部队也玩，当官的也参加，大家平等。我们还玩掰腕子，玩的方法是找一个平一点、高一点的地方坐下来，面对面地支起一只胳膊，互相握住对方的手用力掰，看谁能把谁的手臂压下去。有时候力量差不多，坚持很长时间都不分上下。力量相当的时候，就得用技巧，寻找对方松懈的空隙，猛地往回拉并且用力掰，才能把对方压下去。”

“我们团长的力量可大了，他掰腕子经常让着对方，允许对方用一只半手，就是让对手把另外一只手握在掰腕子的那个手腕上。即使这样，很多人还是掰不过他。他指挥打仗善于速战速决，掰腕子也是一上手就占上风。”

“我们还玩过鳖。”钟声说，“就是一个人弯下腰，把胳膊支在膝盖上，其他人按住这个人的后背跳过去。这种玩法像我在旗里念书的时候跳木马，农村没有木马，当鳖的孩子就是木马。”“我小时候也玩过鳖。”钟草根说，“过鳖最怕当鳖的孩子使坏。他看见过鳖的孩子跑过来了，身子往下一蹲，把过鳖的孩子摔个狗吃屎。我就上过一次当，把胳膊都摔肿了。”

“我最爱玩滚铁圈。”钟声说，“在旗里念书，开运动会有这个项目。运动会之前就把钩子和铁圈发给我们，让我们提前练习。我上学的时候，经常边走边滚铁圈，课间也滚。滚到最后，我能不用手捡，直接用钩子把圈子从地上勾起来，并且直接滚出去。即使圈子碰到障碍物东倒西歪，我也能救起来。”

“每年学校开运动会，我都参加滚铁圈比赛。正式比赛看谁滚的时间最长，而且不倒地，我得过第三名。我们班的肖强滚铁圈经常拿第一，即使在高低不平的路上，他也能滚得又快又稳。”

“我十来岁的时候爱玩弹弓。”钟草根说，“我的挎兜子里经常装着弹弓和石子，走到哪儿都瞄两下，看见树上有鸟就打；但我的技术不高，一只鸟都没打到。”“我也想玩弹弓，但找不到铁丝和皮筋做。”钟声说，“我弹玻璃球儿的时候最多，玩的时候每人出 5 个球，在地上挖 5 个小圆洞，谁先把球儿弹进 5 个洞，谁就是老虎。当老虎的可以打别人的球儿，把谁的球儿打上，球儿就归他。我赢过 60 多个玻璃球儿。”钟草根说：“咱们老家把弹玻璃球儿叫弹溜溜儿，我不爱玩，怕弄脏衣服。我玩得最多的是抽陀螺。陀螺倒过来像窝窝头，在底端砸进一粒滚珠儿或者一颗摁钉，利用滚珠的圆滑，在地面上不停地旋转。陀螺会越转越慢并且倾倒，想让陀螺一直转下去，就要用鞭子抽。鞭子是在小木棍上拴一根小绳，抽陀螺的上部，让它继续转。”“咱们这儿叫抽冰尜儿。”钟声说，“别人用手发冰尜儿，我能用鞭子绳把冰尜儿捆起来，直接发起来抽打。”钟草根说，“咱们老家玩陀螺是画一个圆圈，把每个人的陀螺旋进去，旋转的时候逐个撞击对方的陀螺，争取把对方的陀螺撞趴下，谁的陀螺旋转到最后算谁赢。其实玩陀螺不仅比技术，还要比谁做的陀螺好。”“钟名爱玩摔泥锅。”钟声说，“摔泥锅就是把黏土加上水揉成泥，两个人取一样多的泥做成泥锅。泥锅是凹形的，底部尽量大并且薄，锅边越深越好。泥锅做好了，先由一方摔，用力把泥锅摔到地上。‘砰’地一声锅底炸开一个洞，让对方用他的泥给自己补锅。两个人轮着摔，互相补锅，最后以泥剩下多少为胜，钟名最会玩泥锅，经常赢我。”“我在老家经常采槐花。”钟草根说，“槐树到晚春才开，一串一串的。槐花长在高高的树上，得用长竿子够。办法是把长竿子的一头劈开一个口儿，用小棍儿支一个叉，用叉叉到花的底部一拧，槐花就能从树上拧下来。摘来槐花交给你奶奶和面烙饼，特好吃。”“咱们这儿没槐树，有榆树，我经常捋榆钱儿。”钟声说，“春天刮几场风，榆钱儿就一串串地长出来了，大家都争着捋。我每年都捋，捋回去让我妈熬粥，加点葱花可香了。”

“咱们老家也吃榆钱儿。”钟草根说，“我吃过榆钱儿发糕，做法是把榆钱儿洗净沥干，拌上面粉放到蒸笼上蒸。蒸熟后出锅就吃。榆钱儿还有一种吃法，就是用一斤半左右榆钱儿加上豆粉、玉米粉、精盐、葱段、姜末等拌匀，放到大盘子里。待水烧沸后放入榆钱儿盘子，蒸15分钟后取出来吃。这种吃法对于久病体虚，特别是脾胃虚弱、食欲不佳的病人有辅助的治疗作用。”

“书上还介绍了一种吃法，就是用半斤榆钱儿洗净沥水，把西红柿切成薄片，一起放到汤锅里面煮沸，加入白糖，待糖溶化后用湿淀粉勾芡做成汤。这种汤健脾补虚，养血安神，对于体虚羸瘦、咳嗽痰多、小便不利的病人有好处。可惜买白糖要票，而且咱们家也吃不起。”钟声没说话，钟草根看他一眼，“你兜里经常揣着火柴，干啥用呢？”“有用。”钟声说，“我用木头做了一把手枪，用墨汁染成黑色。在手枪的背上挖一个壕，前面固定一个子弹壳，用粗铁丝和橡皮筋做成撞针。子弹壳里装上火柴末，一松皮筋‘砰’地一声枪响了，冒出来烟和火光。我们经常玩打冲锋，大家让我当领头，我对着天空放一枪，喊‘冲啊’，带着大家向对方冲，玩得可过瘾了；但是妈嫌我费火柴，把枪给藏起来了。”

“我们经常去篓子山摘酸枣。酸枣树长在陡坡上，我爬上去摘着吃，够不着的地方用棍子往下打。摘多了拿回去，给妈和他们几个吃，他们可爱吃了。”

“我嚼过高粱秆儿，不怎么甜，最甜的是棒子秆，要挑那些粗心的，紫红色的，别挑黄色或是青色的。找到后撅下来把外皮用牙咬着扯掉，像啃甘蔗那样直接啃，把芯嚼了咽下去。不但我们爱嚼，大人也爱嚼。每年收棒子的时候去的人最多，都挑棒子秆嚼着吃。”

“别说了！”钟草根止住儿子，“你说得我直流口水，本来就饿，让你一说更饿了。行啦，走一半了，坐下来歇歇吧，吃点东西。”爷俩找个干净的地方，解下背包坐下来，拿出粥疙渣、鸡蛋和咸菜疙瘩吃了起来。吃完了正要走，见老远来了个驴驮子，驮子上坐着一个孩子。赶驮子的人看见钟草根打招呼：“钟干部，去哪儿啊？”

钟草根朝问话人看去，见是大队的黄大队长，回答说：“去旗送孩子上学。”“我也是送孩子上学。”黄大队长看着钟草根，“咋没借个毛驴呢？”“原来想借毛驴，但是到旗里没处放。”钟草根说。

“我有处放。”黄大队长说，“我弟弟在旗里上班，毛驴放他家。”他边说边让孩子下驴，对孩子说：“钟干部的儿子跟你一般大，人家不但走着去，还背个大背包，你应该向他学习。”黄大队长的孩子从驴身上溜下来，走到钟声跟前说：“我叫黄陆明，你呢？”“我叫钟声。”他问黄陆明：“你们学校考上几个？”“加我 3 个。”黄陆明说，“有个女生考上了，但是家里不让念，说女孩子长大嫁给人家，供她念书白花钱。还有迟耀龙掏不起学费，也没让念。”两个孩子在一边说话，黄大队长上前拿起钟草根爷俩的背包，拴到一起放到驴身上，边拴边说：“迟耀龙是梁家窝铺生产队迟队长的儿子。梁家窝铺没学校，他儿子上学要步行四里多路去老烧锅，过去自家做饭能带干粮。办食堂没干粮，上下学一天跑好几趟，而且走的是山路，他们念书可真不容易，考上了，还因为没钱念不成。”拴好行李继续走路，他们边走边说话，钟草根说：“一上学就交 25 块钱，其中学杂费 2.5 元，剩下 22.5 元是伙食费，按半学期 5 个月计算，平均每月伙食费 4.5 元，一天三顿饭，平均每顿 1 毛 5 分钱，不算贵。”“那要分谁。”黄大队长说，“对你来说不贵，但是我不中，为 25 块钱，我愁了一晚上。原来不打算让他念了，但我老婆不干，咬着牙说念，咱们再穷也要供出一个知识分子。后来我去旗里找我弟弟，我弟弟上班，答应借给我钱；否则，我儿子也念不成了。农村人有一种想法，认为孩子念到小学就不错了。我当大队长这几年，全大队 556 户人家，念小学的孩子高达 273 人，是有史以来念书最多的。孩子念小学还能供得起，但是再高一点就不中了。拿我儿子说，14 岁已经是劳动力了，去队里挣工分能顶半个大人，但是让他念书呢？不仅耽误了挣工分，还得供他学费，一里一外算不过账。”“不能光考虑钱，要多考虑孩子的前途。”钟草根跟黄大队长说，“前途是靠钱堆出来的，没钱干瞪眼。”钟草根换了个话题：“看你赶驮子挺顺溜的，以前干过？”

“我不到二十岁就赶驮子。”黄大队长说，“打辽沈战役，上级通知我们用一个月时间，把旗里承担的军粮送到塔山。那时候我在支前运粮中队，赶着驮子运军粮。我们运粮中队由 90 个驴驮子组成，我一个人就负责 5 个驮子。送粮沿途设有站，运粮队一进站，马上把驮子搭下来，抓紧时间喂驴。等毛驴吃饱了，装上驮子不分昼夜地继续往前赶路，分秒都不能停。”

“我们那个中队两天两夜打一个来回，非常紧张。运粮的时候，我没睡过一宿囫囵觉，没脱过一次衣裳。”

“我在野战医院的时候，经常碰见运粮队。”钟草根说，“有一次亲眼看见运粮队遭到敌机轰炸，炸死了十几头毛驴，有两个同志牺牲了。”“我们运粮队也挨过炸。”黄大队长说，“但是没关系，沿途有站，每个站都由当地干部驻守，一旦出现人和毛驴减员，随时都能补充。要粮有粮，要驴有驴，要人有人。那时候，老百姓都懂得什么是国家的大局，都知道以大局为重，坚信只有共产党才能救中国。”

钟草根点点头，“那时候大家一个心眼为前线。当时粮食比现在还紧张，农民把粮食看成宝中之宝，但是更懂得打胜仗比啥都重要，都把自家的好粮送到粮站，倒下就走，根本不过秤。大家宁可自己吃糠咽菜，也要让解放军吃饱。”

“现在是有困难，但是比起那时候强多了。”黄大队长指着左右两边说，“这一带，解放初期我来过。有一次旗长下来检查工作，区里派我引路，走进一个村里遇到一家，七八口子人没衣服穿。旗长一进门，家中的女人赶紧用一个破帘子遮住身子。旗长看见这种情况，当即联系民政给他家送衣服。一家人穿上衣服，哭得哇哇的，都给旗长跪下磕头。旗长赶紧把他们拉起来，说你们别感谢我，要感谢共产党，感谢毛主席啊。他让大家相信政府，困难一定会过去，好日子一定会到来。”“现在也如此。”钟草根说，“虽然有困难，但是只要咱们人不懒，啥事都好办。困难时期总会过去，好日子一定会到来……”下午三点多钟，钟草根到了旗里，先去学校给儿子报了到，帮他找到学生宿舍，铺好铺盖后，交代几句走出了校门。

钟草根很饿，去街上找饭馆吃饭，但是走到哪个饭馆都要粮票，想去供销社买点饼干也要粮票。他身上没带粮票，没辙了，只好去医院找魏友明。还好魏友明在诊室，看见钟草根招招手：“很长时间都没见到你了，在哪儿上班？”他指了指凳子让他坐，“在辛家地公社，家在大鸡红山。”钟草根回答一句，迫不及待地说：“我是找你要粮票的。我送儿子上学，走了八十多里地，早晨只喝了两碗稀粥，一路上我怕孩子喊饿，老是逗弄他说话，好不容易坚持到中午吃了点粥疙渣和几个鸡蛋，早就饿了，想找地方吃点饭，到处要粮票。你支援我1斤吧，吃两顿饭明天回。”“嘿嘿，”魏友明苦笑了一下，“不够1斤了，给你半斤吧。”他说着拉开抽屉，取出来半斤粮票递给钟草根，“这半斤粮票还是我从牙缝里省出来，留着加班用。现在的粮票就是生命票，比啥都宝贵，去粮店买粮，去馆子吃饭，买食品都要粮票，没粮票寸步难行。说实在话，要钱我能支援你，但是要粮票太难了。”“唉，”钟草根接过粮票叹口气，“我的粮本让公社收了，一斤粮票都搞不到。你这半斤粮票只够我晚上对付一顿，明天早晨呢？

不吃饭饿着肚子，能不能回到家很难说。”“这样吧。”魏友明想了想说，“晚上你去我家吃饭，瓜菜代，没啥好的，这样省下了半斤粮票，你明天早上用。”“太好了！”钟草根很激动，“得亏有老同学帮忙，否则我真不知道该咋办好。我现在就像讨吃的，啥尊严都没有了。”“没什么。”魏友明给吴小霞打电话，“钟草根来了，在咱们家吃晚饭，你准备一下。”小霞在电话里说：“告诉钟大哥，就说酱焖肉吃不上了，肉凭票定量供应，月月光。连买鸡蛋都要票，有钱也买不到。”

魏友明打完电话，看着钟草根，“小霞说肉凭票供应，每人每月半斤，月月光。你可能认为城里生活好，其实城里人的日子也不好过。粮票按定量供应，干部一律 28 斤，重体力劳动者 30 斤。孩子从出生 5 斤算起，每年增加 2 斤，所有的人不够吃。”“供应品种方面，城里比农村强。”钟草根说，“强啥呀？”魏友明说，“能买到的就是玉米面、大棒子碴、高粱米。豆油每人每月 4 两，小霞炒菜都不敢倒油，只用筷子到油瓶子里蘸两下，拉出来滴几滴。家里来了客人才稍稍多放一点，就这样也吃不到月底。”“你们吃肉可能比农村多，现在粮食紧张，农民都不养猪，成年吃不上肉。”钟草根说，“前些日子我休班，小霞拿出两张肉票让我排队，说买点肥肉炼油吃。我知道肥肉稀罕，早上五点多就去排队，排了俩多小时都没买到。小霞说我无能，自己去买，结果排队的时间比我还长，最后提着一斤肋巴扇子回来了。”“其他供应还行吧？”“都要票。”魏友明说，“鸡蛋和豆制品有票也买不到，根本就没有。白糖过年给 1 斤，肥皂、火柴、毛巾、毛线、暖瓶、香烟、白酒等都按票购买。你去供销社可能看到了，货架子空空荡荡的，啥东西都没有。现在大家都长心眼了，走到街上看见哪儿排队，不管卖什么，赶紧跑过去排队，因为很多东西有票也买不到。说句实话，这年头买东西不次于战争年代打仗，说是一场没有硝烟的战争，一点都不过分。”钟草根换个话题，“几个孩子啦？”“还是一个丫头。”魏友明说，“其实一个孩子也不赖，回到家里想增加一点亲情感，把孩子抱起来亲一亲，逗着孩子叫一声爸，‘来，给爸挠挠痒痒！’孩子一乐，自己也一乐，就中了。现在困难时期，孩子多了并不好，城里人绝大多数选择不要孩子。”“孩子多了就是受累。”钟草根说，“我那口子一年四季不停地纳鞋底、补衣裳，天天干到深夜。我半夜醒来，经常见她还在做针线活。你想吧，全家7口人，从头到脚都靠她一个人，没少受罪。还有吃饭，孩子正长身体的时候，都能吃，但是去食堂打粥，给孩子分的少。没办法，只好大人少吃点，给孩子留几口。或者从食堂打回粥来重新加工，掺些野菜或多掺点水，让一家人填饱肚子。”“没办法！”魏友明说，“农村家家穷。我回村看我母亲，见全村人穿的衣服没有一个不打补丁的。一家人全是赤脚穿一双家做的布鞋，一年四季如此。当然苦日子也不是一无是处，大家都知道一粟一物来之不易，生活都很节俭。我姑姑连人家不要的烂白菜帮子都捡回去吃。”“大鸡红山好一点。”钟草根说，“农民每人每天六两原粮，把原粮磨成粉，从菜园子里摘点菜煮菜粥让大家喝。粥是稀了一点，但是勒紧裤腰带都能活着，没有饿死的。想想过去，战乱的时候连稀粥都吃不上。多亏了新社会，国家想尽办法让老百姓度过荒年，已经不错了。”

第十一章 中医疗法

钟草根送儿子上学回来，去梁家窝铺抓扫盲工作。

梁家窝铺是一个小村，只有一个生产队。钟草根来到村里，先找生产队长。钟草根打听到生产队长叫迟有余，去他家门口喊了一声，一个女人走出来说：“他下地干活去了，中午才回来。”她让钟草根进屋等，钟草根说不用了，让她转告迟队长，说去生产队等他。钟草根来到生产队，见院子正面是一排土房，两边是牲口圈，全空着。一个岁数大的人迎住他，问他有啥事。钟草根介绍自己是来扫盲的干部，那人点点头，自我介绍叫刘满仓，生产队的保管。“你们这儿有民校吗？”钟草根问。“有。”刘满仓回头指着那排土房说，“当中那间就是，也是写工分的地方。社员们晚上写完工分迟走一会，由我教几个生字，回家自己练习，但是这两年停了。”“你是民校老师？”“是。”刘满仓说，“我念过半年私塾，教字还没问题。”“你懂得现代汉语拼音吗？”钟草根问，“认不得。”刘满仓摇摇头，“老拼音我能认识，新拼音拐的弯太多，整不会。”“扫盲办法跟过去不一样了。”钟草根说，“上级指示，今年扫盲先从学习新汉语拼音入手，学会新拼音再学字。”钟草根正跟刘满仓说话，一个看上去四十多岁的男人走进院子，朝钟草根招招手，“我叫迟有余，老婆说外头来了人，原来是钟干部。我在大队见过你，还没吃饭吧？”“没。”钟草根回答。迟有余当即吩咐刘满仓：“打饭去，告诉管理员，就说上面来了干部，多要一盆粥并多炒一盘菜，咱俩陪钟干部吃饭。”刘满仓答应一声走了出去。钟草根听他说话的口气，知道他是迟队长，问他：“你儿子考上初中，为啥不让他念呢？”“念不起呀！”迟队长掂掂手，“原来想先跟各家借，乡亲们还不错，这家子给5毛，那家子1块，凑了半天还差七八块，再也整不上了，只好说服儿子别念了。其实念到六年级已经算是知识分子了，差不离儿就中了。可我儿子不干，非要去念书，把我气得火出火燎的，狠狠地骂了他一顿，我要揍他，才把他吓唬住，唉——”他长叹一口气，“也怪这孩子命不好，要是早两年考上该有多好，偏偏赶上这两年闹灾荒，地里没收成，大家手上都没钱。”钟草根没说什么，让迟队长领着他去看民校。走进民校见屋子很大，正面墙上抹着一块黑板，地上堆着一堆大小长短不一的板凳，上面落着灰尘。钟草根问过去办民校的情况，迟队长作了介绍。正说着话，刘满仓走进来，招呼两个人去保管室吃饭。从公共食堂打来的饭，是两瓦盆玉米面萝卜缨子粥，菜是一大碗炒土豆片。迟队长指着粥说：“这棒子面是今年的早熟玉米，可香了。大田的粮食都快下来了，我估算了一下，明年省着点儿的话也够吃。”吃饭当中，钟草根说起扫盲：“教学改革了，上级通知，扫盲首先学习新汉语拼音，不懂新汉语拼音的人，不能当民校老师。”迟队长说他儿子学过，刘满仓说他孙子懂，两个人的孩子都是今年的高小毕业生。钟草根有意让两家的孩子当民校老师，吃过饭，让把两个孩子叫过来，说要考试。两家的孩子来了，钟草根掏出纸笔写了一句话，让他俩分别注音，他俩注的都很正确。钟草根当场决定，让他俩担任民校教师，待遇方面按上级规定，每晚上课补助3个工分，迟队长和刘满仓都很高兴。钟草根让两个孩子表个态，他们俩都说一定干好。刘满仓的孙子说："大人们愿意学习，但舍不得花钱买铅笔和纸，最好跟学生一样，用石板和石笔。"那年头小学生念书都是用石板和石笔，在石板上写上字或者算算数，一擦就没有了，可以反复使用。石板和石笔供销社有卖，石板5毛钱一块，石笔3分钱5根。迟队长的儿子说："其实石板不用买，家家都有学生，晚上不上课，可以用他们的石板。石笔也不用买，去南大沟捡白石头，用白石头代替石笔，写出来的字虽然粗了点，但是不用花钱。""中啊！"迟队长听了孩子的话点点头，"你们两个都会过日子了，好好干吧，上课要管得严一点，该大声就大声，该管就管，别让人家看不起。"钟草根交代两个孩子尽快把民校收拾出来，早日开课。梁家窝铺办民校不用钟草根入户动员，迟队长说句话，社员们都去了，教学也不用他操心。他无事可做，回到了大鸡红山。

一天上午，钟草根正歪在炕上看书，忽然听见外面有汽车的喇叭声，接着闺女钟华跑进屋大喊："爸，有人找你！"金茹也随后进来，瞪着钟草根，"是警车，你去旗里犯了啥事吧？"钟草根愣了一下，连忙下炕往外走，刚下炕，就见两个人进了屋，其中一个人朝他一笑："钟大夫，还认识我吗？""沙大力！"钟草根伸出手来，正想跟沙大力握手，沙大力把他身后一个中等个儿、戴着眼镜的人推到前面，"旗宗教局的齐局长，是他请你。""齐晓康！"戴眼镜的人报了名字，并主动跟钟草根握手，"来接你，是给我的父亲看病。""齐局长他爹是我们检察院的原检察长，退休老干部。"沙大力介绍说。钟草根摇摇头："大老远的来找我，为啥不去医院呢？""去过医院，住了很长时间，但是没治好。"齐晓康说，"医院设备先进，诊断和治疗方面都比我强。"钟草根说，"你是中医，治疗方法跟医院不相同。"沙大力说，钟草根犹豫着说："我没粮票，去旗里咋吃饭呢？""你别管，我来安排。"沙大力说，"中午一顿饭，下午就把你送回来了。"

钟草根不再说什么，背上挎包，跟他俩走了出去，走出门外，见很多人围着警车看稀罕。一个胆大的孩子突然跑上前去摸了一把警车，哈哈笑着往回跑，沙大力朝孩子们招招手：“你们谁想摸就摸吧，随便摸。”孩子们呼啦一下上前摸汽车，大人们也围过去摸。司机上车按了一下喇叭，吓得人们赶紧散去。沙大力拉开车门，让钟草根先上，随后和齐晓康一起上了车。在路上，钟草根问患者情况，齐晓康说：“七十多岁了，有高血压，经常处于昏迷状态。”“确诊了吗？什么病？”钟草根问，“说是脑左叶癌。”齐晓康说，“原来在旗医院治疗，不给治了，转到市医院。经市医院检查，发现脑内左部有一团阴影，让开刀。我妈怕开刀有危险，找到院领导，杨重远跟领导建议找你，看能不能用中医的办法治疗。”“旗医院里有中医，为啥不找他们呢？”钟草根问，齐晓康说：“找他们看过，吃了他们开的药不顶事。杨重远说一个人的病好在谁手里要有缘，让找你试试。”

几个人说着话，不知不觉来到了旗里。齐晓康去医院接父亲，沙大力领着钟草根去检察院食堂吃饭。钟草根吃过饭来到齐晓康家里，见齐晓康已经把他父亲接了回来，他父亲闭着眼睛躺在炕上，一个老太太守着他。齐晓康介绍，两位老人是他的父母。钟草根上前为齐晓康父亲把脉，同时询问情况。齐晓康的母亲说：“他每天都这样，很长时间了，昏昏沉沉的跟丢了魂一样。”钟草根把完脉，从挎包里取出针灸包，用三棱针在患者的十二井穴刺血，并且针刺人中、关元、百会、神阙。患者当下醒了，眨着眼睛看着钟草根。“老同志，坐起来！”钟草根拍了患者一下说，“你是谁呀？”齐晓康父亲坐起来问，“他是钟大夫，来给你治病的。”齐晓康说，“你一直昏迷，多亏钟大夫让你醒了过来。”钟草根看着齐晓康说：“你父亲的病是肝风内动，瘀血阻滞，不是癌症。脑袋里的那个阴影是瘀血，不是癌。”齐晓康摇摇头，“你应该看一看医院的检查报告单，不但化验说是癌，X光检查也说是癌。”“我啥都不看。”钟草根说，“我可以负责任地说，的确不是癌。”

“你是中医吧？”齐晓康父亲看着钟草根，“中医不说癌。”“哈哈哈。”钟草根笑起来，看着齐晓康父亲，“你头脑很清醒嘛，怎么说丢了魂呢？你没啥大病，开个方子吃中药吧！”他说着从挎包里取出纸笔，走到桌子跟前开方：“明天麻、防风、生地、白芍、天冬、枸杞、菊花各4钱，羌活3钱，骨碎补1两，8服，水煎服。另：三七2两4钱，加工成粉末单服，每服3钱，一日2次，同时服脑力清10粒。”钟草根把开好的药方递给齐晓康，“你找我不方便，就多开了几服药，吃完了如果见效，再去找我。”齐晓康接过药方，正要去抓药，杨重远来了，后面跟着一个穿警服的人。杨重远看着钟草根问：“钟大夫，还认识我吗？”“哈哈，杨科长，你好！”钟草根伸出手来欲跟杨重远握手，杨重远赶紧躲了一下，“哎，对不起，我的胳膊动不了。”“咋回事啊？”“肩臂疼，连着颈、耳、肩胛及前臂一起疼，疼得几乎不能穿衣服洗脸。”“没去医院吗？”“去过。”杨重远说，“确诊为肩关节周围炎，服用抗炎镇痛药并且打针，一个多月没见好。找中医扎针，疼痛不但没减轻，反而更严重了。后来我查医书，见黄芪桂枝五物汤能治这个病，吃了十几服药也没效果。实在没办法了，只好借着给老院长看病的机会，接你过来给我看看。”齐晓康看着钟草根，说：“接你主要是给杨科长治病，顺便给我爸看看。有重要案件等着杨科长去处理，但是他有病去不了。”

杨重远不置可否，把他身边穿警服的人介绍给钟草根：“派出所的邵所长，他儿子有病，想让你去他家给他儿子看看。”钟草根朝邵所长点点头，对杨重远说：“我先给你治治吧。”他说完给杨重远摸脉，钟草根摸完看着杨重远，笑了笑说：“小毛病，不是大事。”他从挎包里掏出胶布，跟齐晓康要了一根火柴，让杨重远解开上衣扣子，趴到床上，从后面把他的衣服撩起来，在他后背鼓捣了几下，让他站起来，说：“治完了，明天疼痛就能减轻，超不过7天就能好。”“你开玩笑吧？”杨重远瞪着钟草根，“我连感觉都没有，你就治完了？医院的大夫说，这个病很难治。”“你放心吧，真的治完了，7天之内一定好。”钟草根说。

“你这行吗？”邵所长站在一旁，看了钟草根治疗的全过程，用力摇着头，“你把治病这么严肃的事，大大咧咧地不当一回事，好像在开玩笑！”钟草根听了邵所长的话，笑了一下说：“我讲一讲吧，老杨的这个病，中医叫肩凝，就是老百姓所说的漏肩风。我曾经用针灸和吃中药的办法治过这种病，能治好，但是见效慢。我想到了我老师蒋一丹用的‘皮外针’方法，这种方法就是把火柴掰下来两节，约1厘米长的小棒，分别放在患者背后的天宗、膈关穴上，用胶布固定好。操作方法十分简单，几分钟就完事。这种方法治疗肩凝见效快，我治疗过几个人，都没超过一个礼拜就好了。”

杨重远点点头，“我曾经想过埋针，但是自己操作不了。”“你不适合埋针。”钟草根说，“埋针疗法用于实证，你是虚证。埋针会损伤你的正气，正气一旦亏损，疼痛会更加严重，下一步就很难治了。我用的这种方法刺激量小，但能缓调阴阳且疏通气血，绝对不会损伤正气，治你的病是最好不过的了。”“用这种方法能治疗其他疾病吗？”杨重远问，“能，”钟草根说，“我用这种方法治疗过肋间神经痛、胸膜炎、肱骨上髁炎等，都有效。有一个妇女患了肱骨上髁炎，疼得不能做家务，吃了很多抗炎镇痛药都无效。最后找到我，就是用这种方法很快治好了。治疗时要注意，一定选准穴位和压痛点……”

钟草根给杨重远治疗完，坐车去了邵所长家，给他儿子治病。

来到邵所长家，进屋见一个孩子躺在床上，孩子的母亲在一边守着，得知钟草根是来给儿子治病的，哽咽着说：“我儿子卧床快两年了，只能躺着不能坐，更别说下地了，您给治治吧，只要能让他下床走路，能上学，我就是倾家荡产都在所不惜。”

钟草根给邵所长儿子摸了脉，问：“没去医院吗？”

"去过医院。"邵所长找来儿子的病历，交给钟草根，"医院诊断是重症肌无力，运动神经元方面的疾病，治了很长时间都没效果。后来外地来个专家说可以手术治疗，要切除什么胸腺，我没同意。"

钟草根看了病历，病人叫邵楠，10岁，得病后去医院，开始用血浆置换的办法治疗无效，改用静脉注射免疫球蛋白。治疗结果仅仅是状况得到了缓解，照样不能起床。

钟草根看过病历，说："邵楠的病是痿证，得病原因是阳明之火烧尽了肾水，并因脏腑精气受损而使肢体失养，导致了髓枯筋痿。他的肾水已近干枯，但他能吃能喝，胃功能很好。肺金得到了胃气而下生肾水，肾水虽然干枯了，终有露气而夜润肾经，所以还有一线生机。"

"你的话我听不懂，直说吧，孩子的病你能治吗？"邵所长问。

"能治。"钟草根说，"先扎针后吃中药，两天之后就能让病人坐起来，7天后就能搀扶着走路，最多一个月，就能恢复原来的样子。"

"你别说大话！"邵所长用力摇摇头说，"医院两年没治好的病，你一个月就能让他恢复原来的样子，任何医生都不敢下这个保证。"

钟草根也不争辩，先给孩子扎针，扎上针问邵楠有何感觉。邵楠说："感觉脚心发痒。"邵所长惊奇地问儿子："真的？"儿子说："真的！"邵所长笑了笑，"你有感觉就好。"

钟草根扎完针开药方：熟地5两，黄芪5两，人参4钱，五味子1两，天麻6钱，独活1两，蔓荆子（炒）7钱，苍术（炒）1两；7服，水煎服。

他把方子递给邵所长，说："这个药熬的时候要多加水，熬完早晨喝3碗，下午喝2碗，半夜起来再喝2碗。服完药之后看情况，我更改药方……"

7天后，邵楠真的在他妈妈的搀扶下行走了。与此同时，齐晓康父亲吃了钟草根开的药病情减轻，于是第二次把他接到了旗里。

钟草根来到旗里，首先见到杨重远。杨重远看着他笑了笑："你的火柴治疗方法真管用，真的没到一个礼拜就好了，找时间你教教我，怎么样？”“哈哈，可以！”钟草根笑着说。

杨重远打电话让邵所长来接钟草根，先去给他儿子看病，稍一会邵所长来了，见到钟草根拱手激动地说：“太谢谢你了！杨科长介绍你如何如何，我一点都不相信，认为连医院都束手无策，找你这个乡野大夫有何用，不过是白折腾一次罢了。没想到你的医术这么神奇，真是举世无双，难以置信！”

钟草根来到邵所长家里，见邵楠正在他妈妈的搀扶下，在院子里走路。邵楠的妈妈看见钟草根，兴奋地叫起来：“医院的大夫跟我说，邵楠如果不做手术，会常年躺在床上不能自理。你这么快就让我儿子站了起来，帮我解决了大问题，我连想都不敢想。”

钟草根哈哈笑了一下，让她把邵楠扶到屋里，摸完脉说：“接着吃药吧。”他开方：熟地 8 两，黄芪 7 两，五味子 3 钱，炒苍术 1 两；10 服，水煎服。

他把方子递给孩子的妈妈，说：“这个方子是清代医学家王清任的方子，即以大剂量黄芪补其肺肾之水，使阳明之火不消而消，邪火消除了，病自然就好了。服用方法跟以前一样，10 服药吃完了，自己能走着上学。”

邵所长问钟草根，给孩子治病多少钱。钟草根说：“我是干部，不是大夫，捎带着治病而已，给谁治病都不要钱。”

钟草根给邵楠开完药方，来到齐晓康家里，为齐晓康父亲看病，摸完脉后重新开方，在原方基础上增加石决明 5 钱，截叶铁扫帚 9 钱；8 服，水煎服。另全蝎 2 钱为末，吞服。

开完药方，钟草根正跟齐晓康父亲说话，杨重远来了，身后跟着一个人。杨重远说：“原本今天下午把你送回去，但是有个案子急需处理，车去不了，你在旗里多住几天吧，吃饭的事我已经安排好了，仍然在检察院食堂，住的地方由老检察长安排，怎么样？”

“可以。”齐晓康父亲看着钟草根，“就住我家吧。”

“行。”钟草根点点头。

“好。”杨重远把他身后的人推到前面说，“我弟弟，大拇指头割了一个口子，半个多月伤口不愈，旁边又长出来一个息肉。医院说需要做手术，你看有没有其他办法治疗。”

钟草根看了杨重远弟弟的伤口，两厘米多长，里面含着脓，旁边有一个黄豆大小的息肉，想了想说：“不必做手术，你找一点干大蒜秆，再找一把葵花籽，我来做药，最多 3 天伤口愈合，息肉脱落。”

“哈哈哈，”杨重远笑起来，“我就知道钟大夫有办法！”他让弟弟回去准备东西，自己告辞。过了一会儿，杨重远弟弟拿来干大蒜秆和葵花籽，钟草根拿出两个艾条扯碎，按着艾叶 2 份、大蒜秆 1 份，加适量葵花籽捣碎重新揉绒，做成艾条，让杨重远弟弟拿回家，自己每天熏灸 5 次，告诉他熏灸的方法，并说：“我用这个方法治好过好几个人。”杨重远弟弟走了，钟草根跟齐晓康父亲继续说话，得知他的女儿齐梅 39 岁才出嫁，嫁给政协的一个领导为继室。41 岁怀孕，足月过了一周多还没生，到妇幼保健站检查，说产门不开，让剖宫产，齐梅不同意，齐晓康父亲问咋办，钟草根说：“要见到病人才行。”

齐晓康父亲让老伴领着钟草根去闺女家，到家见他闺女挺着大肚子，躺在炕上直喘气，她婆婆坐在旁边守护。

钟草根上前为产妇摸脉，摇着头说：“胎动很弱，如果明天还生不下来，胎盘老化，很可能导致胎儿缺氧，孩子保不住。”

“我要孩子，要孩子啊！”齐梅惊慌失措，让赶紧找她丈夫同意剖宫产。

“不必剖宫产。”钟草根说完，找出纸笔开了个方子，递给齐梅婆婆说：“抓药去吧。”

第二天钟草根吃过早饭，回到齐晓康家里还没坐稳，来了两个穿白大褂的妇女。其中一个是吴小霞，经吴小霞介绍，另一个女人叫周兰。

“你真有本事！”吴小霞看着钟草根，“果真顺利生下来了。”

“是吗？哈哈！”钟草根笑了一下问，“你们俩接的生？”周兰点点头，“产妇状况还好，交骨开了。”

钟草根说：“所谓交骨就是产道骨盆的那几块骨头，不开的原因是肌筋拘急，是产妇待产时恐惧或者紧张造成的。她是大龄妇女，以前没生育过，交骨迟开很正常。”

“这种情况，你是咋处理的？”吴小霞问。

“吃中药，用药物催开交骨。”

周兰看着钟草根，“钟老师，您能给我一个方子吗？”

“你是什么病？”钟草根问。

周兰不说话，用手指了指自己的脸。

钟草根朝她脸上看去，见她满脸都是粉刺，笑了笑说：“你这是娇女病，用中药治疗吧。”他说完开方：轻粉1钱，黄芩1钱，白芷1钱，白附子1钱，防风1钱，1服。他把方子递给周兰，说明用法：“加工成细末，用蜜调匀，每天洗脸的时候搽数遍，临睡前重新洗面，再搽三五遍。最多7天，粉刺会有所好转。”

“有一件事。”吴小霞说，“我有个表妹叫孙玉芳，9岁那年得了面瘫，口眼向左，右眼不能闭合，眼角老是挂着泪，难看死了。今年17了还没找对象，她爹妈急得直哭，你给治一治吧。”

“以前没治过吗？”钟草根问。

“治过。”吴小霞说，“西医治不了，找中医扎针也没治好。后来听人说北京能整形，去了北京一家医院说没把握，没敢治，回来了。”“我得见到本人，才能确定能不能治。”钟草根说，“你把她领来吧，我看看。”

午饭后，吴小霞把她的表妹领过来了，还跟着她父亲。他父亲姓孙，是土产公司的经理。孙经理苦苦哀求钟草根："拜托你了，想啥法子都要把我闺女的病治好，花多少钱都中。"

钟草根给患者摸了脉，说："不是什么大病，很快就能治好。"

"那太好了！"孙经理激动地看着钟草根，"我早听小霞说你有本事，果然名不虚传。"

"对了，公司有几个职工有病，你也给治一治，中吗？"

"可以。"钟草根顿了一下，"但是治病需要时间，我家在农村，来旗里一趟不容易，给齐局长父亲治病是车接车送，并且安排吃住，给你们治病怎么办？"

"那好办！"孙经理说，"我们有汽车，也可以车接车送；我们有食堂和宿舍，吃住都方便。"

"那好。"钟草根说。

"那就走吧。"孙经理是带车来的，让钟草根上车跟他一起走。

钟草根和齐晓康爱人打了个招呼，去了土产公司，先让孙经理把他的闺女领过来，摸过脉后，在患者的丝竹空、下关、迎香、地仓、翳风、风池、合谷等穴位行针。他下手极快，片刻就扎了十几针，不到 2 分钟就扎完了，看得孙经理直迷糊。

刚扎上针，患者面部的右侧就流出了豆大的汗珠。吴小霞捅了一下孙经理："姨夫你看，出汗了！"

孙经理看着闺女，搓搓手："怪了嗨！以前也扎过针，扎的地方差不多，为啥过去没出汗，今儿出汗了呢？"

"同样扎针，穴位也相同，但是针法不一样。"钟草根说，"你们看我扎的针有的直立，有的倾斜，有的倒卧。进针的深、浅、角度、方向、力度各不相同，捻转、抖动、徐进、缓进等手法也不一样。扎针要洞悉脏腑经络，先扎哪个穴位，后扎哪个穴位，哪个穴位补，哪个穴位泻，进针到什么程度，半点都不能含糊。针不是扎上就没事了，必须治病才行。"

“哈哈，中，中！”孙经理笑着说，“一听就知道你是行家。”

钟草根给孙玉芳行完针，起针后问她有何感觉，孙玉芳激动地说：“刚扎上，脸上就麻酥酥的，感觉比原来松快多了。”

孙玉芳扎完针走了，吴小霞也告辞，孙经理出去叫其他病人。

接着从外面进来一个精瘦、面色土灰的人，看着钟草根说：“是孙经理让我来的。”

钟草根点点头让他坐下，边摸脉边问：“你叫什么名字？”

“田二疤。”那个人回答。

“得病后去医院看过吗？”

“去过。”田二疤说，“医院说是胰腺癌。”

钟草根给田二疤摸脉始终皱着眉头，摸完了说：“有一句不当的话，你的病跟吸食一种不应该吸食的东西有关。”

“你胡说！”田二疤忽地站起来，指着钟草根，“你是什么大夫，不会治病，光会胡说八道！”他说完怒气冲冲地走了。

钟草根先后看了十几个病人，快吃晚饭的时候孙经理来了，问起看病情况，钟草根一一作了介绍。说到田二疤，钟草根说：“从脉象上看，他正在吸食毒品。”

“真的假的？”孙经理瞪着钟草根说，“摸脉还能摸出这种事？”“能。”钟草根说，“这个人脉急，且寸脉时断时续，有一股邪气。我在承德跟蒋一丹老中医学摸脉，接触几个吸毒的病人，脉象跟他一模一样，得的病也相似。”

孙经理沉思一下，看着钟草根说：“这件事你知我知，天知地知，不要跟第三个人说。”

“我知道。”钟草根点点头。

钟草根连着4天以同样手法和同样穴位给孙玉芳扎针，每天两次，每次扎针都让患者流很多汗。从第5天开始，扎上针患者只有微汗，脸部恢复了原来的面貌。

第6天上午，他正给孙玉芳扎针，孙经理来了，看着他说："我觉得我闺女的病好了。"

"好了。"钟草根说，"今天下午再扎一次，明天就不扎了。"

"孩子得病9年，愁得我没着没落的，没想到你一搭手，6天就治好了，除去了我一块心病。"说着他从兜里掏出一沓钱递给钟草根，"这是治疗费。"

"哈哈哈，"钟草根笑了一下，把孙经理的手推回去，"你收起来吧，我无论给谁治病，都没要过钱。"

"那不行！"孙经理把钱硬塞到钟草根兜里，"我是例外，你必须收下！"

"我说不收就不收！"钟草根把钱掏出来塞给孙经理，"我是干部，拿国家工资，额外收钱会让人家戳我的脊梁骨，你别害我。"

两个人正争执，吴小霞领着一个干部模样的人走进屋里，孙经理正要打招呼，干部朝他挤挤眼并摆摆手，让他别说话，坐下把胳膊伸出去，看着钟草根说："小霞把你吹得神乎其神，你给我摸摸，看我有什么病。"

"我只是一般中医，不是神乎其神。"钟草根说完把手搭在干部的胳膊腕上，没到1分钟就说："你是哮喘，每当气候改变或秋冬季节就咳嗽，伴有下午发热，鼻塞项强，脚胁胀满。"

"你说对了。"那个干部抽回胳膊，"你说我得病多长时间了？""七八年吧。"钟草根说，"你过去治疗，主要吃西药和激素，后来改吃麻黄素，使你的血压不断上升，出现了失眠不安、口干舌燥、恶心呕吐、眩晕等副作用，甚至出现了神经震颤。"

"你越说越对！"干部点点头，"说实话吧，魏友明是我的女婿，过去一直靠他治疗。"

"他的治疗没错。"钟草根说，"假如不是他的治疗，你的肺部早就出问题了。"

“把我爸领来，想看你有什么治疗方法。”吴小霞说。

“吃百部汤。”钟草根说，“这个药的君药是百部，久嗽非它莫属，但要随症加减。”他边说边拿起笔开方：百部、薏苡仁、百合、麦门冬各 15 克，桑白皮、白茯苓、沙参、黄芪、地骨皮各 7.5 克。15 服，水煎服。

他另开一方：荆芥、桔梗、紫菀、百部、白前、陈皮、桑白皮、甘草各 1 两。制法是拿到碾子上压了，用细箩筛出面，另加生萝卜子二两也压了筛面。用枇杷叶 1 两煎汤，挤滤萝卜子得汁，再加生萝卜汁二两，和萝卜子汁为丸，每丸重 2 钱 5 分。

他告诉吴小霞父亲：第一个方子从立冬开始服用，吃到清明，夏天断药；第二个方子从立秋吃到立冬，用温开水化服，每次 1 丸，早起空腹及晚间临睡前各 1 次。这个方子出自《医学心悟》，是民国年间佛门印光大师推荐的，风寒痰热皆宜。哮喘这种病很难治，估计连续吃三年药才能治好。

吴小霞领着父亲走了。刚出门，杨重远弟弟来了，进屋把手伸到钟草根面前：“钟大夫你看，手的伤口好了！”

钟草根点点头，摸着他的手说：“我有经验，3 天一定能好。”

杨重远弟弟把手缩回去，从兜里掏出 1 斤粮票放到桌子上，“我哥说你给谁看病都不收钱，给你 1 斤粮票。”

“粮票我也不收。”钟草根说。

“走啦！”杨重远弟弟放下粮票扭头就走。

他们前脚刚走，齐晓康就风风火火地跑了进来，“钟大夫快呀，快跟我走，孩子不中了！”

“咋回事啊，我没听清。”钟草根说。

“我姐那个孩子，就是刚生的那个，手脚冰凉，身子往后挺。我妈喊我赶紧来找你。”齐晓康急切地说。

钟草根想了想，说：“今天第六天，可能是四六风。你马上去妇幼保健站找那两个接生的，她们能处理。”

“她俩去了，不行，把我姐都急哭了，你麻溜地走吧，去晚了怕不赶趟，我用自行车带着你。”

钟草根不再说什么，提上挎包往外走，刚走到院子里，见检察院的警车开了进来，齐晓康上前喊停车。杨重远从车上下来问何事，齐晓康说明情况，杨重远让司机先送钟草根，他找孙经理有事。

钟草根来到孕妇家，见孩子面色青紫，两眼与牙关紧闭，不停地抽搐，已经不会哭了，婴儿的母亲正在哭泣。

钟草根问吴小霞是咋处理的，吴小霞说：“先灌脐风散，没顶用；后来注射苯巴比妥钠，还不顶用；最后注射青霉素。按说应该退烧，但是腋下测温仍然是 41.6℃，连打青霉素都没效果，说明已经无法救治。”

钟草根上前抓起孩子的手看了一下，见指纹深紫，掐了一下中冲穴毫无反应，他连忙把孩子翻过身来背朝上，跟吴小霞要了一块纱布垫在孩子的背上，从挎包里取出一枚铜钱，快速地刮了起来。

他刮了很多地方，间或用指针点刺，折腾了一个多小时，孩子抽搐才停下来，接着“呱呀、呱呀”地揪缩着小手哭了起来。他见孩子的眼睛还闭着，用拇、食指尖点按孩子的睛明穴，眼睛当即睁开。屋里的人看着孩子，都惊奇地笑了起来。

钟草根让吴小霞给孩子试体温，腋下温度降到了 37.6℃。

“钟大夫，你真中！”周兰激动地说，“我原以为孩子必死无疑，没想到让你救活了。”

“还有这儿——”她用手指了指自己的脸，“几年都没治好，搽了你开的药，几天就有效果。而且药很便宜，不到 5 块钱。”

钟草根朝周兰看去，见她脸上的粉刺没了，笑了一下说：“你比原来更漂亮了。”

周兰用力点点头，说：“中医真了不起！”小霞掏出笔和本子看着钟草根，“说一说，你是咋给孩子治的。”“我开始也蒙了。”钟草根说，“我见孩子的指纹深紫，已经射甲透关，连忙用中医测急症的办法掐中冲穴叫关，但是没有反应，不知道该咋办好。后来我想，管他呢，死马当活马医，刮痧试试吧，兴许能把孩子救活。我就在孩子脊椎两旁的华佗夹脊穴，由上往下刮，刮了一会效果不明显，心想刮别处试试吧，于是接着刮大椎、肺俞、丰隆、昆仑、太溪、劳宫、涌泉、关元、命门。从中医角度讲，大椎、肺俞、丰隆可以退热豁痰，昆仑、太溪可以制痉熄风，劳宫、涌泉通心肾回阳，关元、命门促发真气、扶正去邪。就这样，退热、息痉、排毒、扶正同时进行，侥幸把孩子抢救了过来。”

“你垫纱布是干啥用的？”小霞问。

“没用。”钟草根说，“我见孩子细皮嫩肉的，怕刮痧碰破他的皮肤，临时想到垫一块纱布……”

齐晓康父亲吃完了钟草根第二次开的药，脸色转为红润，心情也好了，找钟草根接着开药，钟草根摸过脉说：“不必开药，病好了。”

齐晓康为了慎重，领着父亲去医院拍了个片子，脑袋里的阴影完全消失，检查证实，他的病真的好了。

钟草根闲来无事去学校看了儿子，回到土产公司正看书，杨重远骑着自行车来了。

“老钟，你真了不起！”杨重远打住自行车，拉上钟草根往屋里走，边走边说：“你不但治好了老院长的病，让邵所长的儿子上了学，还帮了我一个大忙。”

钟草根没说什么，杨重远接着说：“有一件事你肯定没想到，我处理一个毒品走私案，一直找不到合理的证据。关键时刻，孙经理给我提供线索，说田二疤有嫌疑，我们联合公安顺着田二疤这条线索一举查清了案件。田二疤吸毒是你提供的线索，没想到号脉还能号出吸毒，你号脉的水平简直太不可思议了！”

“完了！”钟草根看着杨重远惊叫一声，“田二疤的病已经很难治了，再有个三长两短的必死无疑。”

“他是咎由自取！”杨重远顿了顿说，“我来是告诉你，一会儿来车送你回家。”

稍一会车来了，齐晓康见钟草根上了车，掏出8斤粮票递给他说：“这是我爸和我姐送的，你别嫌少啊，粮食有定量。”钟草根极力推辞，齐晓康硬塞给他并关上车门，让司机出发。

第十二章　改善伙食

土产公司经过钟草根治疗的病人都见好，又把他接到了土产公司，他来到土产公司，下车进屋拿出书本正要看，进来一个老人和一个孩子，孩子上前扯了钟草根一把：“你是钟大夫吗？”

钟草根点点头：“是。”他让老人坐下，问那个孩子：“你是谁？”

“我叫孙大群，我爸是孙经理。”

“哈哈，原来是孙经理的儿子，你爸呢？”钟草根笑了一下问。

“不在家，下乡了。”孩子说，“听我爸说你是神医，我妈让我领着我姥爷找神医看病。”

“我不是神医。”钟草根说完，朝老人看去，见他表情抑郁，手不停地颤抖，嘴也颤抖，明白了他得的是什么病，问老人：“你没去医院吗？”“儿媳妇不给钱！”老人说，“我这个病都是儿媳妇气的，她老跟我吵架。”“先摸摸脉吧。”钟草根让老人坐到办公桌前，边摸脉边问：“得病多长时间了？”“三年多了。”老人说，“去医院看过，医生说这个病叫怕什么死，不但中国治不了，连全世界都没有好办法。医院给开点药，但吃了口干、恶心、睡不着觉，现在抖得连饭碗都快拿不住了。儿媳妇说我别治了，听天由命吧，你说这叫什么事呢？”“哈哈，”钟草根笑了一下说，“你这个病不叫怕什么死，叫帕金森，中医的名字叫震颤。这个病主要是脑干黑质、纹状体的多巴胺神经元退化或缺失，导致了多巴胺分泌减少。你是后天的，不存在遗传问题，能治，吃中药吧。”

他说着开方：归尾6两，红花5两，半夏5两，阿胶2两，川芎2两，白术2两，枳实2两，地龙2两，8服。

钟草根把方子递给老人，交代了服用方法：加工为末，每服4钱，一日2次。如果吃一副没好，方子不变接着吃，到吃好为止。

老人要给钱，钟草根说不要。老人说：“我活到这么大，都没见过治病不要钱的，给你磕个头吧。”他说着站起来要跪下。

“哎哎，使不得！”钟草根连忙扶住老人，让他坐下，“你这么大岁数还给我磕头，是损我的寿。”

钟草根问孙大群：“念书了吗？”

“正念中学。”孙大群回答。

“我儿子也在中学念书，叫钟声。”钟草根说。

“钟声跟我一个班。”孙大群说。

“同班同学啊，哈哈哈。”钟草根笑着说，“你可比钟声有福，钟声上学是我们爷俩背着行李一步一步走来的，八十多里，累够呛。”

孙大群笑了笑没说什么，钟草根让他领姥爷去药铺抓药，孩子领着老人走了。

几天后孙经理下乡回来了，找钟草根，告诉他下午有车去辛家地公社收土产，顺路送他回家。

朱副经理是跟着孙经理一起来的，孙经理说听儿子说的，跟钟草根的儿子一个班，于是告诉他说：“公司的汽车经常下去地方拉皮子和猪鬃，有时候大车去，有时候小车。你儿子放假的时候让他找我，我安排顺车接送。”

他又告诉朱副经理：“你也记住啊，钟大夫有个儿子在中学念书，回家不方便。我答应人家了，寒暑假顺车接送。如果我不在，由你安排。”

孙经理正说着，忽然听见屋外有刹车声，隔着窗户，见一辆救护车停在了屋门口。

几个人连忙走出去，见车上下来三个人，其中一人是医院的邱副院长。

邱副院长从兜里掏出烟，递给每人一支，孙经理掏出火柴划着，分别给邱副院长等每个人点上烟，自己也点上抽了一口，招呼大家进屋坐。

大家进屋坐下，孙经理向邱副院长介绍钟草根：“是我请来治病的，你可别小看他，治好了很多人的病。”

邱副院长看了钟草根一眼，“真的？”

“我可以作证。”刘自鸣说，“复查结果在我那里。”

邱副院长点点头，看着钟草根，问：“听你口音不像本地人，在哪儿学的医，一直干中医吗？”

“我是北京平谷人。”钟草根说，“念过医科大学，现在搞扫盲。”

“你认识魏友明吗？” 邱副院长问。

“我俩是同学，一起分来的。”钟草根说。“我一直奇怪，你医科大学毕业，而且技术这么高，为啥没进医院呢？”刘自鸣看着钟草根，摇着头问。

“有什么奇怪的？”邱副院长看了刘自鸣一眼，“工作分配组织部说了算，让你干啥你就得干啥，个人没权选择。就拿我来说，工业大学毕业，应该分到建设部门，却分到了医院搞行政，你说合理吗？我的同学都说不合理，但啥叫合理？咱们旗没工业，建设局已经堆下一大堆人了，我再去干啥？安排工作不能光考虑自己，要考虑国家的实际需要。”

他接着把目光转向钟草根，“你给我的印象是不修边幅。你看看你，穿一双白底黑帮、宽宽大大的破布鞋，衣服皱皱巴巴的，胡子长了也不知道刮，明显是不修边幅。不是我说你，你出门在外为啥不买一双好鞋，穿上好衣服，把自己打扮好一些呢？我第一眼看见你，还以为你是乡下老农，根本不相信你是干部。”

钟草根有点尴尬。

腊月二十二的那天上午，金茹听见外面有汽车声，并且听见钟声喊她拿东西，连忙走了出去。

她出来一看，一辆大汽车停在家门口，儿子正下车。金茹看见儿子高兴地说："我老惦记着你咋回来，这下可好了！"

"是刘叔叔把我送回来的，黄陆明跟我一起回来。"钟声说。

金茹看着司机笑了一下，见驾驶室里面还有一个孩子，探出头来跟金茹招招手。

"钟大夫在家吗？"司机问。

"上边来人检查，他跟着检查的人去大队了。"金茹回答。

"那就跟你交代一下吧。"司机上车拿东西，一一递给金茹，"这是土产公司孙经理送你的二斤白面和一棒子酒，这是朱副经理送的一斤多猪肉和一棒子豆油。"

"哎呀，送这么好的东西？"金茹接过牛皮纸包着的白面和肉，分别闻了一下说，"有面有肉还有油，过年足了！"

金茹招呼司机进屋，要给他整点吃的，司机说："不麻烦你了，去老烧锅大队把黄大队长的儿子送回去，顺便拉皮子……"

车开走了，金茹进屋打开肉包，是一小块猪腿，再次拿到鼻子底下闻了闻说："真好！留到三十晚上吃饺子吧，还有8天，坏不了。"她说着拿来菜刀，在肉上割一个眼穿上一根绳，在外屋墙上钉了个钉儿，把肉挂了起来。

钟声走进屋里，见最小的弟弟钟扬在炕上躺着，三弟钟远在他一边，问母亲："钟名和钟华去哪儿啦？"

"去地里搂柴火去了。"金茹看了钟声一眼，"他俩搂一天都不如你搂一头晌多，明天你也上山吧。"

钟声点点头说："下午就上山。"

钟声见母亲纳鞋底，问给谁做鞋，金茹说："全家每人一双，没日没夜地干，就要做完了。"

金茹问钟声饿不饿，钟声说饿，金茹说：“锅台后头有团子，先垫巴一点，一会打饭。”

所谓团子，就是把野菜煮了剁碎攥成球状，外面滚上一层玉米面蒸熟。因为食堂打的粥太稀，个人家里填补一点干的。

钟声去外屋拿来两个团子，刚咬了一口，钟远就哭了起来，金茹说他也饿了，让给他一个。

“在学校吃得饱吗？”金茹问钟声。

钟声摇摇头，“早晚只给 3 两萝卜缨子或白菜帮子玉米面粥，中午给 4 两棒子米或高粱米饭，菜是萝卜或白菜加点盐。礼拜天还好一点，吃两顿饭，上午小米饭，下午馒头，算是改善生活了。大家都饿得嗷嗷叫。”

“你们学校还行呢，家里都不如你们。”金茹说。

“行啥呀？饿得我都无法学习！”钟声说，“上第三堂课就盼着吃饭。第四堂课饿得没办法了，根本听不进去老师讲什么，一分一秒都盼望着下课。下了课，值日生撒丫子往食堂跑。打回饭来，大家都围着饭桶，感觉最激动人心的时刻到来了，都争着把碗伸过去，等值日生往自己的碗里舀饭，等着拿菜。”

“唉。”金茹叹口气。

钟声说：“但我是全班最幸福的人，饿得不行的时候我爸去了，给了我 7 斤粮票和一点零钱，每个礼拜天能下一顿馆子，简直高兴死了！我每次下馆子都是要半斤小米饭，一盘炒土豆丝。我去的那个饭馆米汤随便喝，每次我都喝 3 大碗。下完馆子还觉得肚子空空的，但也满足了，见着我们班的同学假装打两个嗝儿，炫耀一下我下过馆子了，说粮票是我爸给的，你们知道我爸是干啥的吗？是干部！”

“嘿嘿，”金茹笑了一下问，“睡觉咋睡呢？”

“对面铺。”钟声说，“每个铺上睡 20 个人，互相挤着。每个人都是棉衣棉裤一身，里面没有穿的。最讨厌的是虱子，从棉衣缝里头往外钻，大家都中午脱下衣裳抓虱子。捉虱子跟上课一样重要，不抓就痒痒，上课不安心。我在课堂上看见我前桌同学的脖子上有个虱子，帮他捉了下来。我后桌的同学也帮我捉过。”

钟声正说着，钟名和钟华回来了，进屋看着大哥又喊又笑。金茹让他俩去外屋的墙上看看，“看你大哥带回来啥好东西？”钟名出去见墙上挂着肉，大喊一声：“肉！”连忙上前踮起脚去闻，“哎呀，真香！”钟华去闻，也说香。

钟声放假每天上山搂柴火，腊月二十五那天搂柴火回来，父亲把两挂小鞭和两个“二踢脚”交给他，说：“留着过年的时候再放。”

钟声接过鞭炮，见钟名低头哭，问他：“咋的了？”钟华看着钟声说：“我二哥说，把鞭炮都给你一个人，不合理。”钟声连忙把一挂小鞭外面的红纸扯掉，用剪子剪下来一半扔给钟名，“给你半挂！”钟名抓起半挂小鞭笑了。钟草根瞪了钟名一眼，“不好好干活，真不应该给你。”他从兜里掏出 1 毛钱给钟声，让他去供销社再买一挂小鞭，留着三十晚上放。那年头穷，鞭炮都是拆开来一个一个地放。每天拆几个揣在兜里，左手拿着一截土香，右手从兜里掏出一个小炮捏住底部，点着后抛到空中，“啪”地响了一下，过过瘾而已。

腊月二十八那天晚上，钟华从外面回到家里，高兴地喊：“告诉大家一个好消息，队里的毛驴死了，明天菜里有肉。”“这算啥好消息，我都吃过了！”钟名看着钟华洋洋自得地说，“跟你们说啊，死的那头是秃了毛的老毛驴，头晌还拉磨，下午就死了。有人说是老死的，也有人说是病死的。死了后直接扒皮煮肉，快煮熟的时候，很多人去了，都凑到锅跟前想尝一点，但是煮肉的王大勺谁都不给。王大勺撵人撵不走，后来队长去了，使劲地骂，把大人骂走了，剩下我们一群孩子挤在锅边盯着肉，骂也不走。队长一看没办法了，让王大勺给我们每个人切了一丁点尝一尝，吃完了赶紧走。跟你们说啊，我就在跟前，已经尝过了，哈哈，真香！”“你真有福！”钟声看着钟名咽了一口吐沫，羡慕地说。“还有一个好消息，队里正在做豆腐，过年有豆腐吃了。”钟华说，“这算啥好消息？”金茹看了钟华一眼，“真正的好消息是食堂解散了，这对咱们家来说是天大的喜事。为什么？因为咱们家是城里户口，有粮本，是吃食堂才把粮本收了。食堂停了，能拿回来粮本去公社粮站买粮，比村里人吃的好多了。”

腊月二十九日那天早上，金茹从食堂打粥回来，粥里头加了驴肉汤。中午就更好了，饭是正经八百的小米饭，菜里面有驴肉。全家人欢呼雀跃，已经一年多没见到油腥了，能吃上肉真是稀罕。

腊月二十九日那天下午开社员大会，队长宣布上级指示：“文件下来了，从现在起食堂停办，停办后按人口每人分 2 斤小米，5 斤玉米面，10 棵大白菜，4 两豆腐，两勺豆腐渣。其余的粮食等过了年以后，按各家挣的工分分配。”

三十那天是金茹最忙碌的一天，她老早就醒了，盘算下午年饭炒什么菜。

过年吃两顿饭，早饭仍然喝玉米面粥。金茹喝完粥洗过碗，把挂在墙上的一斤猪肉取下来，闻了闻有点味了。别管它有没有味，反正是肉，割下来一半放到菜板子上剁馅，准备三十晚上吃饺子。剩下一半没舍得吃，仍然挂到墙上，想留到正月初五再吃一顿饺子。

剁完饺子馅准备年菜。金茹计划炒八个菜，打头的菜是炖豆腐，第二个菜是炸豆腐渣丸子，算是俩硬菜。其他的菜是炒白菜墩、辣子白菜、醋熘白菜、凉拌萝卜条等，好不容易才凑够了八个。

下午还没到四点，大家就喊饿，金茹赶紧做饭。她先炸丸子，往豆腐渣里头掺点玉米面，加上调料捏成小球，用朱副经理送的一瓶子豆油炸。孩子们早就等不及了，都围在锅台旁边眼巴巴地看着。第一锅丸子刚出锅，他们就伸手去拿，不管烫不烫，抓到手就往嘴里塞，狼吞虎咽地吃了下去。金茹觉得孩子们太可怜了，喊了两句不听，不忍心再喊。直到钟草根走过来瞪起眼，孩子们才蔫蔫地离开。

第十三章　夫妻同心

按钟草根的家规，三十这天吃年饭前，孩子们要给父母磕头拜年，磕完头才能吃饭。

金茹把饭菜端到桌子上，和钟草根一起上了炕。孩子们早都做好了准备，见父母一上炕，马上磕头。钟草根和金茹笑盈盈地看着孩子们，把提前准备好的压岁钱递到他们手中。

钟草根给的压岁钱是 2 毛，金茹给 1 毛。那年头 3 毛钱已经不少了，孩子们很高兴，把钱装到兜里时常用手捂一捂，生怕丢了。

孩子们拜完年上炕吃饭。钟草根把孙经理送的酒拿来看了看，见是尼格杜尔 60 度老白干。他打开酒瓶子倒了一盅酒，干了之后去夹菜，见盛着炒豆腐和豆腐渣丸子的盘子已经空了。

钟草根瞪着孩子们，说："我一口还没吃呢，就没了。"他让金茹再添点炒豆腐和豆腐渣丸子。

金茹说豆腐渣丸子没有了，端来一碗豆腐往丈夫的碗里拨了一点，剩下的分给孩子们说："想留点丸子给房东老爷子送去，送不成了，晚上送饺子吧。肉有点味，但毕竟是猪肉，他家没有……"

过完年，金茹和孩子们出去串门。正月十四那天下午，钟草根正歪在炕上看书，忽然听见外面有人喊："钟干部在吗？"他答应一声连忙放下书下炕，就在这时，公社李社长进了屋。李社长跟钟草根道了句过年好，钟草根回了一句，招呼他上炕。李社长斜坐到炕沿上，把手伸到火盆上烤着火问：“你老婆呢？”“串门去了。”钟草根回答，“你老婆真有两下子！”李社长赞叹道，“我那口子难产，卫生所整了老半天都不中，她去了三下五除二不到半小时就处理好了。中，哈哈，中啊！”“她经常接生，已经干熟了。”钟草根说。李社长点点头说：“过年了，去各队转转，顺便给你拜个年，并且代表旗委组织部通知你一件事：你调动了，到金山子金矿担任文化教员。前天组织部刘副部长打电话告诉我，让你去旗里拿调令，抓紧时间到新单位报到。”“这——”钟草根愣了一下，看着李社长，“你能不能跟组织部说一下，让我继续留在这儿？”“你觉得我的话管用吗？”李社长看着钟草根，“说心里话，你是好干部，我不希望你走，但调令已经下了，改变很难。我只负责通知你，至于你个人有什么想法，自己去组织部说吧。”钟草根沉默不语，李社长下炕说：“车还在外面等我，走啦。”钟草根把李社长送出院外，刚好金茹回来了。“哎呀，是李社长，李社长过年好！大冷的天儿，上屋暖和一会吧，我给你做饭，让车老板也上屋热乎热乎。”李社长看着金茹，回了一声过年好，说：“刚去过你们家了，给你拜年，你不在。”他说完走到车跟前上了车，车老板赶着车走了。“李社长干啥来了？”金茹迫不及待地问钟草根，“唉！”钟草根叹口气，说了调动的事，“金山子金矿在咱们公社的东南角，离旗一百三十多里，钟声上学麻烦了。”“不去！”金茹眼珠子一翻，“你听着，我说不去就不去！今天折腾到这儿，明天折腾到那儿，好不容易在这儿熟了，又要走，我哪儿都不去！”钟草根不吱声，只是叹气。金茹催他赶紧去旗里找领导，多说一些理由，争取留在大鸡红山。

正月十七这天，钟草根起了个大早步行到旗里找组织部，讲了很多理由，要求继续留在辛家地公社，组织部领导说：“扫盲干部如何安排，由旗扫盲领导小组提出主导意见，组织部只是下调令。你有什么想法，可以找旗扫盲领导小组直接反映。”

钟草根找旗扫盲领导小组，领导明确告诉他：“扫盲工作你干熟了，这个队伍不能没有你，一直干吧。”让他抓紧去金山子金矿报到。

钟草根去金山子金矿工作了一个礼拜，回家跟金茹介绍金矿情况：“有家属院，条件比大鸡红山强，唯一不足的是跟旗里不通汽车，钟声上中学走着去，一天到不了。”

“那不行！”金茹摇摇头，“眼瞅着孩子们都大了，都要上中学，要先想到孩子，其他条件再好也不能去。”

“那就别搬家了，”钟草根说，“你跟孩子留在这里，我一个人去，反正金矿离这儿不远，我抽时间回来，给你们买粮……”

金山子金矿人员集中，教学条件也好，钟草根很快就把民校办了起来。1961 年 6 月下旬，旗扫盲领导小组到金矿考核验收，及格率达到 100%，受到了扫盲领导小组的通报表扬。考核结束不久，钟草根接到调令，调他到岗新营子公社担任文化教员。他接到调令没顾上回家，直接去了岗新营子。在岗新营子工作了半个多月回到家里，一进门就听金茹抱怨：“你咋这么长时间才回来？粮食吃光了，我自己买不来，只好到处借，愁死我了！”“我又调动了。”钟草根说，“接到调令，刚好去北票有汽车。从北票绕道去了旗里，住一宿去了新单位。”“调到哪儿了？”金茹问，“岗新营子，”钟草根说，“岗新营子公社东边有个大甸子村，离夏家洼子 15 里，我在大甸子租了房。夏家洼子你住过，有中学并有粮站。大甸子离夏家洼子近，孩子念书和买粮食都方便。”“去，去！”金茹很高兴，“居家过日子两件大事，一是吃饭，二是孩子念书，两件大事都解决了，不去干啥？”“大甸子不赖，”钟草根说，“是大队所在地，有 5 个生产队，人口几乎比大鸡红山多一倍。”“好！”金茹难以掩饰兴奋，乐滋滋地问，“钟声转学咋办？”“转学好办。”钟草根说，“旗里有通夏家洼子的班车，开上转学证拿上行李，坐班车去就是了。”“晚一点搬吧。”金茹想了想说，“钟声快放暑假了，回来啥都别干，光采药，多采一些金杵子之类的好药，搬家的时候带上。我前些日子做梦，梦见站在山顶看着山下发大水，心想要发财了，不知道发在哪儿。你一说我明白了，是大甸子……”

1961年9月，钟草根把家搬到了岗新营子公社大甸子村。搬去后，钟草根去公社上班，金茹把家收拾好了，让闺女哄着孩子，自己背上旗妇幼保健所发的保健箱，去村里转悠。金茹见人就打招呼：“我叫金茹，新搬来的，租住在汤糊糊他爹的房子。我会治病，还会接生，谁家有个头疼脑热或者生孩子，找我就好了。”

金茹经常在村里转悠，一来二去引起了人们的注意，大家纷纷议论：“那个老娘们背的箱子上有红十字，是公家发的，可能是真大夫。”

这样过了一段时间，有人抱着试一试的态度，去找她治病。开始找她的是四个男人，无缘无故地脚后跟疼，疼起来连走路都很困难，因为公社卫生所和夏家洼子卫生所离大甸子距离差不多，就分别去了两个卫生所，但都是给一些止痛片，吃了顶一阵儿，药劲过了照样疼。四个男人相约去找金茹，看她能不能治。

找到金茹，金茹想到钟草根在大鸡红山给人治过这种病，说这种病是足少阴经脉瘀滞。治疗办法是针刺手少阴心经的通里穴，得气后火速捻针重泻，泻的时候让患者用力跺脚，反复这样做，数分钟之后疼痛就能止住。一般来讲，扎针三到五次就能治好。金茹按着钟草根的治疗方法为四个男人治疗，除了扎针，并且给每个人一小包金杵子泡水喝。金茹心里清楚，吃药是多余的。金茹很快治好了四个人的病，而且没提要钱的事。四个人怕她多要钱，背后合计好，每个人只给她10块钱。四个人做好了讨价还价的准备，一起去找金茹，“算算账吧，多少钱？”金茹看着他们笑了笑，“这样吧，我刚搬过来没柴火烧，你们大老爷们有力气，每人给我整两挑子柴火，顶治疗费。”“那敢情好！”四个人非常高兴。农村挣钱难，柴火好整，用柴火顶治疗费，求之不得。柴火很快送来了，八挑子柴火堆了一大堆，烧的不愁了。金茹一出手同时治好了四个人的病，很快在村里传开了。人们纷纷议论：那个金茹的确是大夫，而且医术不赖。找金茹看病的人渐渐增多。

第一生产队有个社员叫姜不辣，他老婆患子宫下垂，每天坐不成睡不适，难受得哭天抹泪。姜不辣曾经领她去公社卫生所看过，花了三十多块钱没治好，于是领着他老婆去找金茹。金茹为他老婆摸脉并检查了患处，想到这种病钟草根曾经教她治过，治疗的方法是割来韭菜煎取浓汁，把生石灰投进盆里，等石灰溶解后发出呲呲的响声后滤去灰渣；把煎韭菜连汁倒在石灰水里，让病妇趁热坐到盆子上先熏后洗，并且用韭菜揉搽患部，很快就能治好。金茹问姜不辣：“能找2斤韭菜吗？”“那玩意儿多的是。”姜不辣说，“我家有现成的。”“那好，”金茹接着问，“能找2斤生石灰吗？”“能。”姜不辣说，“范家梁子开石灰窑，我去那儿找。”“行。”金茹说，“你把两样东西准备齐，我去给她治病。”过了两天，姜不辣把东西准备好了，来找金茹。金茹上门教他老婆自己操作，并且留了3小包金杵子，嘱咐她泡水喝。姜不辣老婆熏洗了三天，病好了，上门感谢金茹并问治病多少钱。“6块。”金茹说。她收的是金杵子药钱，原来每包1块，涨到两块，涨价的原因是离开大鸡红山再也采不到了。姜不辣付了钱，回去后别人问他金茹是怎么给他老婆治好的，他不说熏洗，只说药：“是人家的药好哇，泡在水里焦黄焦黄的，就那么3小包，吃上立马好了。”

大甸子东面有个村子叫马莲坡，离大甸子3里地，离夏家洼子12里。村里有个叫臭蛋蛋的男孩患流脑，高烧不退，昏迷不醒。因为离夏家洼子近，就送到夏家洼子卫生所治疗。孩子在卫生所治了两天，仍然高烧不退，卫生所告诉孩子家长：孩子的病很重，我们已经尽心了，没办法，自己送旗医院吧。臭蛋蛋父母哭喊着把孩子拉回家。孩子的爷爷听说孙子病得很重，急得发疯。因为儿媳妇生了 4 个孩子，就这么一个男孩。老爷子顾不上自己，连忙卖掉了棺材，凑钱送孩子去旗医院治病。就在这时，听说大甸子来了个金大夫，治病治一个好一个。全家人抱着一线希望，拉上臭蛋蛋去找金茹。找到金茹，她见孩子牙关紧闭，面部有一层垢，让把孩子平放到炕上摸了一下脉，用木头夹子撬开孩子的嘴，见满口白苔。金茹心想，这种病丈夫教她治过，是按湿温时疫治的，用的方子是吃甘露消毒丹：飞滑石 15 两，淡黄芩 10 两，绵茵陈 11 两，石菖蒲 6 两，川贝母、木通各 5 两，藿香、连翘、白蔻仁、薄荷、射干各 4 两。上药加工成面每服三钱，日服 2 次，温开水送下。她想到钟草根以前配过甘露消毒丹，有配好的草药并有现成药面。想到救急汤药来得快，连忙抓了两大把配好的草药，自己熬了起来。药熬好了，见孩子牙关紧闭，服不成药，把钟草根自己做的软漏斗找了出来，煮一下消毒，用木夹子撬开孩子的嘴，用软漏斗给孩子灌药。给臭蛋蛋灌完药，半个多小时孩子醒了，坐起来大哭。金茹试了试孩子的体温，烧退了，笑了笑说：“没事啦！”

孩子的母亲非常感动，哭着说：“你给我们捡了一条命啊！”“没什么。”金茹包了 10 包甘露消毒丹药面子，让回去服用。孩子的父亲问多少钱，金茹心想，药满打满算 3 块钱，但是自己搭的功夫呢，应该多收一点，就翻了一下巴掌说：“10 块。”“10 块？”孩子父亲以为听错了，追问一句。金茹仍然说 10 块，孩子父亲当即掏出 10 块钱给金茹，“谢谢大姐！跟你说实话吧，孩子是从医院拉回来的，两天就花了 40 多块，还没好，让送旗医院。没想到你这么快就治好了，才收这么一点钱。”

马莲坡还有一个孩子，突然口吐白沫，在炕上打滚哭喊，说肚子疼，哭喊了一阵儿昏过去了。孩子的父母情急之下，连忙赶着毛驴车送孩子到夏家洼子卫生所，经确诊是肠扭转。卫生所说需要做手术，所里没条件，让赶紧送旗医院。孩子的父母哭天抹泪地把孩子拉回家，准备借钱去旗医院，借到臭蛋蛋家里，臭蛋蛋母亲说：“孩子都这样了，大老远的去旗里，死在半道咋办？去大甸子找金大夫吧，臭蛋蛋就是她治好的。”孩子父亲一想也对，当即拉上孩子去了大甸子。金茹给孩子摸了脉，感觉脉沉迟无力，摸一下腹部有硬结，判断是肠梗阻。她想到丈夫曾经说过，这种病是小肠管旋转缠结在了一起，并教她治过。她连忙找出银针扎双足三里配天枢，通过先补后泻的办法治疗，仅十几分钟的时间，孩子就苏醒了，翻身打了两个滚儿哭了起来。金茹见孩子面色转活，让孩子坐起来，哄他不哭，问他肚子还疼不疼，孩子说不疼了。金茹笑了一下说：“不疼了就下地跳一下，给大婶看看。”

孩子下地跳了一下，笑了起来。孩子的父亲激动得不知说啥好，惊喜地称赞道：“这么快就治好了，你真神了！卫生所明明说要做手术，你咋三八两下就治好了呢？”

“卫生所说的没错。”金茹说，“肠梗阻就是肠子绕住了，时间长了会因为血液循环中断而出现肠子坏死，人就完了。卫生所有他们的说法，我有我的治法，你找我就找对了。”孩子父亲掏出20块钱给金茹，说：“家里穷啊，没钱，你担待一点，中不？”金茹看着钱犹豫了一下。丈夫告诉过她，给人治病只收药费，扎针不收钱。现在遇到人家主动给钱，她想收，可是咋收呢？想了想后收了钱，包了10包药面子交给孩子父亲，说：“你孩子病的起因是肚子里面有蛔虫，吃点打虫子的药吧，避免以后再犯。”

大甸子村有个叫刘大脚的女人，旗医院检查是乳腺增生，住院一周多症状未减，钱却花光了，没钱治病只好回到家里拖着。刘大脚得知金茹会治病，就去她家串门，说起自己的病边说边哭，金茹劝她几句并为她摸脉，感觉脉弦，检查发现苔薄黄且有瘀点，眯着眼睛想了一下说："你这是乳癖，如果不及早治疗，会越来越严重。"

"对！"刘大脚一脸激动，痛哭流涕地说，"医院说是什么增生，让住院治疗，把钱全搭进去了都没治好，只好找你看。治病钱先欠着，等以后有了钱还你，中不？""中。"金茹让刘大脚脱掉上衣，选前胸组穴屋翳、膻中、外关，后背组穴肩井、天宗、肝俞，均取双侧，并泻太冲以清泻肝火。告诉她每天上午来 1 次，7 天为一个疗程，扎一段时间看情况再说。刘大脚头一次扎针，心情有点沉重，问金茹："不吃药行吗？"金茹说："扎针就等于吃药，是随手拈来的药，不比吃药差。"金茹给刘大脚扎了两个疗程，乳房肿块消失了，按压不再疼痛；又扎了两天，症状全部消失。刘大脚两口子一个提着一筐鸡蛋，一个提着一只老母鸡上门道谢。金茹很高兴，"送这么重的礼物，咋好意思收呢？"她说完把手伸了出去，接过来鸡蛋和鸡说："就顶治疗费了啊，咱们两清了。"

大甸子还有一个妇女，产后乳房肿痛，找金茹看了之后是乳痈。这个病钟草根也教她治过，办法是扎内关。扎针的时候让病人左臂仰伸，常规消毒后用 1.5 寸针，针体与皮肤面呈 30°角，用拇指端轻旋针柄，使针尖通过皮肤。进针后针尖向肘方向平着贴近皮肤表面，直线沿皮下表浅进针约 1.4 寸，用胶布把针柄固定好，留针 1 到 3 个小时。一般扎 1 次就能见效，若炎症不能完全消除，可于第二天再行此法。这种治疗方法既简便又快速，扎上针后能循经达于胸部，很快消肿止痛。治疗中强调，行针时如果患者有酸麻感就出错了，说明针已经刺到了深部肌层，要马上把针尖退回来重至皮下，重新沿着表浅层刺入。金茹只扎了两次针，就把患者的病治好了，扎完针留了 3 包药，不过是甘草面子而已，吃不吃都行。患者让丈夫给金茹送去一只大母鸡，顶治疗费，金茹收到鸡很高兴。她租的房子是独门独户，有院子。院子前面是一片小树林，鸡可以通过院墙的豁口去树林子里找食吃，根本不用喂。

有个年轻女人去找金茹，啥话都不说，只甩给她一个胳膊。金茹知道她想问啥，摸完脉说："恭喜，你有了，已经一个半月了。"

"我啥感觉都没有。"年轻女人说。

"你没感觉，我摸脉有感觉。"金茹说，"我经常遇到女人怀了孕自己不知道，找我摸脉。你相信我吧，告诉你男人，就说他要当爹了，那方面的事注意点。"

又过了两个月，女人自己察觉出来了。婆婆领着儿媳找到金茹，给了金茹一只大母鸡。

金茹来到大甸子时间不长，却名声远扬，村民纷纷找她治病，治好了病没钱就送柴火，送鸡蛋或鸡，光鸡就收了十多只。

钟草根在公社工作了一段时间回到家里，进院看见大柴火垛老高，并有一群鸡，问金茹是咋来的，金茹说是自己治病挣来的，钟草根高兴地点点头，说："行，你来到这儿有用武之地了。"

"那当然！"金茹仰起头，"没想到我也有出头之日。"

钟草根笑着摇摇头，没说话。

"我可有言在先啊。"金茹看着丈夫，"大甸子包括附近这几个村子都是我的用武之地，不管谁来治病，都不准你插手。"

"知道为啥不让你插手吗？因为你治病不收钱，我受不了！你想过没有，如果我也像你那样不收钱，家里的生活咋办，孩子念书咋办？兔子都知道不吃窝边草，你别把窝边的草给糟蹋了。"

钟草根在家的时候，有个女人抱着孩子来找金茹治病。金茹见那个孩子皮肤发黄，摸了脉后知道孩子的胆有问题，就把钟草根以前加工的"清胆粉"包了6包，给孩子服用。她本以为孩子的病很好治，没想到孩子吃了药之后病更重了，全身发黄，舌苔发白，不停地哭。

金茹没招了，只好找丈夫。钟草根看了孩子一眼，把金茹叫到一边说："你用错药了，孩子的病是湿热中阻，应该清热利胆，行气活血。”他开方：“茵陈2钱，郁金1钱，酒芩2钱，土茯苓2钱，藿香1钱，杏仁1钱，橘红1钱，赤芍2钱，藕节2钱，泽兰2钱，车前子2钱；5服。”他把开好的方子递给金茹说，“这些药咱们家有一部分，没有的我画了圈，让她自己去公社卫生所买。这5服药吃完了，孩子的黄疸会退净，一切转为正常。”

大甸子西面有个村子叫红乌苏，离大甸子5里地，村里人得知金茹会治病，而且收钱不多，有病的都来找她治疗。

有一天，一个中年汉子赶着毛驴车从红乌苏过来，拉着一个六十多岁的枯瘦男子，让金茹治病。金茹为病人摸过脉后，当即取出银针要给病人扎针。恰好钟草根在跟前，使个眼色把金茹叫到外面说：“你怎么连病情都不问，就给他扎针呢？”

“我摸过脉了，是肠胃病。”金茹说，“你看他瘦成那个样子，明显是消化不良。扎中脘、足三里、内关，再吃点药，有十足的把握治好他的病，你放心好了。”

“你凭啥说有十足的把握？”钟草根翻了金茹一眼，“据我观察，这个人很快就要死了，你根本治不了。”

“啊？”金茹大吃一惊，赶紧进屋询问病情。

“我的病是一年前得的。”患者说，“最早肚脐周围疼，呕吐，开头两三天吐一次。后来吐厉害了，早晨吃东西晚上就吐。现在纯粹吃不成东西了，当时吃当时就吐。”

“找人治过吗？”金茹接着问。

“治过。”赶毛驴车的中年汉子是患者的儿子，代父亲回答：“先用偏方，听人说把乌鱼肚子里面没消化的小鱼及泥鳅挖出来，炕焦了研成面，兑上酒冲服能管乎。因为村子挨着水库，我爹又是管水库的，就自己捞了一些乌鱼配药，但是吃了没顶用。后来人家又给了个偏方，让喝姜糖水。喝了也不顶用，就去公社卫生所扎古。卫生所给开了一些西药片子，吃了照样吐，让到旗医院检查。去了旗医院，扎古了好些时候都不中。听村里人嚷嚷，大甸子来了个金大夫包治百病，就拉来了。您行行好，给治一治吧。”

“没有人能包治百病！”钟草根一直没吱声，这会儿实在忍不住了，看了金茹一眼，问病人儿子：“旗医院是咋给你父亲检查的？”

“用机器。”病人说，“照我的肚子说是透视，并做了胃镜和活检什么的。检查完了说不是胃癌，可能是胃痉挛，就给我打针、吃药。这样治了好几天，疼是止住了，但照样吐。吐得撑不住了，恰好上边来了一个专家，重新照了片子，照完后让回家，不给治了。”

“我看看吧。”钟草根上前为病人摸脉，摸完脉拿起纸笔说要开方，叫上金茹和患者的儿子去西屋。

到了西屋，钟草根把开方子的纸折了几下递给患者的儿子，说：“你父亲的病误诊了，不是胃上部的问题，而是胃下部的幽门出了事。为什么这样说？因为西医治疗呕吐有成熟的办法，很快就能止住。止不住吐只有一种情况，那就是幽门阻住了。这个问题医院开始没发现，后来被专家发现了，但是晚了，已经转成了幽门癌，我断定他超不过三天必死无疑！你别把我的话告诉病人，要赶紧回去准备后事……”

患者走后，钟草根看着金茹，说：“我摸他的脉全无胃气，难道你没摸出来？”

金茹学医不深，摸不出来病人有没有胃气，没吱声。钟草根解释说：“四时五脏之脉，不论春之弦、夏之钩、秋之毛、冬之石，皆须以胃气为本，而表现出微弦、微钩、微毛、微石。区别平脉、病脉、死脉，皆以胃气多少作为判断的依据。有胃气者为平脉，胃气少者为病脉，全无胃气者为死脉。所谓全无胃气，就是脉之形态毫无和缓从容之象，或坚锐之极，或散漫之极，或脉来数极，或脉来慢极，或混乱无序，多主死。为啥说主死呢？因为人的元气出自先天，胃气出自后天。后天赖先天为之主，先天赖后天为之资。后天没了，先天也就完了，所以必死无疑。”

金茹说："我原来想的是扎上针，再包几包甘草面子。甘草具有消毒杀菌的作用，即使不治病也吃不死人。"

"你凭啥说甘草面子吃不死人？"钟草根瞪着金茹，"芫花、大戟、甘遂与甘草药性相反，医书明载不可并用，苟一误用必至杀人。你不懂药性和配伍，怎么胡说八道呢？"

金茹最反感钟草根说她不懂药性，反驳说："孩子小的时候一哭，你就给他一节甘草堵他的嘴。凭啥你能用，我就不能用？"

"你当然不能用！"钟草根说，"甘草有补虚之功，但只限于脾肺气虚。咱家的孩子全是脾肺气虚，可以吃甘草，但是你给肾虚的病人吃甘草，必定引起水钠潴留，害死人！"

"吃甘草吃死人的事有啊。一个大户人家冬天刨冰取鱼煮着吃，男人们吃完下地干活去了，剩下几个妇女和儿童，在家里接着煮鱼吃。其中一个女人吃完后感觉饱闷不适，早早地睡了，大家也没当一回事。但是第二天太阳老高了，没见那个女人起来，上前一摸早断气，身子都僵了。"

"家里人感到莫名其妙，说这个女人一向身体好，也没跟谁吵过架，咋会突然死了，会不会有人下毒呢？为了弄清事情的真相，就让家人把吃过的剩菜端来，看剩菜里面有什么东西。"

"剩菜里面除了鱼汤和鱼骨头之外，还有五寸长的一节甘草。问是咋回事，知情的人说，这个女人哄孩子，孩子一哭就拿一节甘草堵孩子的嘴。这节甘草是女人抱着孩子站在锅台边，孩子扔进去的，做菜的人认为甘草没毒，也就没捞。"

"我不相信！"金茹知道丈夫往下要说啥，打断他的话，"甘草不可能药死人！"

"你先听我说。"钟草根接着说，"锅里煮的鲢鱼不止她一个人吃，其他女人和孩子也吃了，虽然都有一点饱胀不适感，但是没死，怎么就她一个人死了呢？这是因为每个人吃多吃少，此前吃过什么东西，原来有过什么病，个人的抵抗力如何等都不尽一致，不一定吃了都会死。”

“人既然死了，就得通知死者家属。她老家来了人，问咋死的，主人以实话相告。家里人谁都不相信死跟吃甘草有关，其中一个小伙子大喊：甘草和鲢鱼一起吃药死人是胡说，千古以来都没有这种事，明明是你们把人毒死了，还用谎言搪塞！”

“两家争论不休，那个小伙子说：既然你们说鲢鱼和甘草同煮有毒，我就吃给你们看，如果我被毒死了，证明你们的话是真的，我心甘情愿！”

“他让人当着大家的面煮鱼，并且放上甘草，煮熟之后，当着大家的面取来大吃。有人劝阻他，他还笑话人家胆小，说人家愚昧无知。”

“这个人把鱼吃完了当时没啥痛苦，大家也没在意，就都睡了。到了第二天早上，人们见那个小伙子迟迟没有起来，过去看他，发现早就死了。人们大呼：甘草和鲢鱼同吃，果真药死人！”

“这件事发生后，邻居们联名报到官府，官府派人勘查现场，大家一起作证，证明池塘里的鲢鱼家家都吃，吃了多年都没中毒。医书上也写得清清楚楚，甘草甘平无毒，并且能解百毒；但是两样东西合在一起，却把人毒死了。”

“我之所以说这件事，是怕你滥用甘草。因为这里跟大鸡红山不同，红乌苏村有水库，水库里有鲢鱼……”

几天后，红乌苏村传来消息，说那个病人回到家后，果然不出三天就死了。病人的儿子拿出钟草根开药方的纸，晃了晃说：“药方是一张白纸，啥字都没写，说明金大夫的男人比他老婆还厉害！”

第十四章　治疗结石

1962年春，旗扫盲领导小组对全旗扫盲工作进行考核，岗新营子圆满达标。考核完了，调钟草根到永胜公社担任文化教员。

钟草根回家说了调动的事，金茹噘起嘴：“今天调这儿明天调那儿，快把我折腾死了。你爱咋调就咋调，反正我不离开自己的用武之地。”

“你们不去算了。”钟草根说，“永胜公社离这儿五十多里，不算远，考虑到孩子念书，家就不搬了。”

钟草根调到永胜公社，恰好赶上全旗大搞农田水利基本建设，所有公社干部都下基层。公社领导让他把扫盲往后推一推，先去红光大队二队蹲点抓建设。

过了几天，倪社长告诉他：“红光大队二队被评为农田建设先进单位，因为你在那里蹲点，自身做得也不错，同时评你为模范干部，并让你参加会议，代表二队在会上发言。”

倪社长让钟草根写大会发言稿，他用了3天时间写出来发言稿，拿给倪社长看。倪社长看完皱着眉头，问：“你写的啥呀？好像开的药方！算了，你不是那块材料。”他喊来刘秘书，把钟草根写的东西交给他，让他从中摘取素材重新写。

刘秘书很快写好材料，交给倪社长审查通过后，让钟草根过目。钟草根看了材料，脑袋摇得拨浪鼓似的，“你这写的啥呀？都夸张得没边了！修梯田的面积，是我跟生产队长两个人一起用绳子拉过的，非常准确。你不用我的数字，却瞎编一套，把修的梯田面积扩大了好几倍，这不是糊弄人吗？”

“你调来时间短，不了解情况。”刘秘书说，“这里面加进了前几年的数字。前几年二队也修梯田，都是他们干的，数字合到一起有什么不对？我实话告诉你，这是倪社长的意见，有什么想法你去找他！”

钟草根一听是倪社长意见，不好反驳，想了想说：“我还不理解，活是生产队社员们干的，你却说成绩归功于旗委、政府的有力领导。还说旗委、政府领导亲自下到基层检查部署工作，跟社员们谈心。我咋一个领导都没看见呢，是瞎编的吧？”

刘秘书站起来背起手，现出教训人的样子，“你懂不懂？领导没去红光大队，但是去了别的队，反正来过咱们公社，材料里要不要写上去？”

5 月的一天，钟草根去土产公司看孙经理。

钟草根找到孙经理办公室，孙经理看见他很高兴，说：“是你呀，嗨嗨，你不主动来，我都找不到你。”他问钟草根在哪儿工作。

“永胜公社。”钟草根简单说了自己的调动情况，“家安在岗新营子公社大甸子村。我来旗里是给人治病的，闲来无事到你这儿转转，明天上午坐班车回去。”

“别着急回去，多住两天吧。”孙经理说，“就住我这儿，吃住都方便，而且离汽车站近。”

“也行。”钟草根答应下来，给齐晓康打了个电话。

孙经理说：“公司有几个职工，生病后去医院花了很多钱。个人掏不起，公司垫了一部分，但是公司的承受能力也有限。你既然来了，就都给看一下吧，减轻一下我的负担。”

“可以。”钟草根让病人来的时候，有病历的带上病历。

孙经理出去叫人，不一会儿进来一个人，自我介绍叫万全明，是公司的保管。万全明说：“我的肚子右上边疼，特别是吃饭前疼得最厉害，右边肩膀和后背也疼，你给我扎古扎古吧。去医院花了一百多块没扎古好，让交五百块钱动手术，花不起钱一直挺着。”

钟草根看了病历是胆结石，胆囊里面有很多像蚕豆大小的结石，摸完脉说：“你这个病不用开刀，吃中药就能治好。”他开方：金钱草 1 两，虎杖 1 两，柴胡 6 钱，山楂 5 钱，丹参 6 钱，郁金 6 钱，草决明 4 钱，枳壳 6 钱，赤芍 4 钱，白芍 4 钱，续断 5 钱；16 服，水煎服。

他把方子递给万全明说：“先吃 10 服，吃完药估计能去掉一部分结石。药吃完了自己去医院查一下，告诉我结果。看情况再说。”

万全明拿上药方走了。

钟草根先后看了十几个病人，都开了方子。过了一会儿，孙经理和朱副经理来了，朱副经理握着钟草根的手说：“我打听过好几个人，问你调哪儿去了，都没准信儿，谢天谢地你自己来了。给我看看吧，掉头发，掉得太厉害了，早上起床枕头上一片。梳头的时候掉得更厉害，脑瓜顶都掉秃了。”钟草根为朱副经理摸脉，看了舌头，并且用指甲扣了一下头皮闻了闻，问：“头皮痒吗？”“痒。”朱副经理说，“去医院说是脂溢性脱发，吃药并且用药洗头，治了很长时间都不管用。”

“治疗方法不对。”钟草根说，“你舌头绛色，头皮有异味，明显是心火上炎。像你这个年龄脱发，大多是心火过旺引起的，单纯地治疗脱发，就好像用镰刀割草一样，治标不治本。”

“你可说对了。”朱副经理说，“我是搞经销的，天天心急上火，可能与这有关。”钟草根开方：大黄 4 钱，黄连 4 钱；3 服，水煎服。

他把方子递给朱副经理说："这个方子是三黄泻心汤，我减去了黄芩，只留下了两味药。这个方子是治疗心火过旺的，不治疗脱发，但发是血之余，心火过旺必然伤血，导致发脆而脱落。这个方子虽然只有两味药，但能清心凉血，血液循环正常了上荣于发，头发就不脱落了。你吃了这个药，尿是黄色的，但不必担心，停药后就好了。"朱副经理收起药方说："还有一事，我小舅子原来在大兴安岭工作，去年来这儿找活干，孙经理给安排了一个临时工。他得了一种怪病，算子不停地抽，抽十多年了，你给他治治吧。"

钟草根摸着自己的喉结问朱副经理："你说的算子，是这个吧？"

"对！"朱副经理点点头，"他是伐木工，冬天干活不慎掉进了雪坑，救出来之后抬到工棚，身上的冰化掉后全身颤抖，送医院治疗一段时间身子不抖了，算子却不停地抽动，说话不利落，十多年到处求医，都没治好。"

"你叫他过来，我看看。"钟草根说。

朱副经理站起来，要去叫小舅子。孙经理让他顺便告诉管理员，给钟草根安排吃住。

不一会儿，朱副经理领着小舅子来了。钟草根朝他看去，见他语言嗫嚅，喉结不停地抽动。钟草根摸过脉后让他仰卧，取出银针刺天突穴，留针 20 分钟后，见他的喉结仍然抽动，又扎承浆穴也控制不住。孙经理说："他这个病我还是头一次看到，十多年了脖子下不停抽动，如果换了我，得把我折腾死。"

钟草根停止扎针，分析了一下患者得病的原因，认为是身体受冻导致寒凝，引起了气机受阻。他想到气海是全身气机枢转穴位，如果针刺气海或许有效。他抱着试一试的态度针刺气海，扎上针后刚捻动了几下，患者突然喊起来："啊呀，我的算子不动啦！"

几个人凑过去看，见他的喉结果然不动了，朱副经理目瞪口呆，"哎呀钟干部，你真神了，才扎了 3 针，就把十多年的病治好了，要不是我亲眼见，都不敢相信。”钟草根看着朱副经理笑了一下，“扎3针，其中2针是多余的，最后1针才扎正了地方。其实没什么病不可以治，治不好是因为没有找到治疗这种病的途径，仅此而已。”

钟草根扎完针起针后，朱副经理的小舅子站起来要给他磕头，他连忙制止，让他明天上午来，再扎一次，以巩固疗效。

朱副经理的小舅子说话利落起来，他说：“为了看病，我跑过很多医院，你一上手就解决了问题，说明你真中。”

正在这时，管理员刘克走了进来。钟草根每次来都由他安排吃住，已经熟了，见他边说话边打嗝，开玩笑说：“你吃了啥好东西，老打嗝？”

刘克解释说：“没吃啥好东西，是手术后遗症。去年得了急性胆囊炎，听了大夫的话，把胆囊切了，做完手术第二天开始打嗝，一直打到现在。半年多了，天天这样。”

“没找大夫看吗？”钟草根问。

“看过。”刘克说，“吃西药不顶事，改吃中药，开的什么旋覆代赭石汤、茵陈蒿汤等，吃了好几十服都不顶事。后来人家告诉我一个土办法，让我把纸袋子罩在口鼻外做重复呼吸，并且伸出舌头来用纱布包住，往外拉做深吸气，我试过了也不顶事。医院说我这是顽固性呃逆，没法子治了，只能这样。”

“我给你治一治吧。”钟草根一手托住刘克的后背，另一手用拇指重压刘克脖子下面的天突穴，并且让刘克配合做吞咽动作。这样压了大约3分钟，见刘克不打嗝了，继续压了1分多钟放开手，说：“你再打嗝试试？”

刘克打不出来嗝，故意端着肩膀长出气，还是打不出来嗝。孙经理看着钟草根：“哎呀，你治病就这么简单？”

“他这不是病。”钟草根说，“人的胸腔和腹腔之间有一个像帽子似的肌肉膜，称为膈肌，这个地方气机不顺就打嗝。我用手指头按压他的天突穴，调整一下气机，问题就解决了。”

“给我老婆也治一治吧。”刘克急着说，“你老婆啥病？”钟草根问刘克。

“我说不清，领过来你看看。”刘克说完要走，钟草根让他务必把病历带过来。

不一会儿，刘克领着老婆走了进来，屋里人看着他老婆都惊叫了起来，“啊呀，你吃啥了，咋胖成这样啊？”

“吃激素！”刘克老婆把病历递给钟草根说，“医院说没别的办法，只能吃激素控制，吃了半年多没见好，身子却鼓起来了。”

钟草根看了病历，是肾病综合征，摇着头说：“大量使用强的松等激素药物，必然出现满月脸、水牛背和向心性肥胖症，这样治疗不行！”

钟草根摸她的脉细弱，看了一下舌头质红、苔黄腻，想了想说：“你这是湿热困脾，脾肾两亏，引起水湿内停，吃药吧。”他开方：藿香 4 钱，佩兰 5 钱，白蔻仁 2 钱，杏仁 3 钱，薏苡仁 1 两，厚朴 4 钱，法半夏 4 钱，甘草 2 钱；16 服，水煎服。

他把开好的方子递给刘克老婆，说：“医院的治疗方法跟我的治疗方法有冲突，你既然找我，必须把医院开的药停下来。”

“我本来就不想吃医院的药。”刘克老婆接过方子说。

钟草根点点头：“这 16 服药是先调理一下，通过消除脘痞，捋顺途径之后才能正规治疗。你吃完这 16 服药，蛋白尿 5 个加号不一定减下去，但是你别急，治病要一个层次、一个层次地治，过些天我还来旗里，看情况给你开药就是了……”

6 月初，钟草根估计给病人开的药快吃光了，又来到旗里，让孙经理把他看过的病人叫过来复诊。

万全明来了，说去医院检查过了，胆囊内大的结石明显缩小，但细小的结石还在。钟草根照原方又开了 14 服，让他接着吃。

刘克领着老婆来了，钟草根摸完脉后开方：生黄芪1两，党参4钱，升麻1钱，柴胡2钱；芡实5钱，山药5钱，仙茅4钱，仙灵脾4钱，丹参7钱，菟丝子5钱，山楂1两，甘草2钱；14服，水煎服。

钟草根这次来到旗里不单给病人复诊，主要是买怀表和球鞋，买到后回到家里一进门，把怀表掏出来往上一举，说："你们看！"

孩子们立刻扑上去看怀表，金茹大声喊："都站远点，谁都不准用手摸，花钱买来的，打破就完了！"

钟草根打开怀表，让每个孩子把耳朵凑过去，听听表走动的声音，然后小心地装回兜里，接着从挎包里掏出新买的球鞋让金茹看，金茹让他穿上试试。

钟草根穿上球鞋，把怀表链子抻出来露到外面，喜不自禁。金茹问花了多少钱，他说："买怀表花了20块，球鞋4块。"他把剩余的钱掏出来，交给金茹。

金茹数了数钱，翻起眼："不对！你涨工资了，发了36块5，去掉24块，应该还剩12块5才对，怎么给我4块5？"

钟草根说："去旗里坐车花了几块，剩下两块当零花钱。"

6月中旬，钟草根来到旗里，为病人复诊。万全明把医院第二次检查的结果让他看，大的结石已经消失，仍有泥沙状的小粒。他守住原方又开了30服，后来去医院检查，结石全部消失。

为刘克老婆复诊后，守住原方又开了20服，吃完了去医院检查，治愈；给朱副经理小舅子的老婆复诊后，按原方继续开了30服药，去医院检查，也治愈。

第十五章 会议发言

从永胜公社到旗是双日班车，钟草根提前一天来到旗里，准备参加会议。

他首先去了齐晓康家。齐晓康一见他的面就说："我得到消息，组织部已经同意把你调到医院，会议结束就下调令，祝贺你！"

"谢谢你，谢谢齐副部长！"齐晓康的连襟在组织部担任副部长，去过齐晓康家，钟草根曾经当面求过齐副部长。

"没什么。"齐晓康说，"这件事对你来说很难，但是对齐副部长来讲，也就一句话而已。"

钟草根当晚住在齐晓康家里，第二天去报到。

报到地点在政府招待所，吃住都在那里。住宿是十个人一个房间，吃饭每天交 9 两粮票，2 毛钱。食谱公开贴到墙上，早饭是大芸豆玉米粥，有酱豆腐和咸菜；中午 4 个菜，其中一个菜有肉，小米饭随便吃。这样的伙食标准在当时来说是相当高的，代表们都很满意。

参加会议的代表有四百多人，会议地点在政府礼堂。

第二天上午 8 点，代表们陆续走进会议室，领取文件袋。钟草根领到文件袋后，坐到座位上翻看会议文件，见袋子里有自己的演讲稿，想到就要上台讲话了，心情十分激动。

旗委、政府领导于8点30分走进会议室，在主席台就座，9点钟会议开幕。大会由政府谢副旗长主持，副书记致开幕词，旗长讲话，接着由各先进单位代表介绍经验。

介绍经验的人都站在包着红绸子的话筒前，照着稿子念。钟草根听他们念稿子，跟自己稿子的内容差不多。讲的内容都是按着地块大小、土层厚薄等建造梯田，耕作都是深翻、增施有机肥料，种植适当农作物等千篇一律，没有什么新东西。

钟草根把自己的发言稿从头到尾默念了一遍，看看怀表还不到5分钟。他突然产生一种想法，念这玩意儿有啥用呢，应该讲点实际的，说说当前农村迫切需要解决的问题，哪怕只说一点点，也没白参加会议。想到这里，他开始修改发言稿。

上午没轮到钟草根发言，中午吃过饭休息的时候，他趴到宿舍的铺上继续改稿。改来改去改得很乱，心想算了，想说的话都在自己的脑子里，不用稿子也能讲，不改了，直接说吧。

下午开会，钟草根第二个发言。他上台清了清嗓子：“大家好！我翻了一下文件袋，有我的发言稿，想必大家都看到了。我觉得照着稿子念没啥意思，随便说一点吧。”

“我是永胜公社派到红光大队二队蹲点的干部。蹲点期间跟社员们同吃同住同劳动，了解到农村有很多实际问题，给我印象最深的是缺医少，社员不得病还好，得了病就抓瞎了。”

“我蹲点的那个队有个叫荆花的女人，二十多岁。据说她修梯田可积极了，受过公社表扬。但是有一天，荆花无意间发现自己的右侧乳房起了一个疙瘩，有手指肚这么大，硬硬的，不疼不痒。她开始没当回事，照样出工干活。”

“这样过了两个多月，她觉得疙瘩越来越大，而且疼。她丈夫说，我带你去医院看看吧，就带她来了旗医院。到医院一检查，说她乳房里面有肿瘤，劝她早点割掉，免得恶化。她丈夫说割吧，回家跟公婆一说，公婆同意。”

“两口子结婚不到两年，靠辛勤劳动攒了几十块钱，钱不够。公婆拿的大头，两口子拿小头，又跟亲朋好友借了一点，就去医院割瘤子。割完后住了几天院，回家休息了十几天，接着上山劳动。”

“她做完手术觉得放心了，但是一个月后，摸着开过刀的地方又长出了瘤子，很疼。她丈夫说咋办，再去医院看看吧，于是又赶着毛驴车来到了旗里。”

“到旗医院又做了检查，检查完了大夫说，完了，已经转成恶性肿瘤！大夫批评她说，做完手术至少要休息3个月，过早参加劳动必然引起手术部位病变，责任在你。”

“医院让她第二次做手术，她说没钱，说头一次做手术借的钱都没还上，再往出拿钱哪有。大家知道，咱们生产队的日值低，我蹲点那个生产队日值1角2分钱，还是全大队最高的。农民收入极为微薄，干一年都支付不了一次住院费。”

“她没钱做手术只好挺着，渐渐地感觉浑身难受，气短，不停地咳嗽，但是没钱治，病再重也得挺着。就这样挺了两个多月，腹腔有了积水，呕吐、拉稀、昼夜无眠。她实在坚持不住了，只好偷偷地喝卤水，结束了自己年轻的生命……”

钟草根讲到这里，忍不住流下了眼泪，场上响起了热烈的掌声。

钟草根擦了把泪接着说：“还有一个四十多岁的社员叫乌尔图，去年的一天感觉心窝下方隐隐作痛，自己去公社卫生所买了点止痛药，吃了只能顶一阵。后来感觉越来越疼，并且摸到腹部上方有疙瘩，挺不住了才去医院检查，检查结果是肝癌，已经到了晚期，转移了。”

“还有更不幸的，就是他儿子也得了重病，急需住院。但是医院住不起啊，一个简单的验血就是5块，住院费少则几百，多则上千。高额的医疗费用把农村人都挡在了医院的大门外，咱们的老百姓苦啊，穷啊，我说的是大实话。”

台下响起了长时间的掌声，他摆摆手接着讲：“乌尔图老婆面对家里的不幸痛不欲生，整天哭天抹泪。乌尔图心都碎了，受不住打击，也喝卤水死了。乌尔图当过民兵排长，当过农田水利建设模范，是去年腊月死的，儿子也死了，真是不幸啊！”

“实在讲，农民怕啥？一怕灾年，二怕生病。长了病几乎都是扛着、拖着，拖到实在不行了才去医院，但是住院没有不拉饥荒的。看病的人难，治病的人也很难，咱们旗这么多人口才有一所医院。我去医院几次，每次看见病人排长队。公社有卫生所，但没有医生编制，而且条件差，大病根本治不了。”

“面对农村看不起病的问题咋办？我个人的想法，一是要建立一种医疗保障体系，让所有的社员都参加，每个人每年缴一点，这种钱农民愿意出。大队从公益金里面出一点，公社出一点，上边再给一点，各方面共同集资，建立一种类似于大病救助的基金。我不知道该叫啥名字，反正就是积累一笔钱单放着，对于大病给予补助吧，缓解一下病重的农民看不起病的困难。”

“二是盼望旗里多建设几所医院，包括中医院。建议公社卫生所扩大成卫生院，有医生编制。大队设卫生所，村里有乡村医生。从上到下建立一个医疗网，这样肯定能缓解农民看病难的问题。”

“讲得好！”台下不知道谁大喊了一声，接着响起一片震撼的掌声。钟草根连连鞠躬，接着讲了起来：“说到乡村医生，应该由政府出面，举办乡村医生培训班。参加培训的人由村民推荐，大队选派，旗医院统一培训，主要是学习常见病的检查和治疗。培训对象的文化程度别要求那么高，高小毕业生即可。旗妇幼保健所曾经搞过一次培训，还发了一个带红十字的保健箱及接生器械，通过培训，学员们学会了新法接生，回去之后为农民解决了很大问题。”

“培养乡村医生的事我干过。我在连山营子的时候，发现一个叫榔头的年轻人不赖，就手把手地教他针灸、开药方、打针、换药等，后来很多常见病他都能治。榔头这个孩子品质好，想病人所想，急病人所急，无论春夏秋冬，白天黑夜，刮风下雨，只要有人找，都立即去处理病人，成了村里最受欢迎的人。”

“连山营子离旗远，交通不方便，有了像榔头这样的乡村医生就好办多了。此外，我还给连山营子培养了一个新法接生员。过去村里妇女生孩子难产死过人，有了新法接生员，死人的事就避免了。”

“我想到哪儿说哪儿啊。说说难产，大多由于孕妇气虚血亏造成的。由于孕妇气虚血亏，造成婴儿无力转头，往往不能顺产。遇到这种情况咋办？可以事先准备一服药：柞木枝 1 两，当归 2 两，川芎 1 两，人参 1 两。这个药方叫‘夺门丹’，也叫‘加味神柞饮’，是治疗妇女临产交骨不开的有效方子。遇到交骨不开，喝下去一会工夫，孩子就能生下来。药不贵，几块钱就能买到，提前预备下有好处。”

“再教大家一手，是如何判断孩子有病，可以从孩子两眼中间这个地方辨别。你们看啊，两眼中间这个地方发红，是心热；出现红筋，是明显的心热；发紫是心热过甚，而且肺也热了；发青是肝有风，发黑是风很重了，而且肾中有寒；发白是肺中有痰；发黄是脾胃虚而作泻。黄筋现于山根是脾胃病严重了。只要看颜色，就可以辨别孩子得了什么病。孩子的病无非是吐、泻、厥、逆、风、寒、暑、热，心疼，腹痛，痞块，疮疔或者长痘、出疹子。我现在教大家两个方子，可以通治小儿的这些病。”

“第一个方子通治虚寒。小孩夜里发烧出汗，老是哭不睡觉，或者怔忡、久嗽不已、行迟、语迟，甚至龟背狗肚现出痨病的样子，可以用熟地 3 钱，山茱萸 2 钱，麦冬 2 钱，北五味子 5 分，元参 2 钱，白术 2 钱，茯苓 1 钱，薏苡仁 3 钱，丹皮 1 钱，沙参 2 钱，地骨皮 2 钱，水煎服；兼外感的加柴胡 5 分，白芍 3 钱，白芥子 1 钱。”

“第二个方子通治发热，无论是夜热、早热、晚热都管用。方子是柴胡 5 分，白芍 1 钱，当归 5 分，白术 3 分，茯苓 2 分，甘草 1 分，山楂 3 粒，黄芩 3 分，苏叶 1 分，麦冬 1 钱，神曲 3 分，用水一小碗煎成半碗服用。冬天可以加麻黄 1 分，夏天加石膏 3 分，春天加青蒿 3 分，秋天加桔梗 3 分。有惊风的加人参 5 分，定惊如神。”

“这两个方子都不贵，每样抓两服提前预备下，总共不超过十块钱，啥时候孩子有病啥时候用，有备无患。因为病来如山倒，有的孩子当夜发高烧，没撑到天亮就去了。提前预备下省得急来抱佛脚，你们说这该有多好？”

会场再次响起热烈的掌声。他见大家这样欢迎他，讲得更高兴了：

“其实很多病都能自己治，而且不愁药。为啥这样说呢？因为农村漫山遍野都是药材，称得上中草药的大仓库，完全可以就地取材自己加工。就怕你们不认得，把好药当成了烂柴火。

俗话说：‘一根针一把草，什么病都治得了。’所谓一根针就是银针，通过扎针治病。当然也包括灸，就是把艾叶晒干揉了，做成艾卷，灸相关的穴位。针灸方法不难，认真学都能学会。

你别小看针灸，能治大病啊。有个一周岁的小男孩，发烧十多个小时，已经烧到两目上窜，四肢抽搐，神志朦胧了。家人感觉送医院不赶趟了，哭喊着给灶王爷烧纸磕头，求灶王爷保佑。恰好我路过，听见家里面哭，心想咋回事呢，进去一看才知道孩子不行了。

我给孩子摸脉，见是风热之邪兼挟痰浊上蒙清窍。这种病的治疗方法是泄热定惊、开窍醒神。恰好我带着银针，当即针刺孩子的百会、人中、大椎、曲池、涌泉、劳宫，用泻法。另取十二井穴，用三棱针放血。这样治疗后，孩子当下退了烧。过一会再刺百会、大椎、曲池，孩子出了汗，病就好了。

小儿得病一般热邪居多，因热生风，因风生痰，因痰生惊。治疗要先退烧，烧退了风也就息了。治疗取穴大多以百会为主，因为百会属于督脉，督为阳脉之海，扎这个穴位能醒神开窍。配穴人中可调阴阳，配涌泉水火既济而降热，配大椎、风池散热邪，配劳宫清心包。在十二井穴放血可以泻十二经邪热，仅用扎针的办法，就能很快达到泄热、清神、消痰、定惊、止抽的作用。吃药也一样，把我刚才说的那两味药提前预备下，稍有点发烧就吃上，根本不用请大夫。”

钟草根朝下看，见很多人都拿笔记录，接着说：

“大家愿意听，我就再讲个例子：制缸厂有个姓王的工人突然昏倒，不省人事，因为离医院近，连忙送医院。经医院检查呼吸已经停止了，抢救了半天没效果，让送回家。

这个人住在制缸厂家属院，我偶尔路过，听见他家里有哭声才知道。进屋看了他一眼，见他口唇紫绀，上前摸了摸还有脉，有脉就说明没死；但是脉细数，说明已经危机了。我当即跑回家取来三棱针，在他的少商穴点刺放血，又针刺人中、合谷穴，用的都是强刺激的手法不留针。正扎着针，这个人‘啊’地叫了一声，瞪着我问：‘你噶哈呀？’家人一看他活了过来，都围了上去。他是心脏病，后来被我治好了。

我为啥要扎那几个穴位呢？因为少商用于高热、昏迷急救，人中也是急救穴，《肘后方》里面有记载，救卒死，针人中至齿立起；合谷穴在《针灸秘籍纲要》中写道：‘凡暴亡诸阳欲脱者，均宜合谷治之。’中医史上，扁鹊及其弟子用针刺的办法扎这几个穴，救活了虢太子。扎针用于急救是相当神奇的。

但要辨证施治。比如，一个脑溢血患者昏迷不醒，你听了我的话说赶紧刺人中吧，不行！为啥？因为对付脑溢血所致的昏迷患者，不能开窍，开窍只会导致溢血加重甚至死亡。对于这种病人首先要减轻他的颅内压力，速刺关元引火归元。如果他的脉是促脉，可以艾灸涌泉导血下行，万不可强行开窍。

回头说到农村遍地是药，但要会用。我在连山营子的时候，有个人背上长了一个大疮，化了脓，发烧很厉害。如果送到旗医院太远不说，还要花很多钱。因为我在那个村，就主动找上门，让他的家人找一个镰刀片用开水煮一下消毒，把他的疮切开，把里面的脓血刮掉，让他家的孩子去地边上拔两把蒲公英，捣了捣给他敷上，很快就好了。

还有一个人把胳膊摔断了，想来旗医院接骨头，也让我碰上了。我把他骨折的地方用手扶正了，让他家人找两块板子把断胳膊夹住，然后去山上找点羊踯躅，就是羊不食草吧，3钱就够了，炒黄。再挖点大黄，3钱够了；当归3钱，芍药3钱，丹皮2钱，生地5钱，红花3钱。蝲蝲蛄10个，学名叫蝼蛄，大家都认识。找10个蝼蛄捶碎了，再找30个土虱，就是地牯牛，也叫倒倒儿，土墙底下多的是，像虱子一样的小虫虫，把土虱也捣烂。把上药酒煎，然后加入自然铜末调服1钱。断的地方几天就能长好，可神奇了。

这个药方为啥能接骨呢？因为羊踯躅能入心而去其败血，折伤手足之后肯定会恶血奔心，必须用这味药。大黄是去瘀血的，并且逐而生新，蝼蛄、土虱俱是接骨的圣药，又得自然铜竞走空缺而补之，绝对能治好骨折。这个人只服了五服药，还不到一个月就能去地里干活，花了不到10块钱。如果去医院说不定要花多少钱，而且不如我这个法子来得快。

还有个社员，年轻轻的就罗锅了，伛偻着腰不能站立，俯仰在炕上不能伸直腿，干啥都费劲。我是去他家里劝人上民校，无意碰上了，分析他的病是筋脉病。治筋的病必须先治血，治脉的病要先补气。我给他开了个方子：当归1两，白芍5钱，薏苡仁5钱，生地5钱，元参5钱，柴胡1钱；5服，水煎服。这个方子妙在柴胡一味入于补血药之中。筋乃肝之余，肝气不顺筋就会急缩，所以出现伛偻。用柴胡舒其肝脉，且济之以补血之品，则筋得其养而宽，筋宽腰就伸直了，罗锅儿就好了。他只吃了5服药就治好了病。

梁家窝铺有个年轻人恶心胃胀，病得起不来炕。家里人把他送到旗医院检查，通过化验，在他的胆汁中发现上千个肝吸虫卵。大夫询问病情，他说公共食堂的粥太稀了，喝不饱，饿急眼了，看见小河沟子里头有蝌蚪，就抓蝌蚪生吞。大夫一听，说你别说了，大办公共食堂家家粮口袋都是空的，都靠自己想办法维持饿不死的状态；但是你该吃的吃，不该吃的别吃啊。吃蝌蚪得了肝吸虫，只能住院治疗。

医院让他交押金四百，四百块钱对于他来讲好比天文数字。家里穷得叮当响，要钱没钱，要吃没吃，去哪儿整那么多钱，只好回家扛着。后来我去了，摸他的脉沉滑，看他的舌头质红苔白，中心有裂。这个病要按脾虚湿困、胃失和降、热蕴血分来治疗，就告诉他去公社卫生所买上半斤榧子，药不贵，也就一块钱，饿的时候用白开水送服。

榧子这玩意是打虫药，身体不论何处有虫，每天吃20个，都能打下来。我曾经试验过，这味药对绦虫、钩虫、蛲虫、蛔虫、姜片虫等各种寄生虫病都有效，而且杀虫不伤人体。最多吃5天，就能把肝吸虫全部打下来，病就好了。

他听了我的话，就去公社卫生所买榧子，没买到，回来问我咋办，我只好给他开药方：党参5钱，苍白术3钱，木香3钱，旋覆花3钱（包），生赭石3钱，木瓜4钱，冬瓜皮4钱，茵陈4钱，赤白芍5钱，生地炭5钱，小蓟5钱，泽兰5钱，草寇2钱；5服，水煎服。另外让他买两瓶乌鸡白凤丸，按说明服用，并且让他把明矾1两、鸦胆子去皮5钱研成面，每次饭后服一羹匙，日服3次。

他吃了我开的药，肝和胃疼轻了，接着开了5服药，是在原方的基础上加百部3钱，大枣10枚。守住这个方子治疗了近一个月，到医院做胆汁引流，化验后虫卵不见了，肝功能恢复正常。

我在红光大队二队蹲点，有个女人脸色干黄，找我看病。我摸她的脉沉涩，问她：你吐血、大便下血吧？她说是。我说你是脾阳不足，失去了统摄之权，所以血上溢出现吐血，下走出现便血，治疗方法应以温阳为主，健脾养血。我给她开的方子是灶中黄土半斤，甘草3两，干地黄3两，白术3两，附子3两（炮），阿胶3两，黄芩3两。1服。

这个方子里的黄土，就是咱们各家灶火膛里面被火反复烧的那个黄土，撬下来一块捣碎熬水，然后用这个水熬其他药。用灶里的黄土是取土胜水之意。火乃土之母，其得母燥而不湿，血则温化。阿胶是益血的，地黄是补血的，白术养血补胃。胃阳不化必须用附子，否则不能通其经脉、散血积。甘草缓附子之毒，黄芩坚其阴而固其血。

她吃药的同时，我为她扎针。刺太冲穴以舒肝健脾，刺阳陵泉以引浊气入肠道，并刺膻中等。扎上针仅半个多小时，她的脏腑气机就发动了，不停地放屁。她在我面前感到不好意思，咬牙控制但是控制不住，浊气排了出去，病就好了……”

钟草根讲到这里，代表们哈哈大笑。主持会议的谢副旗长连忙走过去推钟草根，边推边喊：“你胡说啥呀？赶紧下台！”

钟草根被推下台，谢副旗长宣布下一个人发言，强调时间不多了，只准照着稿子念，不准发挥。

大会发完言转入分组讨论。大家发言激烈，但是没有一个人讲农田水利建设，都说农村看病难的问题，让领导们非常生气。

第二天上午会议总结，发完奖就结束了。最后一顿饭有酒，代表们纷纷给钟草根敬酒，赞扬他敢为老百姓讲真话，钟草根听了很高兴。

钟草根那天中午喝多了，回到招待所躺下睡觉，做了个梦，梦见自己收到了调令，让他去医院报到。他拿着调令飞快地冲向旗医院，到医院穿上白大褂，挂上听诊器开始为病人看病。他梦见自己无论走到哪里，周围的病人都向他扑去，找他摸脉。

他接着梦见一个女患者，把脚丫子伸到他的面前让他把脉。他哈哈笑了一下说："你这是考我，但我告诉你，脚上也有脉，就在脚背上，这点你难不住我。"他说着把手指按到女人的脚背上，刚按上去，女人的脸突然变成了鬼脸，把他吓醒了。他揉揉眼睛坐起来，见屋子里还有几个人躺在铺上，都是开完会没事，等着第二天坐班车回家的，于是躺下来接着睡。

刚睡着又做了一个梦，梦见自己穿的球鞋不见了。"谁偷了我的鞋？"他急得大喊，接着又惊醒了，醒来后赶紧爬起来朝地上看，见球鞋好好地摆在铺下。那年头能穿上一双球鞋太珍贵了，做梦都怕丢了。

他醒来后睡不着，躺下来两手枕在脑后，仰面看着天花板想事情。他想到前几天金茹也做了一个梦，梦见收拾东西往旗里搬家，把在农村使用过的木勺子、笊篱、葫芦瓢、黑粗瓷碗等都送了人，边送边笑呵呵地说："进城啦，城里人用铁勺子、铁笊篱、铁舀子、细瓷碗，生活水平比农村高，这些用不着了，都送你们！"

钟草根想到这里笑了一下，接着想，调到医院去哪个科呢？从个人的爱好来讲，喜欢中医，但觉得想这没有用，因为去哪个科由医院领导安排，自己没权选择。不过也无所谓，反正自己中西医都懂。

他正想着，突然听见外面有人喊他，只见一个戴着眼镜的人进了屋，看着他眨眨眼：“你是钟草根吧，谢副旗长让你去他办公室。”

“什么事？”钟草根问。

“不知道！”那个人说，“你跟着我走吧。”

戴眼镜的人引着钟草根来到谢副旗长的办公室，见办公室的长条椅子上坐着两个警察。

谢副旗长的脸色黑得像锅底，见了钟草根沉声责问：“你是会议代表，知道这次开的是什么会吗？”

“知道。”钟草根说，“是农田水利建设经验交流会和表彰会。”

“你既然知道，为啥在会上胡说八道呢？”谢副旗长带着斥责的口气，“你不念稿子，东拉西扯，说的话与会议内容没有任何关系，想搞什么，出发点是什么，目的是什么，成心破坏政府的会议吗？”

“我没有哇！”钟草根打了一个寒战，连忙辩解，“我觉着大家发言千篇一律，不想跟他们重复，就随便讲了起来，讲的是农村的实际问题，大家都说我讲得好。”

“你还说讲得好！”谢副旗长用力拍了一下桌子，瞪着他，“我问你，你是干啥吃的，是医生吗？你是行政干部，是代表公社到会上介绍农田水利建设经验的，讲那些乱七八糟的东西干啥？你的讲话带有严重的煽动性，煽动群众对政府不满。且有的话是反动的，你知罪吗？”

“我没有讲反动话，没有哇！”钟草根后背一阵发凉，急得大喊。

“你敢说没有？”谢副旗长点着他，“你攻击公共食堂的粥太稀了，饿得社员吃蝌蚪，是公开讲的，你还狡辩吗？”

“你这是扣帽子！”钟草根脸涨得通红，气呼呼地说，“我只随便说说，没有想那么多，你凭啥把我的话硬往政治上拉？我一直努力工作，大伙都看得见了，你想把我打成反革命，没门！”

“我不听你狡辩！”谢副旗长铁青着脸，“你的问题很严重，经政府办公会议研究，决定交司法部门处理，带走！”

谢副旗长挥了一下手，两个警察站起来，看着钟草根说：“走吧！”给他戴上手铐，推着走了。

钟草根被带到派出所关了起来。恰好派出所邵所长旁听了会议，觉得钟草根发言很好，怎么会被抓起来呢？他问抓他的警察，得知情况后亲自找钟草根谈话，钟草根无奈地说：“我仔细想了想，的确不应该在会上讲治病，但吃蝌蚪的事是真的，不信你去调查。唉，真没想到有这样的结果。如果当时照着稿子念，念完了下台该有多好？现在后悔也晚了。”

邵所长把钟草根的问题告诉了杨重远，杨重远说：“钟草根这个人没心机，说话不考虑场合已经是老毛病了，但他绝不是反革命。”他让派出所上报材料的时候大事化小，通过关系从轻处理。

经过邵所长一番努力，旗公安局决定对钟草根暂时取保候审，由钟草根自己找保证人。

钟草根觉得土产公司孙经理信得过，于是提了出来，孙经理同意，让他吃住都在公司，顺便给公司的人治病。

钟草根的事拖了一个多月，公安局才做出处理决定：免于刑事处分，建议主管部门做开除公职处理。

邵所长得知处理结果，给钟草根出主意，让他赶紧找人帮忙，争取不开除。因为开除公职附带着监督劳动，名声不好听，会背一辈子黑锅。

当时国家有个精简下放干部的文件，钟草根托人免去开除公职的处分，走下放渠道。因为干部下放是国家政策，给予一定的退职补助费。

钟草根心里明白，无论开除还是下放，都当不成干部了，都意味着不挣工资了。怎么办呢？现状已经无法改变，权衡利弊，下放总比挨处分好。唉，一切都完了！

钟草根由开除公职改为下放，他接到下放通知书的时候感慨万千：“我刻苦钻研中医，本来想凭一身医术，在社会上弄个一席之地，没想到最后一锤子买卖砸进去了。钟草根啊钟草根，你真混蛋，你当时是咋想的？一路走来咋一路糊涂呢？全是自作自受！”

钟草根没顾上办下放手续，先回家，想早一点把下放的事告诉金茹。他不知道该咋跟金茹说，如今连干部都当不成了，她肯定受不了。他觉得没法子面对她，但是不面对又咋办？家是避风的港湾。干部当不成了，工资没了，不回家连个吃饭睡觉的地方都没有。唉，走一步说一步，先回家再说吧。

钟草根像往常那样坐班车到公社，然后步行回家，一进家门金茹嚷嚷：“你咋回事啊？说开两天会，开完就回来，怎么走了一个多月？”

钟草根像霜打的茄子，板着脸一言不发地脱鞋上炕，埋下头。三儿子钟远和小儿子钟扬扑过去要跟他亲热，都被他推开了。

金茹感觉他的情绪不对，瞪着他问：“你咋的啦，出啥事啦？”

“唉——”钟草根长叹了一口气，“让我把事整坏了哇。”

“啥事整坏啦？”金茹慌忙问。

钟草根重重地叹了口气，说起事情经过：“我看见代表们使劲地为我拍巴掌，就昏了头脑，心里光想着这么多人参加会议，有这么多的领导，应该讲一讲老百姓看病难的问题，让大家重视起来，忘了开的是什么会，没有想讲的场合不对，差点开除公职，最后改成了下放。唉，都怪我自己，是我自己把事搞坏了哇。”

“下放还发不发工资啊？”金茹急着问。

“不当干部，就不发工资了。”钟草根说。

“啊？你这不是要我的命嘛！”金茹眼泪夺眶而出，“你不当干部，没工资了，一家人咋生活？下庄稼地累死累活地干一年才挣几十块，还不够钟声的半年学费。眼瞅着孩子们都大了，都要念书，将来都得娶媳妇，需要用钱的事多着呢，咋办？”

“唉，都怪我！”钟草根重重地捶打着自己的脑袋，懊丧不堪地说，“我真糊涂哇，当时照着稿子念该有多好，放着省事的不干，无缘无故地给自己找麻烦，好好的事整坏了。”

“你气死我了！你咋不死了哇，啊？你死了该有多好！”金茹像遭到了毁天灭地的打击一样，怒声咒骂钟草根，嗓音都变了。

她骂了一会坐到地上，无比委屈地大哭起来，边哭边拍着大腿喊叫：“我的命咋这苦哇！啊？老天爷！你说我两条腿的蛤蟆找不到，两条腿的男人天底下多的是，为啥找了老钟家这么一个臭窝囊废呀，啊？跟着这么个臭窝囊废来到北口外，成天地搬家，孩子爪子一大堆，在外头离娘家又远，谁都帮不上我，我受了多大苦哇，啊？老天爷你知道吗？受苦我也认了，可这没了工资，孩子大了要上学，正是花钱的时候，往后一大家人可咋生活呀，啊？没办法了，只能回老家。回去吧，回去吧，我实在待不下去啦，呜……”

钟远和钟扬不明白发生了什么事，看见妈妈哭，也抽抽搭搭地哭了起来。钟草根感觉烦躁，连忙下地跑了出去。

他跑到菜园子前面的小树林里，仰面朝天躺了下来。他在家的时候经常一个人来这里，静静地躺着。

他背起双手枕在脑后，一动不动地仰望天空，心里想如何安抚金茹，把话说得头头是道，让她消气。

“咋跟她说呢？这样说吧：事情已经这样了，你抱怨我还有啥用？我知道你心里不是滋味，难道我心里就好受吗？我一直心如刀割啊！一直感到凄凉、惆怅，甚至绝望，已经好多天睡不着觉了，甚至彻夜失眠！你为了咱们这个家，为我操了不少心，没少受苦，我心里非常清楚，所以感到没脸见你。你为以后的日子发愁，难道我就不愁吗？但是人生一梦，白云苍狗，谁都料不到啥时候会发生什么事。事情已经这样了，没了工资已经成为事实，咱们只能面对事实，说啥都没用了哇。

我仔细想过了，咱俩都还不到四十岁，以后的日子长着呢，重要的是今后咋办。我想好几天了，说说我的看法：我觉得咱俩有优越条件，就是都会治病，而且名声传出去了。我二姐在北京友谊医院当医生，咱们可以通过她从北京进西药，并且自己做中药。我觉得咱们治病兼卖药，收入肯定不会太差。

你别有回老家的想法，为啥？因为我念医科大学，又当了多年干部，回老家种地会让人家笑话。再说回老家谁都知道你的老底，谁还用你治病？你听我的，咱们就在大甸子安家落户，中不？

我决定了，从今以后金盆洗手，隐姓埋名，再也不给任何人治病，全让你大显身手。因为我治病想不起收钱，如今没了工资，不收钱肯定不行了。你收钱，我保证不闻不问，以后全听你的，你说啥就是啥……”

钟草根一直想，想了好一阵子，直到钟华放学跑来招呼他吃饭，他才跟着闺女走了回去。

他回到家里见饭菜已经摆上桌子，是大棒子米饭，熬酸菜土豆。孩子们已经吃开了，金茹没吃，背着身子坐在炕角，眼里噙着泪，瘦削的肩膀不时地抽动着，看上去非常可怜。

钟草根上炕招呼金茹吃饭，金茹不理，他自己吃了起来，边吃饭边跟孩子们说话：“你们这么早就散了学，应该干点活。”

“每天吃完饭都去割柴火。”钟名说，“我大哥不在家，全靠我和钟华整柴火，每天都是傍黑才回来。”

“挖不挖药材呀？”钟草根问。

“我不认识药材。”钟华说，“大哥认识，领我们上山，常常告诉我们这个草叫啥名字，那个草叫啥名，说都是药材。还说林场的药材品种比大鸡红山的还多。”

“嗯。”钟草根点点头，“你大哥八九岁就跟我上山采药，很多药材他都认识，但是他不会制药。跟你们说啊，药材采回来要加工制作，切成片或者做成丸、散、膏、丹，像药店卖的中药一样，这样才能拿得出手。我会制药，可以教你们。这些年我一直上班抽不开身子，现在好了，下放了天天在家，能天天上山采药、制药。”

“你们知道吗？自古以来，当大夫的都是靠卖药挣钱。假如咱们自己有药，自己办个大药铺，让你妈坐堂看病卖药，挣钱肯定比我当干部多多了。药铺办起来之后，你妈就是大掌柜的，咱们都给她当伙计。你妈吆喝一声，‘伙计们，你们听着！’咱们赶紧答应，‘掌柜的，有何吩咐……’”

“去你的！”金茹瞟了钟草根一眼，“你把我的肺都气炸了。”她的情绪缓和下来，挪过去端起饭碗吃饭。钟草根如释重负地吁了一口气，说了自己事先想好的话：“我觉得我虽然当了农民，但是可以在背后给你撑腰，让你大显身手。说真格的，咱们这样干，绝不比我当干部收入少。”

“那也不如你当干部！”金茹睁大眼睛，“当干部吃供应粮，谁都高看一眼。当农民算啥？扒着垄沟找食吃，没人稀罕！”

第十六章 父亲病危

钟草根去旗精简下放部门办理了手续，领到了退职补助金并安家费，按家庭人口领了每人一个月的粮票。

根据国家规定，下放干部允许比照一般社员的吃粮水平，从所在的生产队购买粮食，并由生产队划给一份自留地。金茹心想，反正吃粮能用钱购买，干活和不干活一个样，就没让钟草根去生产队劳动，而是让他每天上山采药和在家制药。

钟草根制了很多药，制完药看见别人去北梁刨镐头地，他也去了。所谓刨镐头地，就是把生产队不种的薄田刨出来个人种，谁刨是谁的。钟草根刨了二亩多镐头地，种上了荞麦。

这样到了9月中旬，钟草根突然接到老家电报：父亲病危，速回！他跟金茹商量咋办，金茹说老人的事是大事，让他赶紧回老家。钟草根想带钟声一起回，让老人见见孙子，去学校给钟声请了假。

爷俩披星戴月赶回老家，一进院，钟声喊了一声“爷爷、奶奶！”钟草根母亲和他二姐迎了出来，钟声赶紧给奶奶和二姑磕头，把头才磕下去，就被奶奶嘿嘿笑着拉了起来：“你长这么大了，我都认不出来了，快去东屋看你爷爷吧，整天说想你。”

爷俩走进东屋，见老爷子头朝东、脚朝西顺着炕沿躺着，三步并作两步走到老爷子跟前跪下磕头。钟草根流着泪说："爸，我回来了，给您治病！"

老爷子看着儿孙，眼里流出泪，抖着嘴唇说："钟声去东北是我黑儿搂着去的，如今都长成大小伙子了。"

"爷爷！"钟声喊了一声，站起来上前跟老爷子挨脸。"爷爷，我爸会治病，一定能把您的病治好。"

"唉！"老爷子叹口气，没说什么。

钟草根看着父亲，说："我给您检查一下吧，摸摸脉，看咋治。"

"爸是胃癌，已经转移了。"钟草根二姐走过来说，"得病 3 年了，医院让做手术，但爸一直不同意。"

"不一定非做手术，兴许吃中药能治好。"钟草根说。

"你治不好！"老爷子看着儿子说，"我啥时候死，自己早算出来了，还用得着你？"

"你别老说算卦！"钟草根母亲说老爷子，"治病就治病，算哪门子卦？你才 67，离死还早着呢！"她让钟草根给老爷子检查病。

钟草根先看了父亲肋骨上的瘤子，然后摸脉。他摸了一会手抖起来，停了一下再摸，手还是抖。他对老人的病已经了如指掌，吸了一口气低头走了出去。

他走出院子外面，蹲在大门口无声地哭了起来。他二姐走到他跟前问："爸的病不好治吧？"

钟草根垂着脑袋边哭边自责："我治好了那么多病人，却治不了自己的父亲，是我不孝啊……"

他站起来看着姐姐，"爸有病，你为啥不早打电报告诉我呢？我摸他的脉已经乱了，没办法下药。按这种脉象，超不过一个月就——呜呜……"他哭着说不下去了，钟草根二姐也哭。

姐俩正哭着，老太太走出来喊钟草根："你跑出来干啥？你爸叫你回屋。"

钟草根回到屋里，见父亲正跟钟声说话。老爷子打住话头，让钟草根上炕坐下，平静地说：“你用不着瞒我，也用不着伤心。我一大把年纪了，死了是解脱，活着反倒受罪。”

“您别说丧气话。”钟草根故作镇静，“让我再想想，如果有可能……”

“你还糊弄你爹？”老爷子瞅着儿子摇摇头，“老天想带我走，谁都没办法，你糊弄我有啥用呢？”

“都是我的错啊！”钟草根悲伤地说，“以前写信问您，您总是说家里一切都好，于是我就马虎了哇，如果早知道您有病，早回来给您治，相信一定能治好。”

“你早回来也治不好！医生能治病，但是治不了命。天意是由不得人的，包括你在内，你把工作丢了吧？”

“我下放了。”

“你真的把工作丢啦？”老太太上炕坐下，看着儿子，“你爸去年就说，你今年让人家整下来，还真说对了。”

“我知道你不上班了，才打电报让你回来。”老爷子说，“我起不来炕，要人照顾。原来你妈照顾我，后来她一个人不行，就让你大姐回来。她离家近早来晚归，伺候了我一个多月，活忙来不了了。你二姐请了 10 天假，今天到假也得回去。你弟媳正坐月子，你弟弟回不来。你四妹在四川离家远，孩子都小，也来不了。只有你闲着，就给你拍了电报。”

“你爸得病好几年了。”老太太说，“刚开始胸上鼓一个小包，没当一回事。后来越长越大，依你二姐的想法，你们每人出点钱给他做手术，但是他不让，就这么拖着，一直拖到现在。”

“我的病自己清楚。”老爷子说，“我几个师兄弟都是英年早逝，大限到来，谁都无能为力。相比之下，我比我的几个师兄弟都要好。”

“唉！”钟草根叹息一声，讲了自己的下放经过，“我糊涂哇，当时一心想讲点实际的，让领导们重视农村看病难的问题，没想到场合不对，引起了领导们反感。可能爸说得对，我压根儿就进不了医院。”

“人各有命。”老爷子说，“谁不想大富大贵？谁不想健康长寿？但是胡思乱想没有用。”

钟草根二姐拿着药和水杯走到父亲跟前，朝弟弟挤挤眼：“你回来，爸说了这么多话；你没回来之前，爸啥话都不说。”

她让钟草根把老爷子扶起来，给他喂药，喂完了拿来一些药交代说：“我一会儿就走，你要按时给爸服药，好好地照顾爸爸，多陪老人说说话，能减轻他的病苦。”

钟草根给父亲服完药，把被子和枕头倚在父亲身后，让他半坐起来，以免躺久了产生褥疮。

“我没把死当一回事。”老爷子说，“因为有生就有死，有合就有散，这是自然规律。毛主席的官大不，难道他就不死吗？上自帝王下至庶民，在死的面前一律平等，人人无法逃避。纵有百年寿命，最终也得死，死是早晚的事。”

“爸说得对。”钟草根点点头，“人的关节、肌肉、骨骼、脏腑等每天都在磨损。人从出生那天开始，细胞就一部分一部分地衰老死亡，当今医学没有任何办法阻止衰老。人每活一天都是跟死亡争斗的一天，同时也是向死亡靠近的一天，最后统统躺进棺材里。”

“人老得快。”老爷子说，“我年轻的时候没感觉出来，五十岁出头干活就吃力了，多干一点就气喘吁吁。我像钟声那么大的时候，胃口可好了，贼能吃，吃啥都能消化。上了五十岁胃口也差了，你二姐领着我去医院检查说我有胃溃疡。上了六十岁牙也不行了，好多松动、残缺、坏死。现在的牙是你二姐给我换的假牙。”

“牙是骨的末梢。”钟草根说，“牙不好，说明骨头脆了。人年轻的时候时常腾挪跳跃，行动灵活。五十岁以后关节逐渐僵化，甚至变形。人的心脏也如此，心脏就像一台发动机，一天二十四小时不停地工作，每次跳动都要承受一定负荷。一般来讲，人上了五十岁心跳就不那么有力了。年龄越大心跳越吃力，终有一天会停止跳动。”

“日子过得真快。”老太太看着儿子，“你结婚摆了十二桌，邻里乡亲们都过来喝喜酒，你爸那个乐啊，喝多了酒醉了三天。现在转眼之间，孙子都要上高中了。当老人的看着下一代长大心里乐啊，但是下一代人长大自己也老了。我年轻的时候虽然累一点，吃得也不好，但是每天都很快活。现在不行了，多干一点活，身子就不舒服。”

“我还算不赖的，有几个跟我岁数差不多的人已经死了。你二姨妈几年前说话就颠三倒四的，连自己的孩子都不愿意理她，去年走了；你二姥姥也是去年走的；你二婶胃里起了个疙瘩，吃啥药都不管用，前年死的，死的时候受的罪都没法子说；还有八里庄我叔伯嫂子不知道得了啥病，脸黑黑的，眼睛鼓着，说透不过气来，活活地折腾死了。人们都说有钱的人有福，我说不生病才是福。有了病，钱再多也是活受罪。”

“没钱也不行。”老爷子说，“胡二比我小一岁，六十年代吃榆树皮吃坏了胃，疼得狼哭鬼嚎的。他两个儿子一个闺女见老爷子病了，赶紧送医院，一检查是胃穿孔。”

“医院让交两千块押金做手术。大儿子说没那么多钱，只有几十块。医院说几十块够干啥？都不够检查费！人家不给做，闺女哭着求医生：‘救人要紧，你们先做手术，做完了我们给钱。’医院说不行，必须先交押金才能做手术。”

“人家医院也有说法，说谁谁来着，我没记住名字，也是得了胃穿孔。医院好心，没交押金就给他做了手术，做完后偷偷地溜了，连个人影儿都找不到。还说一个什么人得病死在医院里，欠了好几千治疗费，病人家属跑了，尸体也不要了。医院被这种事吓怕了，不交押金死活都不给做手术。”

“儿子闺女一看没法子，只好回去筹钱，直到第二天上午才回来，拿来两百，说就这些了。医生听了很生气，说让你交两千，你拿来两百，都不够术前用。人家还是不给做，就这样拖来拖去拖了两天多，胡二已经昏迷了。”

“是休克了。”钟草根说，“胃穿孔必须及时做手术，做晚了脏器一旦感染会引起组织脓肿，出现粘连及毒血症。”

老爷子点点头，“两个儿子没办法，只好再回去找钱。那时候各家都穷啊，上哪儿找去？找亲戚借了一圈，又借了两百多，到晚上拿钱去医院，大夫说没用了，手术做不成了。”

“大夫怕人死在医院里，答应免费用车把病人送回家，到家就断气了。要说胡二的孩子们都孝顺，但是孝顺又咋样？穷，没钱，没钱就啥都完了。”

“唉！”老太太叹口气，“我常常想，咋一眨眼就老了呢？一眨眼儿子和闺女都成了家，日子过得真快呀。年轻人不知道老了啥滋味，老了真苦。我现在耳朵有点背，记性也不行了，腿脚不怎么利索。特别是牙，嚼不动硬东西了，看见别人吃啥自己馋，却享受不了。前些天打枣，打下来的大枣，我挑软的吃了几个，吃完牙疼了好些天。牙疼刚好一点又感冒了，打冷战，咳嗽，吃了很多药，好不容易才治好。”

“奶奶，我有个经验。”钟声说，“感冒了吃药 7 天好，不吃药也是 7 天好，吃药和不吃药都一样。”

“大人说话，你别插嘴！”钟草根瞪了儿子一眼，“你奶奶老了，能跟你相比？你不是说出去转转吗？去吧。”

钟声站起来要走，奶奶叮嘱：“可别走远了啊，一会儿就烧火，早点回来吃饭。”

钟声答应一声走了出去。钟草根看着母亲，“孩子多了真不是好事，吵吵嚷嚷的，整天跟他们操心。”

“谁都打小过过。”老太太看着儿子，“都是哇哇地哭着来到世上，自小长大成人，接着变老，一晃儿你也快四十了。”

钟草根点点头，“小时候老是盼望快快长大，长大了能做事，等真的长大了，压力就来了。想到别人工作好，我的工作差，别人有的我没有，嘴上不说，但心里老是不服气。”

“记得二十多岁那年，我挑着满满两大篓子粮食去峪口，一直挑到地方都没歇着，现在明显不如从前了。其实人老不是一年一年地老，也不是一月一月地老，而是像指甲和头发一样，看不见它生长，却变长了。人不甘心老，但是不甘心又如何？谁都是照老不误。”

“老了不生病还行，就怕生病。”老爷子说，“张飞一夫当关，万夫莫敌，他跟孔明夸海口，说天下没有我张飞畏惧的事。孔明说：不可能吧？他在自己的手心写了一个‘病’字让张飞看，问：这个你怕不怕？张飞吓得哇哇大叫，说：我就怕这个，因为我的丈八长矛挡不住它。”

“其实人来世上都是受苦的，刚生下来不会说话，冷了说不出，热了说不出，饿了也说不出，只能‘苦哇、苦哇’地哭。等到渐渐长大了，懂点事要上学念书，学习跟不上，老师批评，父母责怪。能念书还算不错了，念不起书的当庄稼人，老早就下地干活。人们都说老了苦，其实年轻人也苦，没有不苦的时候。旁的不说，起码一日三餐你得往回挣，挣不来就没法子生活。”

“受苦也就罢了，心里还不痛快。”钟草根说，“念了好几年医科大，下决心走向社会干一番事业，没想到一路走来，走到最后却下了庄稼地，我真想不通。”

“你能养家糊口已经不错了！”老太太看着儿子说，“你啥事都转不开磨儿，别人不知道，我当妈的还不知道？还好你媳妇精明，钱把得紧，要是全靠你，老婆孩子都得喝西北风。”

“你心眼实，说话不看火色。”老爷子看着儿子说，“你得长记性啊，说话要想想再说，不该说的别说。就好比你家里有俩钱儿，有就有了，别嘴大说出去，害人之心不可有，但防人之心不可无。特别是出门在外，说话一定要注意看场合，看对象，别没眼色。”

“我没指望你有多大本事，平平安安就不错了。我对你很知足，四个儿子一个闺女都养大了，就算不赖。一个人别跟比你强的人比，要朝下看，跟不如你的人比。赶脚的人看见前面有骑驴的，觉得心里不平衡，但是回头一看，还有一个满头大汗推车的。推车的人觉得自己辛苦，但是回头一看，还有一个缺了腿的残疾人，正拄着拐棍儿艰难地往前挪。推车的心想，我是累了点，但起码我能推车，不是残疾。”

“人要常知足。二喜子跟你发小儿，一起当的兵，光荣到战场上了。侯六子也是跟你发小儿，也一起当的兵，复员回来后下庄稼地，找了个媳妇疤瘌眼，家里穷着呢。佟二奇也跟你一起当兵，复员回来没两年就死了。相比之下，你比他们都好。”

“佟二奇是咋死的？”钟草根问。

“佟二奇在家就好吃懒做，去部队混了2年，回来不想下庄稼地，满世界地瞎跑。你表面上看他不咋的，但是他油着呢。”

“南庄有个邹皮匠，你认识。那个人勤快，自己收皮子，自己熟了做皮袄。因为活计好皮袄不愁卖，发了点财。但是人没有十全十美的，他虽然有钱，但老伴死得早，没有儿子，只有一个闺女还涩果，二十好几了都没嫁出去。”

“佟二奇见邹皮匠有俩钱儿，就跟他套近乎，整天屁颠儿屁颠儿地追着他，嚷着要给他当上门女婿，弄得邹皮匠没办法，拧着鼻子同意他入赘。”

“佟二奇入赘后跟邹皮匠学手艺，开始还行。后来手艺学到手就翻车了，他张口就骂，动手就打。邹皮匠整天搓火儿，后悔自己看走眼了，引狼入室。他心里憋屈，加上有点病，五十出头就走了。”

“邹皮匠死的时候恰好我去你二姥爷家，碰上了，见丧事办得挺大。佟二奇为了表示自己孝顺，糊了很多东西，还请了吹鼓手。出殡那天大把大把地撒纸钱，但是不巧，那天风大，撒的纸钱全被大风刮走了。唉，老邹真的可怜，活着的时候拼命挣钱，死了啥都没带走。”

“邹皮匠死后，家业归了佟二奇。邹皮匠活着的时候存下几十件皮袄，想到冷的时候卖个好价钱，放在家里。”

“腊月的一天从峪口来了主儿，去他家看皮袄。那个主儿是外地人，专做皮袄生意，跟佟二奇谈，要把他的皮袄全部买了。佟二奇觉得人家给的价还行，就勾了手指头。人家留了字据，让佟二奇第二天一大早把皮袄送到峪口。”

“第二天一早鸡还没叫，佟二奇就挑上皮袄去了峪口。十冬腊月天儿冷，他穿着皮袄，戴着棉帽子和手巴掌都不暖和，但是人家留了字据，再冷的天也得去。”

“他走到郭家坟拐弯那个地方，打北边来了个人，跟他打招呼，说你大老早地挑着皮袄，去哪儿啊，他说我去峪口。那个人说，我冻得不行了，想买你一件皮袄；他说不行啊，皮袄全订出去了，不能卖。”

“那个人问他多少钱订的，他说了价。那个人拿出来厚厚的一沓子钱，朝他一晃说：我给你四倍的价钱，只买你一件，怎么样？佟二奇一听四倍的钱动了心，说卖给你，就撂下挑子给他拿皮袄。”

“他的皮袄是用绳子捆着的，捆得很紧。他摘下手巴掌解绳子，解了老半天都没解开。那个人说我急着办事，你麻利点儿！后来说这样吧，把你身上穿的皮袄卖给我，你慢慢解绳子好了。佟二奇一想也行，就把自己身上穿的皮袄脱给了他，收了他的钱。”

“买主穿上他的皮袄走了，佟二奇接着解绳子，手冻僵了也没解开。他身上没穿皮袄，冻得要命，心想一时半会儿解不开，走吧，走起路来能热乎热乎，就挑起担子赶路。”

“先不说佟二奇，再说定皮袄的那个外地主儿，等到第二天下午没见佟二奇来，就去找他。找到他家，他老婆说不对呀，一大早就给你送过去了，怎么会没见到人呢？是不是出事了？就赶紧报官。”

“这样过了几天，佟二奇找到了，是在邹皮匠坟的旁边找到的，已经冻死了。”

“人的一辈子都是苦苦追求。”钟草根说，“没钱的想钱，没女人的想女人，想工作、想房子等整天想这想那，设法搞到手，累得疲惫不堪。身体强壮的时候没啥感觉，等累出病来才知道身体比其他都重要。其实人的身体并不坚固，稍不注意就倒下了。”

“有一件事没敢去信告诉你。”老爷子看着儿子，“金茹她大哥折进去了，现在还没判，将来蹲几年不知道。”

“咋回事？”钟草根问。

“倒卖化肥。”老爷子说，“从外地搞到化肥，拉到咱们这儿卖高价，被人家套桩了。”

“听说化肥都是从日本进口的，国家管理很严。”钟草根说。

老爷子点点头，“她大哥曾经找过我算卦，看能不能挣钱。我告诉他说，你别干，因为人能不能发财是有定数的，不是谁想发就发。但是他不忿儿我，说撑死胆大的，饿死胆小的，别人能挣他就能挣。我说别人能挣到手，你挣不上，你没有挣大钱的命。他就是不忿儿，结果出了事。”

“人生在世上谁不想好？但是想归想，跟命是两码事。我见多了，想做买卖的挣不上钱，想人丁兴旺的没孩子，想房的没房，想骡马的没骡马，想长寿的偏偏得了绝症，不是事事都由着你。”

钟草根跟父亲说话，母亲去做饭。一会钟声回来了，爷俩商量轮流照顾老人，主要是喂药、翻身和接屎接尿，白天谁在屋里谁管，晚上前半夜由钟草根管，后半夜钟声管。

这样过了两个星期，老爷子感觉呼吸越来越困难，说好像有一块大石头压在身上，压得喘不过气。他用力挣扎，但是用尽了力气都摆不脱压在身上的石头。他把这种感觉告诉了儿子，钟草根说：“你自己摸摸看，身上有石头吗？是你的精神作用，很可能脑神经出了问题。”

老爷子觉得自己快死了，让钟草根给他弟弟打电报。

钟草根弟弟接到电报回到家里，他媳妇也回来了，抱着刚出满月的孩子走到老人跟前，说："爸，您又添了个孙子，看看？"

老爷子看着孩子流出眼泪，"跟钟声小的时候一样。钟声小时候，我整天嘿儿喽着，这孩子我嘿儿喽不了啦。""嘿儿喽"是平谷话，就是让孩子骑到自己的脖子上。

钟草根跟弟弟、钟声轮流照顾老人。这样过了几天，老爷子突然面色灰白，喊冷，盖了两床被子还喊冷，说冷得就像掉到冰窟窿里一般，喊了两天冷又喊热，把被子全掀开还热。这样又过了几天，老人不吃饭也不说话，昏迷了。钟草根摸过父亲的脉说："脉搏像是热灰里的蚯蚓，多至三天必走无疑。"老太太连忙让钟草根弟弟通知他大姐、二姐，务必在 10 月 18 号之前赶回家里。

10 月 17 日那天夜间，前半夜由钟草根弟弟护理老爷子，后半夜交给钟声。钟声夜间 12 点钟接班，走到爷爷跟前，坐到炕前的凳子上守着老人。老人突然睁开眼睛问钟声："你困吗？"

"不困！"钟声见爷爷一直昏迷，突然醒了很高兴，"爷爷的眼睛亮亮的，看样子病要好了。"

老爷子说："灯有点暗，你把捻子拨一拨，让它亮一点。"

"哎！"钟声答应一声掀开炕席，从席边掐下一节糜子，拨了拨灯捻，屋子亮了起来。

"钟声，靠近爷爷一点，跟爷爷唠唠嗑。"

"哎！"钟声答应一声，把凳子往前挪了挪，看着老爷子："爷爷的脸色比原来好看多了。""是吗？嘿嘿。"老爷子显得很兴奋，问孙子，"你看小说吗？""看。"钟声说，"看过很多小说，《西游记》看了三遍。""我也看过《西游记》。"老爷子顿了一下，"你知道《西游记》里面谁最厉害吗？""如来佛！"钟声说，"孙悟空一个跟头十万八千里，翻了好大一气，自个儿认为到了天边，却没有翻出如来佛的手掌心。”“唐僧呢，唐僧厉害不？”老爷子问。“唐僧最窝囊。”钟声说，“唐僧不窝囊。”老爷子说，“唐僧虽然不会腾云驾雾，也不会变化，但是你看，每当孙猴子打不过妖怪，唐僧被妖怪捉去的时候，观世音菩萨就会出手相救，这叫贵人相扶。”“我有贵人相扶吗？”钟声问，“有。”老爷子回答，“你无论遇到什么凶事都能及时回救，有惊无险。”

“你想发财吗？”

“想。”钟声说，“谁都愿意有钱。”

“钱是人一辈子不可缺少的东西。”老爷子说，“但是要取之有道，不义之财不能取。”

“清朝刘文定说：‘惜食，惜衣，非为惜财缘惜福。’就是说节俭是给自己积福……”

老爷子正说着，屋子暗了下来。钟声一看，是灯碗里没油了，赶紧拿上手电，去墙角拿油壶，等把油壶拿过来，灯也灭了。

他走到屋门口，从灯窝里拿上火柴，走过来添上油点上灯，把灯捻拨了拨，坐下来说：“爷爷接着讲。”

老爷子没吱声，钟声仔细看，见他两眼上翻，流着鼻水，脸色十分可怕。“爷爷，你咋的啦？爷爷，爷爷！”钟声喊起来。

“别喊啦！”钟草根正在炕头躺着，坐起来说，“你爷爷走了。”“啊？”钟草根母亲忽地坐起来，赶紧穿衣服。“我听见他跟孙子说话声音挺大，还以为他缓过来了呢，就睡着了，没想到他真的走了。”“那是回光返照。”钟草根说，“按着中医说法，所有脏腑全部衰竭，进入了最后的挣扎阶段，跟灯尽油干最后跳跃一下一样，是刚阳欲绝、孤阳外越的残灯复明现象。往往这个时候，给人以起死回生的错觉，其实是他的生命到了尽头。”“别说了，赶紧穿衣服！”老太太喊儿子一声，让钟声去西屋叫他叔叔过来。钟草根弟弟走进屋，听说父亲去世了，当即哭了起来。

第十七章　下放打场

钟草根处理完父亲丧事，带着儿子回到家里，进院发现旧房变成了新房，惊讶地问：“咋回事啊？才走了一个多月，房子咋就变成这样啦？”

“变了吧？”金茹乐哈哈地走出来看着爷俩，“就在这儿落脚了，不能老住破房子，要住新的。”

“房子不是租的吗？”钟草根走进屋里，把手中的提包撂到炕上，问金茹，“是房主新盖的吗？”

“我盖的！”金茹解释，“汤糊糊母亲活着的时候，去医院治病花了很多钱，都是借的。后来债主们找上门跟汤糊糊他爹要钱，他爹没钱想卖房子，问我要不要。我问多少钱，他说 40 块。我寻思就在这儿扎根了，40 块不算贵，买吧，就买了下来。”

“40 块钱不算贵。”钟草根问，“重新盖花了多少钱？”

“33 块。”金茹说。

“嘿嘿。”钟草根笑着摇摇头。

“真的，只花了 33 块！”金茹说，“旧房拆了，房柁、檩子都能用，就缺点窗户料。我知道孙老歪家里有，就去跟他买。他说：‘哪家没个事儿啊，送你啦！’我给他治过病，实际上是顶治疗费了。就这样，东西张罗齐了，开始请木匠和泥瓦匠，就是请盖房子的师傅。谁家盖房都请他们，但是不给钱，工换工。他们知道以后用得着我，也没跟我要钱。”

“最重的活是打墙。我跟认识的人一念叨，呼啦一下来了十多个，都是主动帮忙的。这些人从早干到晚，两天就把房框子打起来了。第三天就上屋顶、抹泥，房子算是盖完了。”

“所有帮忙的人都没要钱，但要好好招待，主要是管饭。来咱们家高粱米饭管饱，菜是酸菜、粉条子和过年剩下的那点腊肉一锅烩。两毛五分钱一盒烟，从供销社买的，还打了点散白酒。这样盖了三间房并带个耳屋，合计花了 33 块，主要是烟酒钱。”

“你办了一件大事！”钟草根高兴地说，“我相中了房西头那个园子，有 1 亩多吧，自己种菜，够一年吃的了。”金茹点点头问：“老爷子的病咋样了？”“死了！”钟声嘴快，“死的时候，刚好我在跟前。”“唉！”金茹眼里挤出两滴泪水，看着钟草根，“前些天我晚上做梦，梦见一只大公鸡掉进了水里，你想去捞没捞上来，轰地一下醒了。我琢磨，钟声他爷爷是属鸡的……”“别说了！”钟草根打断金茹，把从北京带来的一个大提包推到她跟前，“药，是二姐找人批发的。”“哎呀，这下可好了！”金茹连忙拉开提包拉链，取出几盒药欣赏着，“有了这玩意儿，挣钱就不愁了。”她看了钟草根一眼，“还是我那句话啊，不准你给别人看病，就连你会治病都不准跟别人说。”“嘿嘿，”钟草根笑着摇摇头，“还真应了人们常说的那句话，带出来徒弟，饿死师父。”“去你的！”金茹斜着眼睛看着丈夫，“你看病不要钱，如今不挣工资了，没钱一家人咋生活？我想好了，你歇两天去生产队干活。”

“干吧。”钟草根说，“在家待了好几个月，不去也说不过去了。”

钟草根开始去生产队干活，活计由队长安排，他先去找队长，找了两趟没找到，问队里的老保管，老保管说："你找的不是时候，晚上写工分的时候找他，他准在。"

写工分是生产队每天登记社员上工情况，记工分，年底根据挣的工分多少分红。农民把工分看得很重，"工分儿，工分儿，社员的命根儿。"写工分是社员们最齐的时候。

钟草根问老保管："几点钟写工分？"

"出星星以后吧。"老保管说一句走了。那时候农村计时间都是看日头，或是看星星，出星星以后，就是天黑掌灯的时候。

钟草根打听到写工分在生产队部，于是吃过晚饭去了队部。

队部是一个长方形的大屋子，对面炕，中间是过道，过道靠里面放着一张长条桌子和两个方凳子。屋角放一个大水缸，装着一缸水，缸边上挂一个葫芦瓢，是供社员们喝水的。

钟草根走进队部，见已经有人了，几个岁数大的男人坐在北炕上，手里都拿着烟袋，边抽烟边说话。"请问，崔队长在吗？"钟草根打听到队长姓崔，进屋问，"还没来呢，"一个人看着钟草根，"你找他干什么？""要活儿。"钟草根说，"我是下放干部，安排到这个队了。""这边坐吧。"一个人抬抬烟袋，钟草根走了过去，坐到炕沿上。"我咋觉着不对劲儿呢！"一个人看着钟草根说，"你放着干部不当，当农民，甩了铁饭碗端泥饭碗，聪明一点的人没有这么干的。""干部下放是国家政策。"钟草根解释说，"听说全国下放干部两千五百多万呢。""国家的做法是对的。"一个歪在炕里的人直起身子说，"我兄弟媳妇的二大伯子下放了，他原来是旗里的干部，我经常去他家，见他可清闲了，没事就找几个人喝酒。"他正说着，打外边进来几个人，跟炕上的人点点头。说话的那个人打住话头，指着一个大板脸，看上去像四十多岁的男人说，"你不是找崔队长吗，他就是。""你好！"钟草根站起来看着崔队长，想握手，但见他没有跟自己握手的意思，缩回手顿了一下说："我是下放干部，叫钟草根，是你的社员，以后归你分配。”“你就是那个下放干部？”崔队长用烟袋点了一下钟草根，“大队说过，给了我一个下放干部，原来是你。你半路出家，农活干得了吗？”“干得了。”钟草根说，“我过去也是农民，干过农活。其实农活不用学，人家咋干，咱跟上咋干就得了。”“嘿嘿。”崔队长翻了钟草根一眼，指着一个长着连毛胡子的人对他说，“你明天跟焦二叔打黄豆。”那个叫焦二叔的人看着钟草根问：“你干得了吗？”“干得了。”钟草根说，“早点去啊！”焦二叔说钟草根，“直接去场院的豆子垛。”

“行。”钟草根答应一声，上炕跟焦二叔坐到一块说话。

天黑了，老保管点上灯，放到桌子上。会计在桌子上摊开账本，把队长叫了过去，和他一起核对工分。社员们陆续来了，找地方坐了下来。北炕全是男人，大多抽烟，烟火在微弱的灯光中一亮一亮的。南炕大多是女人，一起聊天扯闲话。女人见男人的堆里头多了个陌生人，议论纷纷。有几个年轻女人边笑边把一个脖子上系着包巾的女人推到地上，那个女人说一句：“讨厌！”说完朝钟草根走过去，大大方方地问：“你是金大夫的男人吧？”“是。”钟草根看着她，“你好像去过我们家。”“呵呵呵，”那个女人回过头笑着说，“咋，没错吧？我去过他们家，金大夫说过，她老爷们儿以前是干部，现在不干了，来咱们队里当社员。”

写工分开始。

首先由崔队长宣布底分：打场、秋翻、耙地、起圈、铡草每人每天记一个工，10 分；扦高粱穗子、梢谷子，每人每天 8 分。

扦高粱穗和梢谷子是女人干的活，男女活不同，挣的工分也不一样。男人干的都是力气活，通常每天挣 10 分左右，最高可达 12 分，女的 8 到 9 分。家里缺少劳动力的，可以让十三四岁的男孩子上工。这是老套数，年年如此，社员们的心里都有一本账。队长宣布完了没人提意见，由会计唱名登记，登记完了写工分结束。

钟草根问过焦二叔，几点钟到场院，焦二叔说鸡叫二遍。鸡叫二遍是几点，他不知道，也没好意思问。心想自己有怀表，看时间吧，估计是6点。

他第二天早晨5点多起床。金茹头天晚上蒸了一锅玉米面窝窝头，切了一盘咸菜。他点上灯拿起窝窝头，就着咸菜吃了几口，噎住了，喝点开水冲了下去，吃完了，就赶去了场院。生产队的场院很大，有6亩多吧，用一人高的土墙圈着。场院里面堆满了一大垛、一大垛的庄稼，中间有三块压得很平整的地片，是打场的，分别打高粱、谷子和大豆。

所谓“打场”就是把要打的庄稼摊到场面上，套上毛驴拉上石磙子一圈一圈地碾压，其他人拿着木杈，将压过的庄稼翻过来继续碾压。

钟草根来到场上，见干活的人早都来了，正在摊场。他见黄豆垛顶上有两个人，正用长齿木杈往下挑豆荚，下面的人把挑下来的豆荚抱起来送到场面上，他连忙去抱豆荚。

焦二叔和另外一个社员正在场面上摊场。摊场有一定讲究，要由里向外一圈压一圈，最后摊成像北方吃的锅盔那样的同心圆。摊完场放磙子，焦二叔让人把磙子拉到摊好的豆场旁边，牵来毛驴子带上箍嘴，上好套包子和夹板，挂上磙子上了场。焦二叔站到场中间，一手拽着长长的驴撇绳，一手拿着长鞭子朝空中一甩，“喔、喔”两声，毛驴就一圈一圈地走了起来。石磙子发出吱嘎、吱嘎的响声，才转了十几圈就把场上的豆荚压平展了。在钟草根看来，打场非常简单，不过是让毛驴拖着磙子转圈圈而已，谁都会。几个人轮着打场，轮到钟草根，他进场牵着毛驴撇绳，“喔、喔”喊了两声，但是毛驴没动。他又吆喝两声还是不动，于是抽打毛驴。鞭子绳又长又细，他抽了一鞭子没抽上，抽第二鞭抽到了驴的脑袋上，毛驴子受了惊拉上磙子就跑。钟草根没抓住撇绳，让毛驴冲出了场外。打场的人见毛驴跑了连忙去截，把毛驴牵了回来。焦二叔大声呵斥钟草根：“有你那样吆喝牲口的吗？就你这个样子，我看你啥都干不了！”钟草根自知理亏，蔫蔫地没吱声。焦二叔也不再说什么，让另一个人替换他，接着打场。

场打得差不多了，开始归堆。归堆就是用叉子把打过的豆秸挑起来抖搂抖搂，翻个个儿拍一拍，让豆粒脱落下来。抖搂两遍后，把豆秸挑到一边，并且用筢子把残余的秸秆碎绡搂出去，然后用刮板和扫帚把脱过粒的黄豆粒堆起来，等到风合适的时候扬场。

按着进度一天打两场，上午打完场归了堆接着铺场，铺完场才能回家吃饭。钟草根回到家已经12点多了，吃完饭要赶紧去场院接着干，干到很晚才回来。这样连着干了几天，累得他腰酸背痛，几乎坚持不住了。他这才感觉到，当干部再忙再累也比农民清闲。队里的豆子种得不多，几天就打完了，打完场恰好风合适，开始扬场。扬场就是去除粮食中的杂物，拿一把木锨站在粮食堆旁边，用木锨把粮食向上一锨一锨地抛，抛到离粮食堆不远的空中粮食落地，杂物随着风自然飘走，然后把干净的粮食扫到一堆。钟草根扬了几下扬不了，派去起牛圈。起牛圈是把牛圈里面的粪挖起来，抬到圈外适当的地方堆好，发酵以后做肥料。起圈是大活，又累又脏。

钟草根知道农村有一种病叫“打粪毒”，医学上称之为“钩虫幼虫性皮炎”。这种病是通过接触牲口粪便传染的，症状是足趾、手腕等部位出现丘疹，很痒，抓破后会发炎。他是搞医的，怕接触感染，起圈时穿上球鞋，并且戴上了白手套。钟草根来到牛栏，见崔队长正在分工，少数人挖粪、装粪，其余人抬粪。抬粪用的是大号抬筐，装得满满的，抬起来很沉。钟草根累得龇牙咧嘴的，但是没敢吱声，因为他看到崔队长比他年龄大，还呼哧呼哧地干，抬粪比他走得快多了。干到半道，钟草根满身是汗，脸上也流下汗来，其他人都是脱光膀子干。他不敢脱，勉强把手套摘了，干了两个小时中间休息，坐到墙边抽烟唠嗑。崔队长见钟草根老是摸肩头，问他：“肿了吧？”“肿了，并且磨破了皮。”钟草根说，“我们一年到头这么干。”崔队长顿了顿，“就像这粪，起出来还得倒，并且拉到地里分成堆儿堆起来，种地的时候一点一点地散开。每年围着粪不知道耗费多少力气，不这样干就打不出来粮食。”钟草根深有感触地说：“真累，累得身子像散了架子一样。当农民不是一般的苦，真是太苦了！”“哎，大耳朵！”一个叫孙猫子的人用烟袋指了一下钟草根，“你屋里的那个会看病，你为啥不跟她学看病呢？看病挣钱多，还不累。”“就他？”一个叫乔眯眼儿的人看着钟草根，“看病是细活儿，他根本学不会。”“只要用心学，啥都能学会。”钟草根说，“你别吹！”乔眯眼儿瞟着钟草根，“当干部的就会吹，你不当干部就别吹了，吹破了天都没人相信你。”“你有点不知道轻重。”崔队长看着钟草根，“我第一次见到你，你说庄稼活不用学，好像你啥都会似的。实际如何？是骡子是马，一遛就看出来了，你啥都不中！我倒佩服你的老娘们，那可是个高人。不是我说你，她的那套手艺，你绝对学不会，以后你别吹了，没人稀罕！”“唉！”钟草根叹了口气，低下头不再说话，休息了一会儿接着干。钟草根实在抬不动了，咬着牙坚持，一直抬到中午了，才下工回家。他气喘吁吁地往家里走，走一步骂一声：“我一路走来，最后落到了这种地步。农活真不是人干的！”他回家走进里屋，见金茹跟了进来，正要诉苦，金茹却白了他一眼，说：“你咋回事啊？起粪穿哪门子球鞋？好好的鞋弄得脏拉吧唧。你不配穿好鞋，脱下来，洗一洗给钟声。”“啊？”钟草根眼睛鼓得圆圆的，指着金茹嗷地叫了一声，“你光看见鞋了，咋就没看见我呀！我都要累死了，没人可怜我，我——”他看见炕沿放着一个碗，拿起来朝金茹甩过去，打到离金茹不远的墙上，“啪”地一声碎了，他接着拿起笤帚去打金茹。金茹见他要打自己，好汉不吃眼前亏，扭头就往外跑。钟名、钟华、钟远、钟扬正在炕上等着吃饭，钟名和钟远见母亲跑了，也下炕跑了出去。钟华和钟扬没跑，愣愣地看着父亲。钟草根正没处出气，抡起笤帚劈头盖脸地打钟华，打得她哇哇大哭，钟扬也吓得哭了起来。金茹站在院子里，心想：他咋发这么大的脾气，是谁惹了他？她赶紧去找崔队长。

金茹把钟草根回到家里发脾气的事告诉了崔队长，崔队长听了笑着说："他是累的，以前没干过这么重的活，一下子干受不了，回到家你再不给他好脸儿，不发脾气才怪呢。"崔队长给金茹抓了一把蛤蟆烟叶，让她给钟草根买根烟袋，说干活的人抽烟能解乏，并让她告诉钟草根休息一下午，明天再干。金茹回到家里，见钟草根躺到炕上睡了，放下烟拿上酒瓶子，去了供销社，打了一棒子酒，买了一根烟袋回来。金茹多炒了一个菜，招呼钟草根和孩子们吃饭。钟草根坐起来瞪了金茹一眼，见饭桌上摆着酒壶，酒盅里面已经倒上了酒，一声不吭地挪到桌子前干了那盅酒，重新倒上，喝酒吃饭。吃饭的时候都被没说话，吃完饭，钟草根见金茹收拾完了桌子，脱掉上衣，摸着肩膀让她拿碘酒。金茹见他的肩头肿得破了皮，边为他抹碘酒边叹气，钟草根也叹气。抹完碘酒，金茹把烟袋和烟放到他面前，"崔队长说抽烟能解乏，让你休息一下午，明天再干。"钟草根没说什么。金茹拿起鞋底纳了几锥子看着钟草根，"其实你没必要干那么重的活，社员在乎工分，你用得着吗？就是你一分都不挣，咱们家也能过上好日子。"

钟草根换了个话题："自留地打了多少粮食？"

"不到四斗。"金茹说，"王歪嘴子的自留地紧挨着咱们，不如咱家的地片大，还打了七八斗。人家上了粪，咱们没粪。"

"种庄稼没粪不行。"钟草根说，"但是攒粪必须养猪，养猪不但有了肥料，还能吃上肉。""我也想养猪，还想养毛驴，养羊。"金茹说，"养驴，压碾子就不用跟人家借驴了，而且能驮东西；养羊，有了羊毛能打毛线织毛衣。队里每年都分秸秆，够驴和羊吃的。""猪圈、毛驴圈、羊圈咋盖呢？"钟草根问，"这你就别管了，我找人盖。"

金茹说。钟草根下午没上工，第二天上工，队长让他去铡草。铡草是在牛栏的草屋子里，有五六间草屋子，每个屋子一组，每组两个人，各组干各组的。铡草以草屋子的容积计算，铡够大半屋子记满工，早干完早歇着。铡草需要两个人配合，一个人按铡刀，一个人蹲在铡刀的一侧续草。所谓续草，就是用双手将谷草塞到铡刀下，随着刀起刀落，把谷草铡成段。钟草根跟一个叫倭瓜头的人一组，开始是钟草根按铡刀，倭瓜头续草。按铡刀是力气活，要不停地弯腰用劲，把铡刀快速地按下去再快速抬起来。钟草根干了一会累得浑身是汗，实在按不动了，由倭瓜头替他。续草需要技术，不能续长也不能续短，钟草根过去没干过这种活，续的草长短不一。“你这不行！”倭瓜头停下铡刀，满脸愤怒，“铡这样的草让队长看见了肯定扣分，你干不了这活儿，我去找队长换人。”他说着要走，“别走，你教教我，我跟你学，能学会。”钟草根说，倭瓜头瞪着钟草根，“就你？架手架脚的样儿，学多长时间你都干不了。”“我按铡刀，你续草。”钟草根站起来，去按铡刀。倭瓜头不再说什么，蹲下来续草。

钟草根按了一上午铡刀，中午回到家里，胳膊疼得几乎端不住饭碗。金茹问咋回事，他说了干活的情况：“就这样干，倭瓜头都不想要我。”“倭瓜头？”金茹想了一下，吃完饭赶紧走了出去。下午上工，倭瓜头一见钟草根就嘿嘿笑了起来：“你找了好老婆，金大夫中啊，我儿媳妇的胸肿了，奶不成孩子，急得抓挠儿的，金大夫去了，三两下就给治好了。”钟草根笑了一下，没说什么。倭瓜头不再提换人的事，而且主动按铡刀，“你胳膊疼，我按吧，你续草。”钟草根犹豫了一下，“我续不好，万一队长检查——”“没事。”倭瓜头说，“反正牲口吃，铡好铡赖都那么回事。”倭瓜头多年铡草，按起铡刀来很轻松，边按铡刀，边教钟草根怎样续草。收工的时候，倭瓜头用大叉子把钟草根续的草挑到草堆的顶上，用他续的草盖住，朝钟草根笑了一下说：“这样就没事了。”

快过阳历年的时候，大活干完了，大家开始吃两顿饭，吃过早饭九点多钟才去队里，由队长临时分配活儿，有的倒粪，有的搓棒子，都是轻快活。这样又干了十多天没活了，在家猫冬（意指躲在家里过冬，泛指躲在家里不出门）。钟草根猫冬也不清闲，金茹几乎天天出去治病，大部分家务活都是他干，家里已经养了猪、羊、驴，喂起来很麻烦。

一年很快过去了，到了来年春天，农民又开始忙碌起来。生产队的壮劳力不到两百人，种了三百多亩地，为了抢种，几乎全员出动。首先是种谷子，分组，每组 6 个人。这 6 个人中 1 人扶犁，1 人点种，2 人履粪，1 人耙地，1 人打磙子。每组每天种五亩地，种够了每人记 10 分工。种谷子是流水作业，犁杖在前头开垄沟，后面紧跟着点种、履粪、耙地、打磙子。犁杖到了地头，其他都要到地头。这些活是连续性的，不能断开。种谷子要起大早，三星挂东南就得去队里牵牛，扛犁杖，套上毛驴拉上磙子，带上种子赶到地里，天不放亮就开种。钟草根也参加了种谷子，分在顾大把式的组里，顾大把式担心他干不了，不想要他。崔队长做了工作，他才勉强接收。

“让你干些什么呢？”顾大把式看着钟草根拿不定主意，钟草根说：“我点种吧。”钟草根拿起点葫芦头，不知道咋用，一个人教他说：“点葫芦头由种子袋和空心木杆组成。木杆最下端是出籽口，用细木棍儿横竖别上，决定出籽儿的疏密。出口的梢儿上绑一束黄蒿，弯过蒿子的梢头，拴在木杆上，是防止刮风把种子吹跑了。”她边说边让钟草根把点葫芦头斜挎在肩上，一手扶住木杆，一手用小木棍敲打，说这样就把种子点进了垄沟。

顾大把式是在前面扶犁杖开垄沟的。他给牛带上样子拴上犁，把犁轻轻地一按，犁铧就插进了土里，随着他低低的一声吆喝，牛走了起来。顾大把式在农活方面是叫得响的好把式，据说他耕的地，垄沟如果用尺子量，不但深浅一样，宽窄一致，甚至连抹地头子都像刀切的一样齐，半分都不差。

顾大把式正在前边犁地，后边一个履粪的小伙子气喘吁吁地跑到他的跟前喊："顾叔，你去看看吧，不中啊！"

"啥不中啊？"顾大把式吆喝了一声牛，停下犁杖问。

"钟大耳朵点的籽要么没有，要么一大堆，像羊拉屎，还把好多种子点在了垄沟外面。"小伙子说。顾大把式连忙走过去，看看钟草根点的种，肠子都悔青了。他抖着手指着他："你这是人干的活吗？种子点成这样将来出苗会咋样？人家说是我种的地，还不得指着鼻子骂我？你呀你！都怪我孬种，架不住队长的两句好话，要了你这么一个浑球儿！"钟草根回头看着自己点的种，也确实不像个样子。他二话没说，赶紧跑到打磙子的人跟前，把点葫芦头交给她说："我打磙子吧。"打磙子人嗔了他一眼，把驴缰绳交给他，背上点葫芦头走了，钟草根牵上驴打磙子。

打磙子牵着驴以小跑的速度往前跑，才能跟上履粪的，并且要控制好毛驴，让驴顺着垄沟走直线，让磙子恰好压在种过的地上。钟草根牵上毛驴"得、得"地喊了两声，毛驴不动。履粪的人走过去告诉他，你吆喝毛驴像背书，应该这样喊："得儿，得儿。"

钟草根学着履粪人，"得儿、得儿"地喊了两声，毛驴还是不走，于是上前拉驴。驴好像专门跟他作对似的，拉也不走。他咬牙切齿地大叫："你这个臭驴，看人下菜碟是不？别人咋吆喝你咋是，却跟我作对，我打你！"他说着伸手打毛驴，并且踢了毛驴一脚。毛驴也不是好惹的，蹬了他一蹄子，把他蹬趴在地上，拉着磙子朝一边跑了。履粪的人看他那个样子哈哈大笑起来，笑得捂住肚子蹲在了地上，其他人也跟着笑。顾大把式回头一看，知道了咋回事，指着那个履粪的人喊："你笑啥？刺挠了想挨揍吧？你打磙子，让大耳朵履粪，快点儿！"钟草根改成履粪。履粪就是用一个大撮子，从十几米远的粪堆上撮上粪提回来均匀地撒在垄沟里，没啥技术，但是必须跑着干才能跟上趟子。钟草根跑得慢，影响了后面耙地，不时地挨骂。钟草根干了一上午，累得两条腿像灌了铅似的，回家几乎走不动。他勉强支撑到家里，进屋迫不及待地躺倒在炕上，心里一酸，望着房顶抽泣起来，连饭都不想吃。金茹进屋见他浑身是土，脸色酱黄，一脸的汗珠子，眼角挂着泪，摇摇头说："你干不了就别干了，搞坏了身子不值得。"钟草根抹把泪叹口气说："想我医科大学毕业，不让我当医生也就罢了，还让我下放当农民。当农民太苦了，汗珠子掉地摔八瓣才挣一口饭，受的罪都没法子说啊！"钟草根吃完饭还想干活，正要出门，崔队长来了，进屋跟金茹打了个招呼，看着钟草根说："顾大把式找我了，说你不中。我已经另派人顶替了你，你先歇两天吧，等缓过劲来去干大队工。"

"大队工是咋回事？"金茹问。

"就是大队摊派的工。"崔队长看着金茹，"大队通知，从各生产队抽人加固水库大坝，活儿不累并且记满分，这是照顾他……"钟草根去干大队工，干完回来，歇了十几天，地里的玉米和高粱长出了四片叶子，该锄了。他觉得家里的自留地是他锄的，锄地没啥技术，应该去，于是扛上锄头，随着大伙一起下了地。这一天是锄玉米，几十个人一字排开，从打头的人往下找好垄，开始下锄。大锄入土发出"酷、酷"的响声，随着响声的加快，后面很快呈现一大片翻开土的庄稼地。

锄地的打头人是崔队长，第一个到头，其他人跟他相差无几。只有钟草根，连地的中间都还没到。人们看着他笑，崔队长喊两个人帮他，把他接到了地头。他到了地头不好意思地笑了笑，"你们锄得太快了，从来没见过你们这么快的。""不是我们快，是你慢。"一个社员学着钟草根锄地，"这么一扭，那么一扭，老远看着不带劲儿。""错了吗？"钟草根放下锄头做起锄地动作，"书上讲左脚在前，右脚在后，前腿弓，后腿松，不这样锄地怎么锄？”“哈哈哈。”人们看着他大笑起来。崔队长说：“你换步子有问题，应该这样——”他一招一式地教钟草根，“要用丁字步倒脚。头一锄搭沟儿，用锄左膀尖在地上划一下，有草除草，没有草往垄背上培一下土。第二锄身子往前探，锄往前伸，右脚抬起，身子往后坐，拉锄，把锄拉至左脚前端，随培土迈开右脚，踏进刚端走土的锄窝里。接下来是左脚在前丁字步，迈左脚的同时，向左前方扔锄，锄的左膀着地入土后再搭沟。锄板一定要放平，使的劲儿要均匀，掌握好分寸。锄搂得不能太浅也不能太深，浅了打漂，深了伤庄稼。锄板离庄稼不能太远，也不能太近，远了会漏掉杂草，近了容易伤苗。锄地看似简单，其实学问多了。你锄法不对，不仅锄不好地，而且累死人。”钟草根按着崔队长教他的方法耪地，不仅速度不快，反而更慢了，只好还用自己的老办法。钟草根每次都落在后面，需要别人帮助，影响了进度。崔队长觉得这样不行，于是想了一个办法，数出一些垄让他单独锄，啥时候锄完啥时候回家。钟草根觉得这样好，就按着划的自己的垄干了起来。日渐中午天气越来越热，他脱掉上衣光着膀子，仍然汗流浃背。最可气的是苍蝇和蠓虫嗡嗡地叫着，不时地落到他的脸上或身上，赶走了又飞过来，非常讨厌。中午时分，锄地的人干完活回家了，他还有好几根垄没锄完。夏天锄地很辛苦，顶着毒辣的日头，不但接受阳光的炙烤，还要不停地挥动手臂扔出锄头，拉回锄头，周而复始地重复劳作。《悯农》这首小诗连孩子都会背，但是不在烈日下劳作，很难体会“粒粒皆辛苦”到底是什么滋味。时间过了中午，钟草根感觉锄头越来越重，前腿难弓，后腿难松，甚至有点踉跄。最难忍受的是口渴，渴得他嗓子直冒烟，想咽口唾沫都咽不成，头上的汗流进眼里，又辣又涩。他担心中暑，但是又不甘心完不成上午的任务。他朝四外看了看，心想如果有人帮一把就好了，但是一个人都看不到。他叹了口气，在心里说：“没办法了，只能靠自己。”

他锄到下午两点多才锄完，回到家里已经四点多了，进屋见金茹不在，先到水缸舀了一大瓢凉水，“咕咚、咕咚”灌进了肚子里，然后揭开锅，见是大棒子米饭、熬土豆，满满地盛了一大碗饭，并盛上菜吃了起来，一连吃了 3 大碗，吃完了仰到炕上就睡。

钟草根整个夏锄都没有去队里干活，队长也没找他。这样一直到了秋收季节，他见社员们都起早贪黑地抢收，自己坐在家里不合适，就去找崔队长要活。崔队长看见钟草根来了很高兴，“你干吧，眼下急着抢收，多一个人就多一份力量。割地不像干别的活，你跟不上可以少割。”第二天公鸡一打鸣，钟草根吃了点饭，拿上镰刀和磨石，并带上中午吃的干粮和一壶水去了地里。

那天是割谷子，每人两条垄一起往前推。钟草根知道自己跟不上，主动提出割一条垄，挣半个工。

天有点黑了，大家只顾割地，谁都不说话。随着“嚓嚓”的响声，一排又一排的庄稼倒下了。当东方露出鱼肚白的时候，一大片庄稼地已经割完了。钟草根割一条垄，勉强能跟上大伙。队长在后面检查，见他割的茬子高，走过去教他，“镰刀要压低，手抓住谷杆用力往后拉刀，贴住地皮一镰勾下去，会倒下一片，这样不但割得快，而且茬子低。”谷子割下来要打捆，钟草根捆得又松又不好看。队长教他首先抻紧腰子，用腿压住再捆。他试了一下，捆紧了，比原来的好看，心里很高兴。割了两个多小时，中间休息，大家在地头坐了下来，掏出磨石磨镰刀。钟草根也像别人一样磨刀，磨完了从地上拔起一把草，擦了一下刀上的水锈。见别人抽烟，他也从兜里掏出烟口袋和纸条，卷烟抽。上午歇了两气儿，每次二十几分钟，中午休息的时候吃饭，大家都把自己带的食物毫无保留地摊开来，除了玉米面饼子就是高粱面饼，菜都是咸菜疙瘩，喝的水全是凉水，但盛水的家什有区别，多数人用的是猪尿泡，就是杀猪后取出猪的猪脬，放在干土面里揉掉油脂，装入玉米粒撑大，风干后装水。个别也有用葫芦装水的，唯独钟草根用的是军用水壶，被社员们称为“工业现代化”。

谷子十几天割完了，接着割高粱，每人骑着8根垄往前走，并且自己打捆。高粱秆子长，容易倒伏。钟草根过去没割过，割4根垄挣半个工都感觉吃力，只能紧着割、割、割，奋力地追赶别人。割完了高粱割黄豆，割黄豆要难一些，豆棵矮，需要哈大腰，主要是豆荚硬，扎手。钟草根才割了半天，手上就划出好几个口子。崔队长说他：“你不是有手套吗？戴上手套就不割手了。”钟草根见崔队长没戴手套，手上也没口子，问他有啥诀窍。崔队长笑起来，“啥诀窍？天天干都练出来了，我这双手比豆荚还硬！”割完了黄豆割苞米。割苞米不打捆，但要抱到一起，放成一铺一铺的。中午歇息的时候，队长让社员把不太成熟的苞米棒子掰下来，捡些柴火烧了吃，每个人的嘴巴吃得黑黑的，互相看着笑。苞米是最后割的，割完了席地坐在玉米铺的旁边劈苞米，把苞米从苞米杆子上劈下来堆到一起，等着拉回场院。这个活男女一起干，聚在苞米铺前沐浴着阳光，彼此说说笑笑，或者一边干一边聊天，钟草根觉得心情很舒畅。

第十八章 真才实学

钟草根下放两年多没给任何人治病，也没离开过村里。

1965年9月，钟草根接到齐晓康来信，说他岳父有病，求他来旗里，看能不能用中医的办法给治疗一下。钟草根不想去，金茹说："去吧，钟声来信说吃不饱，顺便给他送炒面，捎带着看病，起码有个吃住的地方。""那就去吧。"钟草根让金茹给儿子准备炒面。

两天后，钟草根背上炒面口袋去了红乌苏村。新修的国道经过红乌苏，通了班车。钟草根下午5点多来到旗里，先给钟声送去炒面，然后去了齐晓康家里。齐晓康见到钟草根很高兴，问他："还没吃饭吧？"钟草根点点头。齐晓康让爱人做饭，自己坐下来陪钟草根说话。"下放以后怎么样？"齐晓康问钟草根，"不赖！"钟草根说，"自己盖了房，盖上房的第二年，燕子就飞进屋里，在屋顶上做窝，生了小燕子。还有我西边的小菜园，菜长得特别好，豆角结得一嘟噜、一嘟噜的；豌豆花一串一串的，开得非常茂盛；黄瓜可脆了，摘下来用井水冲一冲就能吃，特新鲜；这两年生产队也好了，连年丰收。农村孕育着无限的生机。""不赖！"齐晓康说，"当农民的最大好处就是心静。我爱人她爸原来在物资局当领导，可操心了，退休后心想轻松了，却得了病。""病人呢？我看一看。"钟草根问，"明天看吧。"

齐晓康爱人进屋说，“我爸说晚上看病不吉利，明天上午过来。”钟草根点点头，看着齐晓康，“你有白头发了。”“四十多了，有白发很正常。”齐晓康说，“不正常。”钟草根摇摇头，“你今年43吧？这个年龄就长白头发是早衰，开个方子吧。”于是开方：当归1两，白芍3钱，生地3钱，麦冬3钱，熟地1两，万年青3分，枸杞子2钱，旱莲草1钱，花椒3分，天冬3钱；3服，加工成面，每服2钱，日服2次。钟草根把方子递给齐晓康说：“这个方子大多是补血之品，能上走于面，服用后可控制白发生长，使容颜润泽。”第二天上午，齐晓康爱人把她父亲领过来，让钟草根看病。

看完病后，齐晓康爱人掏出15块钱给钟草根，钟草根不收，齐晓康说：“收下吧，你过去有工资就算了，现在来回坐班车，算是给你的路费。”钟草根不再推辞，收下钱告诉齐晓康：“我来旗里不方便，把方子抄下来，吃完后按着原方继续吃，把治疗效果写信告诉我。”

钟草根渐渐熟悉了农活，干起来不像刚开始那样累了。1965年中秋节，钟草根下午从地里干活回来，进家见金茹和孩子们不在，掀开锅见给他留着饺子，哈哈一笑说：“吃饺子不喝酒，等于喂狗！”他放好桌子端上饺子，拿来酒瓶子倒上酒，边吃边喝。他正吃得高兴，忽听外屋门“哐当”响了一声，紧接着崔队长冲进屋里，眼睛瞪得圆圆的，大声喊叫：“你还喝酒！知道不？你那个臭老娘们把我的孙子看死了，我就这么一个孙子，你们负什么责任？”“咋回事啊？”钟草根愣了一下。正在这时，金茹慌慌张张地跑进屋，急促地说：“你快去吧，他孙子没气了，说是我看死的，跟我急了眼，咋办啊？”钟草根见金茹头发炸着，脸色刷白，六神无主，知道真的出了事，二话没说下地就往外跑。钟草根跑到崔队长家里，见他儿媳妇正搂着孩子惊恐地大哭。其他人有的哭，有的骂金茹。

“让我看看！”钟草根让把孩子平放在炕上，见孩子颜面脱色，目陷腮收，已经停止了呼吸。钟草根翻了一下孩子的眼皮，并摸了脉。正在这时，崔队长急匆匆地走进屋，用力推了钟草根一把，“你给我远点，小心我揍你！”“你让他看吧！”金茹随后进来，哆哆嗦嗦地说：“他是大夫，是比我还大、还大的好大夫。我治不了的病，只有他能治。”

钟草根摸脉，一上手就知道了咋回事，大声地说：“你们瞎说啥呀，孩子活得好好的，怎么说死了呢？”他招呼金茹，“马上取艾柱，用无瘢痕灸法，灸命关！”

金茹知道命关穴的位置，在左乳下 1 寸 6 分，旁开 2 寸处，连忙上前脱掉孩子的上衣，取出艾柱施灸。钟草根看着金茹说：“孩子已经病了半年多了，大多时间躺在炕上喘不上气来。他这个病是长期拉肚子没及时治疗引起的，脾、肺、肝、肾都极度虚弱，随时都有死的可能，靠扎针治不了。”“哎呀，你真是大夫？”崔队长老伴儿看着钟草根，“你可说对了，我孙子老是拉肚子，拉得走不了路，躺在炕上半年多了，你快给看看吧。”

金茹正灸着，孩子醒了，睁开眼睛哼哼两声，喷出一口腥冷之气，屋里人都惊叫起来。崔队长看着钟草根，问：“你真是大夫？我咋就一直没看出来呢？”

“嘿嘿。”钟草根笑了一下，让崔队长找纸笔，说给孩子开药方，并让崔队长老伴儿沏一碗红糖水，给孩子喝下去。崔队长找来纸笔，钟草根开好药方递给他，说：“这服药是人参 5 钱，白薇 1 钱，茯苓 3 钱，白术 5 钱，半夏 2 钱；3 服，水煎服。这些药公社卫生所都有，要赶紧抓，吃完药，孩子就没事了。”金茹灸完命关，钟草根让她接着灸关元穴。灸完了，孩子抡着手喊妈妈，并坐了起来。孩子母亲答应一声，端着红糖水走进屋，泪水涟涟地看着钟草根，“孩子头一次自己坐起来，我可咋谢你呀？”“没什么。”钟草根让金茹停止施灸，让崔队长老伴儿给孩子喂红糖水，孩子自己接过碗喝了起来。崔队长盯着钟草根问：“我就不明白，你这么大的本事，咋就一直不露呢？”

钟草根没吱声。金茹看着崔队长，“他是中国医科大学毕业的高级大夫，小来小去的病他看不上眼，归我治。他只治要死的病，治医院治不了的病，啥病他都能治。”

“医院治不了的病，你也能治？”崔队长老伴儿惊讶地看着钟草根。

“你别听她瞎说！”钟草根瞟了金茹一眼，对崔队长老伴儿说，“我没那么大本事。”

钟草根和金茹回到家里，一进门就冲她发脾气，“你咋搞的？得亏我在家救了过来，如果我不在家，死了人，你咋交代？”金茹噘着嘴背对着丈夫，“他老婆找我，我就去了，摸孩子的脉搏非常弱，见他小肩膀一耸一耸的，眼看着要死，没顾上多想就赶紧扎针，没想到……”“唉！”钟草根叹口气摇摇头，“你记住，今后再遇到过度虚弱的病人不准扎针，要灸，首选命关，因为这个穴能接脾脏真气。病人只要还有丝毫的真气，灸这个穴位最起码保证不死。”崔队长孙子吃了钟草根开的药，果然病好了，能出去玩耍了。崔队长提着二升小米来家里谢钟草根，“我是来道歉的，那天误会了你们两口子，还骂了你，对不起！”“没啥。”钟草根招呼崔队长坐，让金茹沏茶水。

大家坐下说话，金茹端来茶水，给他们倒上。崔队长看了金茹一眼，说：“你说钟草根是医科大毕业，很多人都说你扯犊子。”

“谁烂舌头哇，啊？”金茹生气地问，从箱子里翻出钟草根的大学毕业证、转业证，以及执业医师执业证、执业医师资格证，“你好好看看，这都是他自己凭借真才实学获得的证书，国家发的，盖着国家的大红章子，谁敢说不是真的？”崔队长翻着看了看，“啧啧，真的哎！真正有本事的人不用，让下庄稼地，这上头是咋回事啊？”“怪他自己！”金茹说了钟草根在大会上发言说错话的事，“如果他照着稿子念别瞎说话，就没这些事了。”“过去的事说有啥用！”　金茹见钟草根会治病的事瞒不住了，索性把自己治不好的病人全推给了他。钟草根仍然不收钱，但是家庭收入却增加了，原因是丈夫开的药大多是自家有的，靠卖药挣了钱。

大队的王大队长心区疼痛、气短、心悸，每当发作时，像有一股气堵在咽喉，憋一身冷汗，曾经找过金茹。金茹觉得自己治不好，家里又没有合适的药，就推了。后来有一天，王大队长突然恶心出冷汗，接着昏了过去，去旗医院检查确诊为冠心病、心肌梗死。王大队长住了半个多月的院，回来后仍然时有发作。金茹想让钟草根给他治疗，就去他家串门，问王大队长：“听说你住院了，治得咋样？”“白花钱！”王大队长哭丧着脸，“住院二十来天，整得我着急得不得了，还没治好。”“现在咋治呢？”金茹问，“用偏方。”王大队长的爱人叫菊花，菊花说：“人家给了个偏方，说是清朝康熙年间的，喝糖醋。”“喝糖醋？哈哈哈。”金茹笑起来，“糖醋倒是好喝。”“好喝不治病。”“我治不了你的病，但我可以给你找人。”金茹说，“明天你去我家吧，见见我给你找的大夫。”

王大队长第二天去了钟草根家，见钟草根和金茹在，打了个招呼，问：“大夫在哪儿？”金茹朝钟草根努努嘴：“他。”“他会治病？”王大队长看着钟草根，用力摇摇头。金茹招呼王大队长炕上坐，说：“让他给你摸摸脉吧，看咋治。”王大队长上了炕，疑惑地把手伸出去，让钟草根摸脉。钟草根摸过脉，又看了他的舌头，说：“你这病能治好，开个方子吧！”“你能治好？嘿嘿。”王大队长冷笑了一声。

钟草根找出纸笔开方：茯苓 6 钱，牡蛎 6 钱，龙骨 4 钱，桂枝（去皮）3 钱，白术 2 钱，炙甘草 2 钱；5 服，水煎服。他把开好的方子递给王大队长，“你的病是脉弦时结，心阳受阻导致血脉不利，引起了气逆心悸，心区疼痛，治疗办法是温阳降冲。先吃药吧，吃完这 5 服接着找我。”

王大队长没说什么，拿起方子回家，到了家里老是笑，菊花问他："你笑啥？"

"让金大夫把我逗了。"王大队长顿了一下，"你猜，金大夫给我找的大夫是谁？是她男人！他男人加固水库大坝的时候我见过，就他还会治病？傻瓜蛋才相信。""他给你看病，说什么了没有？"菊花问，"我没记住。"王大队长说，"对了，他给我开了个方子。"他说着从兜里掏出方子扔到炕上，菊花拿起方子看了一眼说："这个方子是金大夫开的。"王大队长说："我亲眼看见她男人开的。"

"我是这样想的。"菊花沉思了一下，"女人都希望自己的男人好，金大夫也一样。她想把她的男人扶起来，于是教他治病，并且让他出头露面给人看病，其实背后是金大夫给他撑腰。""有这种可能。"王大队长点点头，"以前金大夫给我摸脉，说是什么'脉弦时结'，他男人也说这种话，要不是背后商量好了，咋会说到一块呢？""这就对了。"菊花把药方递给男人，"我敢肯定，这个方子是金大夫提前写好，让她男人背下来，照着葫芦画瓢默写的。既然方子是金大夫开的，你就照方抓药吧。"

王大队长按着钟草根开的方子吃了5服药，气逆转平，心神得安，心悸和心区疼痛有所减轻，于是第二次上门求方。钟草根第二次给王大队长摸完脉，说："通过温阳降冲，脉弦时结和水寒上逆已经得到了控制，但是仍然有畏寒肢冷的阳虚症状，需要进一步扶阳驱水，接着吃药吧。"钟草根第二次开方，在第一方的基础上减去龙骨、牡蛎，另加附子（炮，去皮）4钱、白芍4钱、生姜（切）3钱；5服，水煎服。王大队长吃了钟草根第二次开的药手足转温，已经不再恶寒了，心悸气短也有了很大改观，于是第三次登门求方。王大队长是晚饭后去的钟草根家，进门听见东屋有说话的声音，就进了东屋，见金茹正跟一男一女坐在炕上说话。金茹见王大队长来了，连忙下地，问："你是来开药方的吧？"王大队长点点头，金茹说："去西屋吧，他在西屋睡觉。”说着领王大队长去了西屋。王大队长走进西屋，见孩子们趴在油灯前写作业，钟草根四仰八叉地躺在炕上打呼噜。金茹上前推他，“起来，来人啦！”钟草根坐起来，见是王大队长，不好意思地笑了笑说：“这几天一直铡草，活累，一进屋就想睡觉。”“下放干部干这么重的活，真委屈你了。”王大队长说，“当农民的都这样，没办法。”钟草根给王大队长摸了脉，说：“还有一点心悸，接着吃药吧。”钟草根让金茹找纸笔，金茹找来纸笔对王大队长说：“我找我当家的有点急事，你要是不忙，稍等一会怎么样？”王大队长点点头。金茹给钟草根使了个眼色，钟草根下炕去了东屋，过了好一会才回来，给王大队长开方：茯苓 4 钱，桂枝（去皮）3 钱，白术 2 钱，肉桂 2 钱，党参 6 钱，五味子 4 钱，炙甘草 2 钱；6 服，水煎服。钟草根把开好的药方递给王大队长，“这个方子主要是复心阳、补心肺之气，吃完这 6 服，你的病就全好了。”“真的？哈哈，谢谢你啦。”王大队长拿着药方走了出去。王大队长回到家里跟菊花说：“我彻底搞清楚了，钟草根开的方子的确是他老婆教的。”王大队长又吃了 6 服药，病全好了，两口子提上 10 斤鱼，去钟草根家里道谢，恰好钟草根不在家，金茹在。王大队长把装鱼的筐朝金茹一晃，说：“把洗衣大盆拿来装点水，鱼还活着呢。”“哎呀，这么多？留你们吃算了。”金茹说，“我们家也有。”菊花说，“我哥是管水库的，吃鱼方便。”金茹拿来洗衣大盆，把鱼倒进去，招呼两口子进屋说话。

“怎么样？”金茹问王大队长，“病好利索了吗？”

“全好了，谢谢你啊。”王大队长说，“你真有本事。不瞒你说，我爹就是得这个病死的，才活了 52 岁。还以为我也不中了呢，没想到让你给治好了。”

“我可没那个本事。”金茹说，“你是大队领导，我要是有本事，第一次你找我，不就给你治吗？还能让你去医院？”

“啧，你的话有道理。”王大队长眨了一下眼，“你这样说我倒糊涂了，我一直以为方子是你开的，钟草根照着抄了一遍。”

“你胡说啥呀，我根本不会开那玩意儿。”金茹说，“我能治一般的病，大病治不了。打个比方吧，老钟是关公耍大刀，我只能耍二股叉，大病找老钟一治就好，我一治就砸锅。”

“真的？”菊花朝丈夫努努嘴，“他说找你开药方，亲眼见你把老钟叫去了东屋，并且亲耳听见你跟他说如何治病。”“呵呵，你弄错了！”金茹看着王大队长笑起来，“你不是见东屋有两个人嘛，是两口子，结婚多年怀不上孩子，来找我。我给那个女人检查，发现与她无关，因为我不方便给男人检查，只好叫老钟过去。老钟给男人检查完了，的确是她男人的问题，就开了个方子。我叫老钟过去是告诉他，我咋给那个女人检查的。”“呵呵，这么说我听错啦？”王大队长假笑了一声，“可我还是不明白，老钟看病是跟谁学的呢？”“我要是说出来，肯定吓你一跳！”金茹把钟草根的医科大毕业证和转业证找出来让王大队长看，“他的老师是承德知名的老中医蒋一丹，还有医科大的傅大为教授和日本的大岛教授。好多呢，听他说过，我没记住。”王大队长看了一下两个证，递给菊花，“哎呀，真把我吓一大跳！我高中毕业没当上干部都觉着憋屈了，没想到还有大学毕业生下庄稼地的。”菊花看完两个证递给金茹，“我不理解，他有文凭又有本事，为啥不治病呢？”“他施展不开！”金茹说，“附近这几个村能有几个病人？还不够我扎古的，再说他也嫌丢人！” 金茹说了钟草根下放的经过，说着说着掉了泪，“我都不敢提这件事，提起来就伤心。”“他这是蛟龙潜于鱼虾之间。”王大队长说，“这么有本事的人居然耙垄沟，换了谁都会闹心。”正说着话，钟草根回来了，进屋看见两个孩子正蹲在洗衣大盆跟前玩鱼，哈哈大笑起来：“哪来这么多鱼？炖两条，我要喝酒！”金茹闻声从里屋走出来说：“是王大队长送的。”王大队长和菊花也从屋里走出来，王大队长看着钟草根，“干啥活呢，累够呛吧？”“铡草。”钟草根说，“铡够数量才能回来。”他顿了顿，“送这么多鱼，说明你的病好了。”“别铡了，累得孙子似的！”王大队长说，“我决定了，派你去干大队工 1 个月，维护水库大坝，我这就去跟崔队长说。”

当天晚上写工分，崔队长通知钟草根去干大队工，明天上午去大队找王大队长报到。

第二天上午，王大队长领着钟草根去了红乌苏，进村先去水库大坝上交代工作说：“没啥干的，就是每天扛着铁锹到大坝上来回走一遭，防止社员从坝底下取土，损坏大坝。”

王大队长交代完工作，领着钟草根去了菊花的大哥家里。她大哥叫卢贵，是水库主任，进了卢贵家的院子，王大队长喊了一声：“来人啦！”喊声刚落，从屋里走出来一男二女，都拿着烟袋。其中男的看见钟草根惊奇地喊起来：“哎呀呀，是你！”钟草根看着那个男人似曾相识，但想不起来在哪见过。王大队长指着那个男人向钟草根介绍：“卢贵，我大舅子。”接着介绍那两个女人，一个是他岳母，一个是他大舅子媳妇。卢贵盯着钟草根，“我认识你，你是金大夫男人。你忘了吗？有一年我赶着毛驴车，拉着我爹找你媳妇治病，你给我开了一个药方一个字都没写，打了张白条。我常说，你不是一般的大夫，能断生死。”钟草根笑了笑，跟着卢贵家人进了屋。

钟草根迈进屋门槛，“哎呀”了一声，“你们咋抽这么多烟啊，呛嗓子！”他顿了一下，“跟你们说啊，过量抽烟能导致约 85% 的肺癌死亡，80% 的喉、咽、口腔和唇癌死亡，75% 的食道癌死亡，几乎一半男人得膀胱癌的都跟抽烟有关，过量抽烟对血管伤害非常大。”“闲着没事，不抽几口就受不了。”卢贵说。

“别抽啦！”卢贵媳妇把烟袋朝炕沿使劲敲了敲，扔到炕里头看着卢贵，“你要是有个三长两短的，一大家子人咋办？从今天开始，我带头不抽烟！”“不抽就对了。”钟草根摸着一个孩子的头说：“大人抽烟，孩子被动吸烟，对孩子也不利。”

“不抽啦！”卢贵把手里的烟袋杆“啪”地撅断扔到地下，踢到一边，对其他人说：“我不抽了，你们谁都别抽！”

钟草根住在卢贵家里，红乌苏的人知道了，都来找他治病。第三生产队保管员的弟弟二篓子，有一段时间皮肤发痒，痒得睡不着觉，用手搔，搔下来许多小虫一样的东西。刘黄芪给他开了十几服药，吃了没效果，去公社卫生所和旗医院也没治好，于是来找钟草根。钟草根摸完脉说：“脉弦缓，舌苔白，是酒食侵淫，导致了肺失治节，肝木郁而生虫。你这个病与喝大酒有关系，不戒酒，治不好病。”二篓子表示戒酒，钟草根给他开方：黄芪 5 钱，人参 5 钱，白术 4 钱，炙甘草 5 钱，当归 4 钱，陈皮 2 钱，升麻 2 钱，柴胡 8 钱，白芍 3 钱，蒺藜 3 钱，杉枝 3 钱，桑枝 3 钱，枳椇子 3 钱，生姜 9 片，大枣 6 枚；9 服，水煎服。

二篓子跟刘黄芪有亲戚关系，且两家挨着住。他把钟草根开的药方拿给刘黄芪看，刘黄芪“哎呀”一声：“这个方子打头是黄芪，跟我大大爷开的方子太像了，说明他跟我大大爷，也是跟我吧，一脉相承！一脉相承，来到了我的地盘理应先拜访我，他为啥没来呢？”“他看不起你！”二篓子说，“他是大队的王大队长领过来的，尾巴根子比你硬，你应该先拜访他。”“也对。”刘黄芪点点头，“我先拜访他吧。”刘黄芪打听到钟草根住在卢贵家，就去卢贵家里找他，听说钟草根去了大坝，又去大坝找。此时钟草根正在大坝底下铲土填坑，刘黄芪早就看见他了，但是不知道他就是钟草根。在刘黄芪看来，钟草根既然是大夫，应该穿着得体，端着架子站在大坝顶上看风景，不可能干这种粗活。刘黄芪继续朝前走并四下打量，走到大坝的尽头也没找见钟草根，只好往回走。他折回来看见钟草根还在那里干活，心想跟他打听一下吧，就站在坝顶问：“你是哪个营子的？”“大甸子。”钟草根看了他一眼说，“干什么呢？”刘黄芪接着问，“维护大坝。”

钟草根回答，“我是干大队工的。”“跟你打听一个人。”刘黄芪顿了一下，“大甸子有个姓钟的大夫，你认识吗？”“我姓钟，但不是大夫。”钟草根问：“你找我有事吗？”姓钟，就是他了，他咋不承认自己是大夫呢？刘黄芪想了一下接着问：“你给我们村的二篓子看过病吗？”“开过方子。”钟草根说，“哈哈哈。”刘黄芪看着钟草根笑得前仰后合，心想就他这个样子，居然是大夫，可能连自己都不如。他下了大坝，朝钟草根走去，边走边问：“旗里有个刘半升，是全中国鼎鼎有名的刘大夫，你认识吗？”“不认识。”钟草根看了他一眼，“没听说中国有个鼎鼎有名的刘半升，可能我孤陋寡闻，没机会跟他接触。”“那你认识王清任吗？”刘黄芪补充一句，“是清朝有名的大夫。”“哈哈哈。”钟草根笑起来，“清朝都过去几百年了，我咋能认识他呢？但我看过他写的《医林改错》。他治病的特点是以益气活血化瘀为主，重用黄芪以升陷。遗憾的是后人只学他的皮毛，大量用黄芪，却不究内里。黄芪毕竟是药，用对了治病，用不当伤人。”“我跟你说，”刘黄芪顿了一下，“刘半升是我大大爷，他的师父是王清任。我是我大大爷的徒弟，王清任自然是我的祖师爷。”“哈哈哈，是你呀。”钟草根猜到眼前这个人了，“你是刘大夫吧？”“你能认出我，还中。”刘黄芪抱着胳膊看着钟草根，“我觉得你给二篓子开的那个药方，黄芪少了点，应该用到5两以上，你说对不？”“谢谢你的指教。”钟草根说，“我学医不深，开方子难免有纰漏，但是我觉得黄芪用5钱是合适的。我讲一下道理啊，咱们探讨。中医治病无非是汗、吐、下、和、温、清、补、消这八种办法，如果表证兼里证，应该先解表后治里；如果表里俱急、内外壅实，要表里双解，汗下并用；如果上热下寒，或上寒下热，单以温法或清法就不行了，应当温清合用。有时消补并用，有时攻补兼施，有时汗补并用，有时和下兼施，不能拘泥于一法，应该随证施药，你说对不对？”刘黄芪没学过医理，不懂钟草根说的话是啥意思，只能“啊哦、啊哦”地连连应声。钟草根接着说：“黄芪甘，微温，破症癖，补虚损，是好药，但有的病人是不能用的。比如阴虚患者，用了会助热、伤阴动血；热毒炽盛患者用了会滞邪；长期服用黄芪会升高血压等。二篓子脉弦缓，你觉得大量用黄芪合适吗？”刘黄芪不会摸脉，不知道该咋回答，换了个话题：“有一种病，胸脯子像胀破一样难受，只能用拳头捶打才管用，你认为是啥病？”“不知道。”钟草根回答，“你能治吗？”刘黄芪问，“要见了病人才能讲。”钟草根回答，“病人是我的外甥。”刘黄芪说，“跟二篓子是好朋友，他俩经常一起去河沟子里抓鱼。他得的病很奇怪，胸脯子憋，用拳头重重捶打就不憋了。去公社卫生所瞧过，卫生所治不了让去旗医院。去了旗医院，左检查右检查都未见异常，没法子治，让住院观察，没住，回来了。我就奇怪了，他得的到底是啥病呢？”“你是咋治的？”钟草根问，“用我大大爷的方子，吃了不管乎。”刘黄芪说，“后来我自己琢磨了几个方子，吃了也不管乎。你帮我看一下，是不是少点啥东西？”他掏出来方子让钟草根看，钟草根接过方子看了一眼，摇摇头：“如果我没说错的话，你大爷并没有教你开方子。”“你是咋知道的？”刘黄芪问，钟草根说：“药有君臣佐使，有酸咸甘苦辛五味，有寒热温凉四气，要相宜摄合，相须相使。你这个方子有黄芪、麻黄、生地、小蓟等6味热药，并有5味凉药，却没有用甘草，到底是治寒还是治热，想治啥病？中医开方非常慎重，即便你有好心，开错了方子把病人治坏了，你也要遭报应。”“我是大老粗，我大大爷不教我开方子。”刘黄芪说了实话，“这样吧，我带你去我外甥家，给他扎古扎古咋样？”钟草根答应下来，跟着刘黄芪去了患者家，进门看见一个人躺在炕上，另一个人正攥着双拳，用力捶打他的胸。捶打的人见家里来人停了下来，躺着的人大声呼喊：“快，快打呀，不中啦！”捶打的人只好接着打。患者父亲告诉钟草根，被捶打的人是自己的二儿子，19岁，叫傻胖儿，自从得了病，一天一宿捶打十多次，每次一小时，不打就受不了。钟草根看着傻胖儿说："你这样不行，稍不注意就会伤到内脏，我给你治一治吧。"钟草根摸他的脉，弦滑，看舌苔，发白，说他是湿热素盛，问饮食情况，他父亲说："贼能吃！"钟草根想了想，让傻胖儿父亲去找一捧萝卜籽。傻胖儿家里就有萝卜籽，他爹当即端来半瓦盆。钟草根从中捧了一捧，让患者父亲捣碎，并烧一壶开水。萝卜籽捣碎之后，钟草根让把碎萝卜籽倒在盆里，用滚开的水沏一下，沏完倒在碗里，稍凉之后，让傻胖儿坐起来，喝下去。钟草根见傻胖儿喝完了，让把洗脸盆拿过来。不一会儿，傻胖儿说要吐，钟草根让他往洗脸盆里吐。傻胖儿吐得很厉害，吐的东西里有很多像黑虱子一样的小虫，蠕蠕而动。钟草根让他家人过来看，都觉得奇怪。

傻胖儿吐了满满一脸盆，吐完了擦擦嘴说："爹、娘，我好了！"

"好了？"屋里人都瞪大眼睛，看着傻胖儿。

"你们放心吧，他真的好了。"钟草根说。

"哎呀，你这——"傻胖儿他爹看着钟草根，激动得发抖，"我跟你说，为治孩子的病，把家里的钱全花光了，还拉了好几十块饥荒。你进屋不到一袋烟工夫就给治好了，是咋回事呢？"

刘黄芪也追问："你这样治，道理在哪儿呢？"

"道理很简单。"钟草根解释说，"其实他的病跟二篓子一样，都是酒食侵淫。所不同的是，他的病在胸膈胃脘之上，用催吐的办法最合适。通过催吐，使病邪从口而出，清理了留于胸膈胃脘的痰积和毒物。吐一下，当然就好了。"

钟草根给傻胖儿重新摸了脉，说不必吃药，嘱咐傻胖以后不准喝酒，鱼也要少吃，说完要走。患者父亲给钱，钟草根说不要，于是装了满满一筐干鱼，说是傻胖儿捞的，硬要给他，钟草根只好收下。二篓子吃了钟草根开的药，也好了。刘黄芪彻底服了，要拜钟草根为师，钟草根哈哈一笑："咱俩以师兄弟相称吧，可以互相学习。"

村里有个叫鲍花的女人得了鼓胀，肚子像扣着一口大锅，找刘黄芪没治好。刘黄芪出主意，让她找钟草根。鲍花丈夫把钟草根请到家里，只见他媳妇肚子鼓得太大了，穿不成衣服，只能盖着被子倚在炕上。钟草根摸完脉问她："得病多长时间了？"鲍花流着泪说："三年多了，不死不活的干受罪。"钟草根问刘黄芪是咋治的，刘黄芪拿出他大大爷的方子。钟草根看了一眼笑了起来："你治错了！你大爷的方子是治水臌的。她既然能吃饭，且能排大小便，肯定不是水臌，而是食臌。"钟草根开了两个方子，第一方：茯苓7两，人参1两，雷丸3钱，白术5钱，苍术1两，厚朴1两，泽泻5钱，附子1钱，甘草3钱；1服，水煎服。第二方：人参1钱，茯苓5钱，薏苡仁1两，山药4钱，陈皮5分，白芥子1钱；1服，水煎服。钟草根告诉鲍花的丈夫，给他妻子服药的方法："第一个方子要在早晨天亮之前，用10碗水熬药，熬成2碗，熬完当即服一碗。稍一会听见肚子咕咕响，马上找来便桶，会拉下很多恶物；拉完，赶紧把拉的东西倒掉，把便桶拿回来，接着喝第二碗药。第二碗药喝下去之后，又大泻大下，估计到黄昏才能止住。掌灯的时候熬点小米粥，要稀一点，喝完粥后，让她自己去院子里溜达。"

"第二服药第二天喝，喝完药病就全好了。要切记：1个月不准吃盐，吃了盐会重犯病，就没法治了。"钟草根开的方子中，自家有的画了圈，没有的让他去公社卫生所买。鲍花的丈夫自己去公社卫生所抓药，打发小舅子去钟草根的家里，当天把药抓了回来，第二天服用。第三天下午，鲍花的丈夫请钟草根去家里吃饭。钟草根一进门，见鲍花正在烧火做饭，她的丈夫吼一声："救命恩人来了，还不赶紧磕头！"钟草根连忙阻止，无奈被她丈夫拦住了，受了鲍花两拜。

第十九章 尽释前嫌

1966年春暖花开，钟草根收拾小菜园，准备种菜。他正干活，进来一个年轻人，说是从红乌苏来的，接他去给他爷爷治病。“你爷爷啥病啊？”钟草根边干活边问，“蛇盘疮。”来人说，“腰上起了一圈红疙瘩，疼得要死。这种病必须抓紧治，如果蛇头连上蛇尾，就没法治了。”“蛇盘疮这个病，西医叫带状疱疹。”钟草根说，“是一种水痘病毒感染后，以潜伏的形式长期存在于脊髓神经或颅神经的神经元细胞中。平时不发病，当免疫系统下降时，病毒就会生长繁殖，从一个或数个神经节沿着相应的周围感觉神经到达皮肤，使受侵犯的神经和皮肤产生激烈的炎症，出现水泡样丘疹，不但痒，而且疼痛剧烈。”

“我听不懂你说的啥意思。”年轻人说，“你快去吧，毛驴车在门口等着。我爷爷老喊着上吊，家里人害怕，白天晚上看着他。”

“行吧。”钟草根走出菜园子，进屋把针灸包和纸笔等装进挎包里，背上走出院子。正要上毛驴车，见金茹提着保健箱回来了，对金茹说：“我正收拾菜园子，你去吧。”

“啥病啊？”金茹问。

“说是蛇盘疮。”钟草根说，“用针灸治疗，取穴大椎、双曲池、双委中、双三阴交，留针15分钟。大椎为督脉经穴，可疏通阳气，泄热解毒；曲池是手阳明大肠经的合穴，善清阳明经肺胃之邪热；三阴交为足三阴经的合穴，有养阴清热、健脾利湿的功能；委中则可清除血分之毒。扎这几个穴位，只要是腰上的病，别管它是不是蛇盘疮，都能很快地止住疼痛。”

“止住疼痛之后，对皮肤常规消毒，用毫针逐个从疱疹基底的下缘水平刺破，用酒精棉球擦净疮液，然后艾灸。如果患者发烧，可点刺双委中放血，不发烧就算了。我开个方子你带上，针灸加吃药，很快就能治好。”

“我去吧。”金茹把保健箱放到毛驴车上，跟着钟草根回去拿药方。钟草根开方：栝楼1两，白芍4钱，延胡索4钱，僵蚕3钱，桑寄生7钱，浙贝4钱，川贝5钱；2服，水煎服。其中4味药家里有，直接带上，没有的3味药需要去公社买。金茹来到患者家，见患者正声嘶力竭地哭喊：“疼死啦，你们让我死了吧，让我死了……”屋里人大眼瞪小眼地看着他。“别喊啦！”金茹说了患者一句，摸一下他的脑门不发烧，看了一眼患处，直接取出银针为他扎针。金茹按着钟草根所说的穴位把针扎上，一提一捻手不离针，过了十几分钟问老爷子还疼不疼，老爷子说：“差了。”金茹加大捻针和提针的力度，运针接近半小时的时候停下来，再次问老爷子还疼不疼。老爷子说：“不疼了。”“不疼就好。” 金茹起了针，拿出药方说：“老钟开的药方，其中4味药我带来了，剩下的3味药去公社卫生所抓。”一个看上去五十多岁的女人接过药方，掏出十块钱交给赶毛驴车的人，让他去抓药。接下来，金茹取出毫针，挑破比较明显的疱疹，施以艾灸。老爷子说：“我这个病犯3次了，都是急的。”“好好过日子，急啥呀？”金茹说，“唉！”那个五十多岁的女人叹口气对金茹说，“家里两个病人，这个是孩子的爷爷，还有我当家的，不死不活的啥都干不了。”“你男人啥病？”金茹问，“上不来气。”那个女人说，“病好几年了，原来用麻黄素顶着，从去年开始顶不住了。我觉着你中，你一起给治治吧。”“等看看病人再说吧。”金茹说。

金茹给老爷子治完病，去西屋看另外一个病人。另外一个病人正抱着棉被，堆在炕旮旯里。金茹让他挪到炕边，为他摸脉并询问病情。病人说：“整宿地咳嗽，上不来气，身上老打哆嗦，特别冷，穿着棉衣盖上被子还暖和不过来。”“以前找大夫看过吗？”金茹问。“去旗里找过中医。”病人的老婆说，“去医院瞧不起，就从街上找了个中医，摸完脉不给开药。金大夫，你说他是不是不中了哇？”“多往好处想吧。”金茹看着他老婆说，“他这个我不敢插手，我家里的那个兴许能治，过两天他收拾完园子，你们接他吧。”金茹在患者家吃过饭休息了一会儿，抓药的人回来了，送金茹回家，临走付了 3 块钱药费，并给了 10 斤黄豆。过了两天，赶毛驴车的人又来了，接钟草根去给他父亲治病。金茹问他爷爷病好了没有，来人说全好了。来人把钟草根接到家里，给患者摸完脉说：“你的肾气太虚，脾气也快绝了。按说是死证，幸而有一缕微气流连于上下之间，勉强支撑你还活着。”“我知道。”患者说，“去旗里找中医，人家都不给开药了。”“没人敢开药。”钟草根说，“你病到这种程度，就跟灶火膛里的火快要灭了一样，仅有一点星星之火，很难引燃，没有经验的大夫不敢给你治。你这个病治起来不能急，要缓，一点一点地把气补上去。开个方子吧。”他开方：人参 1 两，山茱萸 3 钱，熟地 1 两，牛膝 1 钱，麦冬 5 钱，五味子 1 钱，白芥子 3 钱；21 服，水煎服。钟草根把方子递给患者家属，“这 21 服药，吃上几服病估计能减轻，全部吃完了，能出去干活。”患者家属摇摇头，“人都快死了，还能出去干活？”“能。”钟草根说，“这个方子是一派补肾补肺之药，与人参同用。人参上生于肺以助肾之母，直入至阴而生其气。肺肾之气生则脾气亦生，组合起来救绝，肯定能把他的病治好。”钟草根看完病要回家，患者家属让儿子赶上毛驴车送他，钟草根摆摆手说：“算了，离家不远，我自己走着回去，你们赶紧去公社抓药吧。”钟草根离开患者的家，正往前走，迎面碰见卢贵扛着铁锹，正跟一个人说着话走过来。旁边的那个人看着钟草根，说：“我听出来了，你是钟大夫，都说你治病救人可厉害了。”“他叫邱大锄，是一队的队长。”卢贵介绍说，“噢，邱队长啊。”钟草根点点头。他听卢贵老婆说过邱大锄，有5个闺女没儿子。二闺女招了个养老女婿叫费二牛，费二牛每天半夜起来干活，干完了再睡。有人说他勤快，也有人说是病，莫衷一是。“能碰上钟大夫，运气真好。”邱大锄说，“我早就想跟你唠唠，去我家吃晌午饭吧，吃完了再走。”他不由分说，拉上钟草根就走。

钟草根来到邱大锄的家里，进门见院子很大，有正房和厢房。据邱大锄介绍，他们老两口和小闺女住正房，二闺女跟女婿住厢房。邱大锄招呼钟草根进屋，让老伴烧水沏茶，准备午饭。邱大锄和钟草根坐下来说话，渐渐地提到他的女婿。邱大锄说：“人不赖，不言不语就知道干活。不太理想的是夫妻关系冷淡，结婚都5年多了还没孩子，我怀疑跟他夜里干活有关。”“夜里干活是咋回事？”钟草根问，邱大锄说：“半夜起来灯也不点，摸着黑穿上衣服出去外面干活。挑水，收拾院子等，干一气活回来脱衣服再睡。天天都是这样，已经习以为常了。”“正常情况，应该日出而作，日落而息。”钟草根说，邱大锄点点头，“家里人都反对他这样干，但是管不了。他自己从来不承认晚上干活，我觉得他这是病。”“还有这种事，哈哈！”钟草根笑了一下问，“他身体咋样？”“表面上看不出有啥毛病。”邱大锄说，“摸摸脉吧。”钟草根让他把女婿叫过来。邱大锄让老伴去叫女婿，没叫过来，把二闺女叫过来了，看着父亲噘着嘴，“我让他过来看病，他说他没病，说他要是有病，全村人没有一个好的。”“这样吧，”钟草根想了想说，“今天晚上我就住你家，费二牛起来干活的时候叫我一声，我跟着看看。”“中。”邱大锄跟二闺女说好，女婿起来干活的时候，过来敲窗户。钟草根和邱大锄睡一个屋，半夜听见敲窗户，连忙起来到院子里，见费二牛已经挑上水桶出去了，钟草根和邱大锄从后面跟着费二牛。天黑得不见五指，但是费二牛却像长着夜眼一样，从从容容地走到井沿儿，摇辘辘打水，打上水挑回来倒进缸里，放下水桶后出来把门关好，走到院子里拿起二股叉，把地上的草撩到垛上，然后拿起镐头劈柴。虽然是夜间，但是干起活来有板有眼。钟草根走上前去“哎”了一声，见费二牛没反应，用手电照着他的脸，见他闭着眼睛旁若无人。钟草根赶紧按灭手电，捅了邱大锄一把轻声说：“回去吧！”回到屋里，钟草根告诉邱大锄，他这是夜游症，西医的说法叫分离性转换性障碍。病因是由于思虑太过，肝木不得疏泄。肝气被郁，脾气不升，气郁痰结，阻蔽了神明。或者因为肝阴不足，肾气上逆，火扰神明而导致了魂不随神而动的现象。邱大锄没听懂，钟草根进一步解释：“简单说吧，他是在睡梦中干活。这种病属于意识障碍，是睡眠和觉醒现象同时存在的一种意识改变状态。”“能治吗？”邱大锄问，“能。”钟草根说，“我想想办法吧。”

第二天，钟草根让邱大锄老伴把费二牛两口子一起叫过来，费二牛进屋看见钟草根，打了个招呼：“来啦？”打完招呼坐到炕角，从荷包里捏一点烟叶揉进烟袋锅子里，打火镰点着了抽烟。

邱大锄二闺女看着钟草根，问：“你看见了吧，他每天晚上都这样。”

“你胡说啥呀？”费二牛眏着眼，“没人听你瞎说。”

“真的嘛！”邱大锄闺女说。

“就算是真的，有啥不好？”费二牛不服气地说，“白天活干不完，正好晚上干。”

“人家是心疼你，你老这样受不了哇！”邱大锄闺女哭了起来。

“我又不是纸糊的，用不着你操心。”费二牛说。

“我问你一句话。”钟草根看着费二牛，“你们结婚多少年了？”

“5 年多吧。”费二牛说。

“有孩子了吗？”钟草根接着问。

“没有。”费二牛看着媳妇，“是她的事。我让她找大夫瞧瞧，她就是不听话。”

邱大锄指着钟草根说：“他就是大夫，让他给你们俩看看吧。”

二闺女上前说：“先给我看。”钟草根点点头，为她号脉。

钟草根给二闺女摸完脉说：“你贫血，但是不严重，吃点硫酸亚铁片就能治好。我家里有，去我家拿吧。”钟草根让费二牛过来摸脉，见他脉弦而数，目光无神，舌边和舌尖红而少苔，觉得他的病很重，却故意轻描淡写地说：“你的问题也不大，吃点中药调理一下吧。”他说完开方：炒枣仁 1 两，柏子仁 5 钱，合欢皮 4 钱，夜交藤 4 钱，川芎 4 钱，知母 4 钱，茯神 4 钱，生龙骨 4 钱，生牡蛎 4 钱；15 服，水煎服。另：朱砂末 5 钱，分成 15 份（单冲服）。钟草根把开好的方子递给邱大锄，邱大锄让他二闺女去公社抓药，让费二牛跟着钟草根去他家里拿硫酸亚铁片。吃过午饭钟草根回家，路上边走边跟费二牛拉话，得知卢贵老伴是费二牛的姑姑，经他姑姑搭桥，入赘到邱大锄家里。“老家还有人吗？”钟草根问费二牛，“有一个哥哥。”费二牛说，“我爹妈走得早，哥哥从小去我姥姥家里生活，十来岁就让他上山伐木烧炭，十七岁那年不小心从山上摔了下来，脑袋磕到了石头上，得了一种怪病。”

费二牛吃了钟草根开的 15 服药，夜间起来少了，但是隔三岔五还起来干活。钟草根按原方又开了 15 服。费二牛服完钟草根第二次开的药，一个多月没有夜间起来，精神也变好了。钟草根接着开了 10 服药，让他日间服，以巩固疗效。这样过了春节，邱大锄领着闺女，带着自家晒的蘑菇干、荞面和绿豆等，来到钟草根家里道谢，说费二牛的病全好了，让给他闺女检查一下，是否有喜了。

钟草根让金茹检查。金茹问了同房时间，摸脉并听了心音，对邱大锄闺女说：“恭喜你，4 个月啦！”

邱大锄很兴奋，看着钟草根说："真不知道该咋感谢你，这样吧，你把家搬到我们营子，我给你一块地并帮你盖房，保证比你现在的院子还大，房子还多。去了以后，你给队里种菜园，干多干少都中，我方方面面照顾你。"

"真的？"金茹有点动心。

"我是队长，说话算数，就这么定了。"邱大锄说，"你们两口子都是人才，应该照顾。"

"这事先放一放吧。"钟草根打断邱大锄，"我跟你说一件事：费二牛是因为想他哥哥，思虑太过得的病。他性格内向，我担心他想哥哥再添新病，你看咋解决一下。"钟草根把回家的路上，费二牛跟他说的话告诉了邱大锄。"他从来没跟我说起。"邱大锄闺女看着父亲，"经常看见他阴着脸坐那儿想事。我逗他，怎么逗都不乐，原来还有这事。""唉，这个孩子，有话为啥不跟我说呢？"邱大锄看了闺女一眼，"攒点钱，让他回老家看看，帮他哥治病。"邱大锄让钟草根把家搬到红乌苏的事让金茹动了心，给人看病的时候，顺嘴说了出去。这件事传到了宋老倌的耳朵里，心想自己的病还没好利索，钟草根走了，再找他看病就不方便了。他马上去找崔队长，崔队长一听恼了，"邱大锄想挖我的人才，门儿都没有！"他赶紧去钟草根家里宣布："我决定了，调你去生产队的菜园子。那里已经有两个人了，你去了干多干少都成，明天就上任。"

崔队长顿了顿说："你去红乌苏有啥好处呢？镐头地都被人们抢光了，你刨不到镐头地，是一大笔损失；再者，红乌苏离夏家洼子远，孩子上中学要多走 5 里地。还有……""你别还有了！"钟草根打断崔队长，盯着他的脸说："你最近时常肚子疼，吃饭也不如以前了。""对呀，你是咋知道的？"崔队长说，"我觉得不是大毛病，兴许过几天就好。""你怎么知道过几天就好？"钟草根来了气，"你鼻头发青，按着《金匮》所言，鼻头色青，腹中痛，苦冷者死。你有病啊，如果不赶紧治，会危害你的生命。”他找来镜子，让崔队长自己看。崔队长照着镜子看了看：“诶，鼻子头确实有点发青，我觉着不会像你说的那么严重吧。”“你别当小事。”钟草根说，“人的脏腑有病，能通过气色反映到体表，一旦反映出来，就说明已经病了。”他说着开方：苍术 7 钱，厚朴 5 钱，陈皮 4 钱，桂枝 5 钱，甘草 2 钱；2 服，水煎服。他把方子递给崔队长，说：“一定要按时抓药、服药。”崔队长认为钟草根大惊小怪，眼下正春种，忙得不可开交，哪有时间抓药呢，就没当一回事。这样过了几天，他感觉肚子越来越疼，不但白天疼，晚上也疼开了，这才觉得不对劲，连忙去抓药。他抓回药来赶紧吃，吃了药肚子还疼，就去找钟草根。钟草根看着崔队长摇摇头，“不对，按说一服药，你鼻子头的青色应该退掉大半，两服药青色全部退完，怎么青色还在呢？”他问，“你按时服药了吗？误了几天？”崔队长说了实话，“前天才去抓药，昨天吃完的。”“你把病耽误了！”钟草根说，“抢病跟你抢种一个道理，刚发现苗头就治，治得快，效果也好。耽误几天就麻烦了，不仅治疗时间拖长，花的钱也比原来多。”“我嫌吃药麻烦。”崔队长说，“我就是希望有活干，有活干才觉得宽心，病得实在撑不住了，才花钱买点止痛片，回家倒杯水吞下去拉倒。儿女们大了有了接续，我没啥可怕的，怕的就是不死不活。”“你这个病再耽误下去，就是不死不活。”钟草根说完开方：桂枝 5 钱，附子 4 钱，人参 3 钱，白术 3 钱，炙甘草 3 钱，干姜 3 钱；5 服，水煎服。崔队长不敢再耽误了，赶紧抓药服用，病好了。

钟草根去菜园里干活。园子里原来有两个人，一个叫牛噘嘴，58 岁，是园头；另一个叫马镫，55 岁。能来菜园子干活的人都是有资历的老农，钟草根才 43 岁，没有什么资历，两个人都看不起他，认为他是给队长拍马屁进来的，故意让他干累活，并且时常讽刺他。8

月的一天上午，三个人干活累了，坐下来歇着。牛嘶嘴说：“你别看我岁数大，但是身体结实，活这么大，几乎连感冒都没得过，从来不求大夫。”“我们全家人都不求大夫。”马镫说，“有个头疼脑热的拔两罐子就好了，找大夫没用。”钟草根觉得他俩说话有针对性，笑了笑说：“其实大夫并不希望人们得病，特别是我，不吃治病这碗饭，没人找我最好了。”

这样过了一段时间，马镫也病了，送夏家洼子卫生所治疗，没了钱才回来。回来后感觉左侧面部和鼻子两边像刀割一样剧疼，且抽搐，不停地流泪、流口水，只好借钱再去检查，确诊为三叉神经痛，医生为他做了封闭。封闭治疗回来，不久病又复发了，于是第三次去卫生所。卫生所说需做三叉神经切除，卫生所做不了，让他去旗医院，他一听吓坏了，赶紧回家。

他想找钟草根治疗，但是觉得过去对他不好，抹不开面子，拖了几天，直到右侧面部不停地抽搐，张不开嘴，牙咬不到一起，才让家人把钟草根叫了过去。

钟草根给他摸完脉，当即取出毫针，拉过来他的左手，刺他的少商和商阳穴，随着捻针让他摸自己的患侧，张口咬牙，过了一会儿问马镫：感觉如何？马镫说不疼了，张嘴咬牙也自由了。

马镫看着钟草根说：“我不懂，手指头和脸挨不上，你扎手指头怎么能把我脸上的病治好呢？”钟草根说：“你的病在大肠经。大肠经的经气由体内外出体表，循经传于这两个穴位，仅扎这两个穴位，就能治好你的病。”病治好了，马镫杀了一只鸡请钟草根吃饭。钟草根走进他家，马镫恭恭敬敬地请他上炕，倒了一碗茶水，并给他卷了一袋烟。钟草根见他这样客气，反倒不自在。马镫说：“我说话伤过你，你不记仇还给我治病，真不知道该咋感谢你。”“一起干活的人，说这些干啥？”钟草根换了个话题，“你小儿子个子高高的，长得真俊，真稀罕人。”“唉，别提了！”马镫叹口气，嘴唇颤抖着，“我对不起儿子啊，都不敢正眼看他。”“咋回事啊？”钟草根问，马镫媳妇走进屋，瞪了丈夫一眼，“他把孩子的耳朵打聋了，去夏家洼子治了十来天，怎么都不见好。”

“聋到什么程度？”钟草根问。

“啥都听不见！”马镫流出眼泪，“以后可咋念书哇。”“把他叫过来，我看看。”钟草根说。孩子他妈把儿子推到钟草根跟前，钟草根亲了他一下，问：“你能听见我说话吗？”孩子看见钟草根的嘴动，知道他在说话，用手指了指自己的耳朵，说：“聋啦，啥都听不见，头也晕晕的。”钟草根让把卫生所的检查结果拿过来，看了看：两耳鼓膜均凹陷，右耳重，有血迹；双耳壳和耳门有紫瘀血肿，结论是内耳外伤。钟草根看了他的舌头，质红，苔淡黄略厚，摸他的脉，弦滑细数，对马镫说：“你下手太重了，是暴震伤肝。肝胆火逆损伤血络和肾阴，引起了暴聋。”“你要是能治，就给治一下吧，我求你啦！”马镫说，“治是能治，但是最近园子里活忙，抽不出来时间。”钟草根说，“你啥都别干了！”马镫动情地大声说，“你的活我全包了，白天干不完，我晚上干，我一会就去园子跟园头说。”“那哪行？”钟草根想了想，叫过来马镫的媳妇，“你去我家，让我媳妇带着针包过来，她有时间，让她治。”马镫媳妇把金茹叫了过来，钟草根让她取毫针，微刺外关、中渚、翳风、耳门、听会、听宫、液门，采用平补平泻的手法，镇息肝风，疏泄胆火，同时刺太溪穴，以补肾养阴，潜阳聪耳。金茹为马镫的儿子扎了十几次针，听力有进步；扎了一个多月，听力完全恢复了。马镫的儿子的病治好了，马镫激动地对牛嘬嘴说：“钟草根好人啊！过去咱们认为他是拍马屁进的菜园子，看不起并刺儿吧他，不成想到了真章，还得求人家。”

牛嘬嘴和马镫逢人就说钟草根好话，过去瞧不起他的人都主动上门道歉。孙猫子对钟草根说：“我过去说了你很多坏话，真后悔呀，恨不得扇我自己耳刮子。”“说过去干啥？”钟草根打断孙猫子，“说正经事。”“那我就直说了。”孙猫子揉着胸，“我这里疼，一阵子一阵子的心慌，没力气，憋气，都5年了，去医院说是肺心病，不好治。求你给想想办法吧。”钟草根为他摸脉，脉迟时结，看他的舌头，淡而苔白，当即为他扎针，取双侧内关，手法以补为主，留针20分钟，每天扎1次。钟草根连着给孙猫子扎针，扎到第7天，孙猫子说不憋气了，扎到第14天，心痛止住了。有一天孙猫子问钟草根：“我的病在胸脯子上，你怎么老是扎我胳膊呢？”钟草根哈哈笑着说：“胳膊上的这个穴位叫‘内关’，‘内’是内部，‘关’是关卡。肺心病得病的原因是气血流通受阻，扎内关等于疏通了关卡，使气血通畅，病自然好了。”乔眯眼儿过去最看不上钟草根，人前人后说了他不少坏话，但是病了，也得去找他。钟草根问他：“你哪儿不舒服？”“这儿。”乔眯眼儿按着肚子，“肚脐周围疼痛不说，还不停地吐清水，折腾得我坐卧不安。”钟草根为他摸脉并检查了腹部，有积块隆起，看了他的舌头是梅花舌，摇着头说：“你肚子里面有猪绦虫。”“你可说对了！”乔眯眼儿说，“我会杀猪，一到腊月家家请我杀猪，天天吃杀猪菜，得病是因为吃了米芯子猪肉。”“经常杀猪的人，能认出米芯子猪。”钟草根说，“不费事就能认出来。”乔眯眼儿说，“米芯子像一粒粒白色的大米，血脖子一割下来，都能发现。”“明知道肉有米芯子，你为啥还吃呢？”钟草根说，“猪绦虫是一种寄生虫，虫卵叫囊虫，就是老百姓所说的米芯子，食用了这种猪肉会得绦虫病，很难治。”“明知道米芯子肉也得吃！”乔眯眼儿说，“光去年就杀出来5头米芯子猪。养猪的人家辛辛苦苦喂了一年，费劲巴力地养大了，盼望着杀猪过年，结果杀出了米芯子，家里的人知道都哭哇，甚至把喂猪的妇女痛打一顿。我不忍心明说，只能跟着吃。”“唉！”钟草根叹口气，让乔眯眼儿回家等他。钟草根去了乔眯眼儿家，为他扎针，取合谷、曲池、上巨虚、百虫窠、大横、腹结6个穴位，用泻法留针15分钟，隔 5 分钟行针一次，并给他喝硫酸镁。大约半个小时后，乔眯眼儿拉完肚子就不疼了。

顾大把式也来找钟草根治病，说一到冬天就喉喽儿喉喽儿地上不来气，晚上睡不成觉，已经七八年了，吃啥药都不顶用。钟草根为他摸脉，沉细无力，看舌头，苔白质淡，说他这是风寒客肺，脾虚失运，痰闭气道而导致的哮喘。肺居五脏之首，主一身之气，最容易为外界的因素所干扰，这种病很难治。“难治咋办？”顾大把式哭丧着脸，“我知道自己的病很难治，所以才来求你。”“扎针并吃药吧！”钟草根说，“你这个病时间长了，宿根难除，需要连续治疗 3 个冬天才能控制住。”钟草根让金茹为他治疗，选肺俞、大椎、风门为主穴，并配关元、太溪以固肾纳气。肺俞、风门直刺 6 分，大椎直刺 1 寸，得气后留针 15 分钟。其间提插捻转，平补平泻 3 次。他教金茹：“肺俞为肺脏精气输注之处，治疗呼吸系统诸疾；大椎属督脉经穴，为诸阳经之会，是宣肺平喘要穴；风门属膀胱经穴，有祛邪固卫平喘的功能。三穴都居背部邻肺，合用能平喘。”金茹扎完针后，钟草根让她在所扎的穴位上灸 7 分钟，并在灸的地方画上圈，让顾大把式回家自己拔罐子，并开药方：白茯苓、百合、桔梗各等份，加工成末，12 斤的量；每次 10 克，日服 2 次。

金茹每天为顾大把式治疗 1 次，10 天为一个疗程，并配合吃药。一个疗程后，顾大把式呼吸正常了，休息 1 周之后，改为隔日针灸 1 次，巩固一个疗程，当年冬季哮喘未发。后来按着前法挨着治了两个冬天，多年的哮喘病治愈。

1970 年夏天，费二牛赶着毛驴车来接钟草根，说把他哥哥从老家接来了，求钟草根给他哥哥治病。费二牛的哥哥叫费大牛，钟草根来到邱大锄家里，见费大牛眼球上窜，张着嘴，随着呼吸，喉咙里发出嗷嗷的声音。钟草根搭完脉说：“他这是癫痫！”“好治吗？”邱大锄问，“无痰不作痫。”钟草根说，“起病的原因是肾虚肝郁，或者食积郁热而生痰。因为痰入心窍不能出，所以发癫。因为他还能吃东西，脾胃有生气，所以不死。治疗方法以豁痰通窍为主，开个方子吧。”他开方：人参 1 两，南星 3 钱，鬼箭 3 钱，半夏 2 钱，附子 1 钱，肉桂 1 钱，柴胡 3 钱，白芍 3 钱，菖蒲 2 钱；10 服，水煎服。另：丹砂末 2 两，分作 10 份服用。钟草根把开好的方子递给邱大锄：“这个方子是用人参以治心，加附子、菖蒲、肉桂温中祛邪，加柴胡舒肝平木，加南星、鬼箭、半夏逐痰荡邪，加丹砂以定魂镇魄。服用方法：将药煎 2 碗，分作 2 服，将一份丹砂的一半调入药中同时服用。”“我哥不吃药。”费二牛说，“抓着他，灌！”钟草根说，“不听话就打，打是让他动怒，怒则肝木火起，木火助心而去痰，古人常用这个办法。”

费大牛吃了钟草根开的药，头 5 服眼球就不窜了，吃完 10 服，喉咙里没了声音，自己能在院子里转悠。

10 服药吃完后，钟草根又按原方开了 10 服，让他接着吃。吃到第 18 服，费大牛能听懂别人说话，并且可以回答。他见费二牛干活也跟着干，脸上时常露出笑意。有一天，费二牛的孩子在院子里玩耍，不慎跌了一跤，哇哇大哭。费大牛见了连忙跑过去，把孩子抱起来问：“小嘎子，咋的啦？在日头爷儿底下晒热了吧？走，跟大伯去阴凉的地方，大伯教你唱蹦蹦儿。”他把孩子抱到阴凉地，教孩子唱东北二人转。这些被家人看在眼里，都觉得他的病好了。过了一些日子，钟草根去邱大锄家，费大牛见了他高兴得不得了，连连作揖，感谢为他治病。钟草根为他摸脉，照原方又开了 4 服药，让他隔日吃，说调理一下，就可以完全好了。

费大牛干活不亚于费二牛，也称邱大锄两口子为“爹、娘”，乐得邱大锄两口子颠颠儿的。费大牛最爱看费二牛媳妇，让他媳妇觉得不得劲儿。有一天，费二牛媳妇对丈夫说：“你大哥想女人的事了。”“你胡说啥呀？”费二牛不满地看着媳妇，“我又不是个傻子！”费二牛媳妇说，“连这我都看不出来，岂不是白活了？”又过了些日子，费大牛提出回黑龙江，费二牛问："你在这儿住得好好的，回去干什么？""我就不瞒你了。"费大牛脸上闪出红晕，"那边有我一个相好的，脸盘儿长得跟你媳妇可像了。我没得病之前，她一直跟着我。我是放不下她啊……"

第二十章 生活剧变

钟草根给生产队种菜一直干到1981年。1982年中央下达“一号文件”，宣布公社和大小队解体，土地承包给个人，他才离开菜园子。

随着时间的推移，钟草根的孩子长大了，一个一个地离开了家。大儿子早年当兵提了干部，把老婆孩子带走了。二儿子去北京跟奶奶一起生活，三儿子在夏家洼子中学当教师，老儿子去北京大学念书，闺女出了嫁，家里只剩下钟草根和金茹两口人，自己种地吃力，只好租出去。这样到了1993年，钟草根70岁了。一天，钟草根和金茹正在菜园子里干活，忽然听见大门响，知道来人了，钟草根问了一句：“谁呀？”抬起头看见两个人正隔着菜园的矮墙瞅他，“进来吧，园子门没关。”两个人走进菜园，其中一个人问：“钟大夫，还认识我吗？”钟草根打量来者，只见他满头白发，面目似曾相识，却想不起来是谁，来者自我介绍说：“我是沙大力。”

“沙大力呀，哈哈哈。”钟草根笑起来，“你要是不说，我都认不出来了，你成了老头。”“我都当爷爷了。”沙大力介绍自己身旁的人，“我二儿子。两个儿子全结了婚，都有了孩子。”“钟大夫好！”沙大力二儿子自我介绍，“我叫沙军，在旗建筑公司工作。”正说着话，金茹提着满满一筐黄瓜走了过来，放到井台上，朝沙大力爷俩笑了笑，“吃黄瓜吧，我给你们洗。”“我自己洗。”沙军摇辘辘打上来一斗子水，倒在旁边的水桶里，放进几根黄瓜洗了洗，递给每个人一根，钟草根和金茹不吃，沙军和父亲吃了起来。“你认识他吗？”钟草根指着沙大力问金茹，“跟魏友明是连襟，曾经来过咱们家。”金茹看着沙大力，点点头问：“魏友明怎么样？”“半身不遂。”沙大力说，“中风抢救过来之后，一直坐轮椅。”“堂堂的内科主任坐轮椅，听起来真是笑话。”钟草根说，“你那是老皇历了。”沙大力说，“老魏 73 年当医院副院长，后来提了医院院长。”

钟草根说：“他是院长，我是农民，我们俩相比，他在天上飞，我在地上跑，真是人比人气死人。但是话说回来，人就那么回事，一切都是过眼云烟。”

“你说得对。”沙大力说，“老魏原来名声很大，各种奖状一大堆，后来生病坐轮椅，才知道啥都不如身体重要。老魏自己作了一首打油诗：出生一张纸，开始一辈子；毕业一张纸，奋斗一辈子；婚姻一张纸，折腾一辈子；做官一张纸，争抢一辈子；金钱一张纸，辛苦一辈子；荣誉一张纸，虚名一辈子；坟墓一堆土，了结一辈子。”

“老魏在位的时候，家里门庭若市，长病退休在家，成了狗不理包子，谁都不去看他，甚至有人损他。当官的下了台，不比老百姓强多少。”

“老魏几个孩子了？”金茹问，“俩丫头。”沙大力说，“大丫头结婚后，跟着丈夫去了市里。二丫头在旗医院当护士。”“说我的事吧。”沙大力顿了一下，“我闺女病了，医院说必须做手术。我来接你，想让你给我闺女看看，能不能用中医的办法治疗。我儿子开车来的，坐车走。”“去就去吧。”钟草根说，“年底离开这儿，刚好借这个机会，跟旗里认识的朋友道个别。”走在路上，沙军说：“钟大夫只是两鬓白了，其他地方没有白头发，外表上看着，也就是五十多岁。”“我都 70 了。”钟草根说，“表面上看不出来老，但内部零件比年轻的时候差多了。”“你不操心，所以老得慢。”沙大力说，“我每天都很愉快。”钟草根说，“当农民的铺着地盖着天，大河里洗脸枕着山，眼里面全是花花草草，心里不愉快的事一丝都不挂。”“其实牵挂无用。”沙大力说，“老魏当院长，我后来当了科长，但是退休后地位都没有了，就是普通老百姓。其实当官也好，老百姓也罢，只不过是一时的差别。”“我刚下放那几年有点自卑。”钟草根说，“认为自己曾经是干部，当农民是跌到了最底层。后来想通了，人生就像坐火车，在火车上你想咋折腾都可以，但是到了站大家都得下车。人生不过百年，最终结局都一样，都是了无所得，谁都不比谁强。”

沙大力望着前面的路，换个话题：“50 年代，我来大甸子村办过案，那时候没修路，特别难走，现在修路好多了。”

钟草根说：“50 年代我和老魏从承德出发来咱们旗，从赤峰到尼格杜尔不通车，只能步行，走了两天。现在不同了，去年金茹过生日，我老儿子开着自己买的进口车回家，早晨从北京出发，晚上就到了，真快。”

“将来更快。”沙军说，“听说从北京到旗里要修高速公路，走高速半天就能到。”

沙大力说：“50 年代跟现在没法比，那时候农村人看见小车很稀罕，上前摸一摸都感到很荣幸，有马车就不赖了。”

钟草根说：“50 年代我家搬家，都用马车，夏天还好，冬天冻脚，坐一段路就得下来跑一跑，跑暖和了再坐上去。我媳妇抱着孩子下不了车，把脚都冻坏了。那时候走的路全是土路，遇到马车上不去的坡，还得下来推。”

“最麻烦的是半道打尖，不管人多少，也不管男女老少，都挤在一铺大炕上，孩子哭老婆叫，抽烟呛得直咳嗽，整晚上睡不着。有一次搬家路上翻了车，把一个腌菜坛子打碎了，气得金茹直哭，好在人没砸坏，还不赖。从杨家围子往大鸡红山搬家走错了路，差一点没扔到荒郊野岭。”

沙大力说：“50 年代乡政府才有一辆马车，用车要经乡长批准。出门不管多远都是步行，连副旗长出门都是步下走。到 1958 年好了一点，部分大队有了胶轮马车。当时赶车的老板最吃香了，谁都高看一眼。现在出门没人坐马车了。”

沙军说：“农村拉人或拉东西，大多用四轮车。有一次我去农村，前面有个开四轮的不给让路，我勉强超过去想教训一下开车的，见开车的是一个上穿西服、下穿喇叭裤的小伙子，身上带个随身听，耳朵上戴着耳机子。小伙子下车摘下耳机，‘哈喽’一声问我有何贵干，我问他为啥不给让路，小伙子连说对不起，说他听歌入了迷，没听见我给的信号。”

“现在的日子好多了。”钟草根说，“现在家家打的粮食都吃不了，以前可不是这样。我刚下放那年从队里买粮，给了一堆土豆，说 6 斤土豆顶 1 斤粮食。为啥顶粮呢？因为考虑到秋收不可能颗粒归仓，损失要从口粮中扣除，每人每年分给原粮 320 斤，去掉糠皮也就是 250 斤左右，平均每人每天六七两。还多亏自留地和镐头地里有点收成，否则就会像 1960 年那样吃糠咽菜。”

沙大力说：“现在的孩子对我们的过去不理解，我跟孙子讲 1960 年如何艰苦，孙子说听不懂。说到当时吃野菜，我孙子‘哇’地惊叫了一声说，‘吃野菜是最健康的生活方式！’我孙子会背‘锄禾日当午，汗滴禾下土’，我问他，‘你见过锄头吗？’他说没见过，城里没见过锄头的孩子多的是。”

“现在的孩子没尝过饿的滋味。”钟草根说，“饿了胃里空荡荡没东西，抓心挠肺的，时刻想着找吃的。从公共食堂打回粥来，孩子们眼巴巴地盯着粥盆，准备抢着吃，粥不够吃，大人只好让着孩子，自己吃野菜。把野菜放到锅里煮一下，捞出来加点盐就吃，虽然不好吃，但总比饿着肚子强。”

“1959年别人送给我一只鸡，不敢公开吃，偷偷地吃被人告了。现在农村家家养鸡，想吃就杀，啥时候吃啥时候杀，没人当回事。”

“1960年过大年，队里死了一头老毛驴，公共食堂给每个人分了不到半碗驴肉，大家高兴得直蹦高，吃完了，大人孩子全舔碗。”

“到了1962年稍微好一点，开始自家养猪，杀一口猪吃一年。把肉切成大块吊到墙上，慢慢地风干，肉都变成了酱红色，并且有蛆掉下来了还舍不得吃，炒菜只放一点点当油。”

“现在，上头政策好，加上风调雨顺，打下的谷子、玉米、高粱太多了。有了粮食家家养猪羊，都有肉吃了。过去杀猪都比谁家的猪膘子厚，现在挑肥拣瘦，肥肉没人吃了。”

“过去不知道咋回事，农民起早贪黑累死累活地干活，照样打不出来粮食。现在奇怪，农民不像以前那么累了，粮食却多了。土地包给个人，想种啥个人说了算，极大地调动了农民积极性，使农村面貌迅速有了改变。”

“五六十年代过生日，能吃上一碗荞面面条就是不错的家庭。现在，家家都把多余的粗粮卖出去换成细粮，我们家换了很多大米白面。”

“前年金茹过70大寿，家里杀了一头猪、两只羊，还杀鸡，买鱼做豆腐。儿女们都回来了，大包小包地带来很多好吃的，并且买了生日蛋糕。”

“她过寿的那天，儿媳们一起下厨，为老人准备生日饭菜，做了猪大骨棒炖酸菜、炖羊肉、小鸡炖蘑菇、四喜丸子、红烧鱼等十几个大盘，不但菜丰盛，而且喝的酒也高档，是我老儿子带回来的茅台。儿女们纷纷给我们老两口敬酒，真高兴啊。”

“现在的农村人，上顿下顿都吃大米白面，真富足。过去城里人生活也不好。”沙大力说，“60年代买肉凭票供应，每人每月2两。我为了买到肥肉，天不亮就去门市部排队。肉往出一拿大家都往前挤，哪里是买肉，简直是抢。”

“以前买布凭布票。”钟草根说，“我们全家人穿的衣裳都打补丁。大人做一件衣服要穿好几年，实在穿不成了改了给孩子，孩子也穿不成了拆了做鞋。我当干部穿的夹袄是老伴做的，有两个大口袋，能装很多东西。夹裤是直筒子的，上下一般粗，穿在身上分不出胖瘦。那时候穿棉衣都是空壳子棉袄和棉裤，没人穿内衣。由于没有内衣换洗，穿的时间长了里外都是脏的。特别是孩子，用袖头擦鼻涕，把袖头擦得油光锃亮，都能当镜子照人。男孩子上树爬墙不老实，棉衣衬尖、腋窝、膝盖、裤裆都露棉花，连现在的叫花子都比那时候强。”

“那时候穿的衣服全是黑色的，因为黑色耐脏。衣服不分好坏，单看布料是粗的还是细的。一个家庭过年才买 2 斤新棉花，给每个人的旧棉衣里补几两新的重新絮一下，就算富裕家庭了，谁见了谁羡慕。”

“那时候穿衣是新三年旧三年，缝缝补补又三年，农民的衣服都是补丁摞补丁。我做了一身新衣裳，在家的时候金茹不让穿，出门或过年才从箱子里取出来穿一穿。由于穿的年岁长，看上去皱皱巴巴的。现在，农民都穿得体体面面的。”

“过去人人捉虱子，现在奇怪了，无论城里还是农村人，一个虱子都找不见。”

沙军说：“我小的时候，我爸最好的衣服就是中山服，现在扔到垃圾桶里都没人要。现在穿衣讲究造型、面料、工艺结构、款式和色彩等，在视觉上追求美感。随着生活水平的提高，人们对服装的要求越来越高了。”

钟草根说：“过去穿鞋，鞋底是破烂布粘起来后，一针一针地纳。我走路多，穿鞋费，一双新鞋穿不到两个月，鞋底子就出窟窿，或者前头露脚趾头，我老伴每天拼命地做鞋都不够一家人穿。那时候农村人都光着脚板，没人穿袜子。”

“1962 年我到旗里参加会议，老伴咬着牙同意我买一双球鞋。

我穿上球鞋走起路来一路高歌，感觉非常自豪。后来我下放了，老伴把球鞋给了我大儿子钟声。钟声拿着球鞋看啊摸啊，高兴得几乎睡不着觉。”

“当时钟声正在夏家洼子念初中，穿上球鞋在学校走来走去，碰见女生故意抬起脚拍拍土，意思是我穿着球鞋呢。女生们看着他的鞋说笑不停，钟声不知道她们说笑什么，后来班主任走过来指着他的鞋说，‘你这么大的人了，怎么连鞋都不会穿？穿反啦！’钟声一看，真的穿反了，赶紧坐到地上脱下来，换了过去。”

“现在呢，几年前我去钟声家里，看见他有好几双皮鞋，鞋柜塞得满满的，其他儿子也一样。”

“60 年代我的工资先后调了两次，到下放那年调到每月 36 块 5。那时候的物价也便宜，下馆子吃一大碗荞面饸饹才 8 分钱。”

“过去家家点煤油灯，用一个小粗碗或者碟子装点灯油，放上一根旧棉花搓的灯捻儿，点着了灯火如豆。一到晚上，大人和孩子都坐在十几平方米的小炕头上，守着那盏灯发呆。现在村里通了电，一到晚上全家人坐下来看电视。”沙军说，“现在实行对内改革、对外开放政策，党中央带领全国人民，一步一步地走上了富裕道路。我小时候，城里人讲究‘四大件’——自行车、缝纫机、手表、收音机，我同学家里有一台熊猫牌收音机，大家见了都羡慕。现在，‘四大件’变成了冰箱、电视机、石英手表和洗衣机。女人找对象，首先看你家能不能买得起这‘四大件’。”

沙大力看了沙军一眼，“过去的苦日子，我和你钟大爷经历得最多，改革开放后老百姓富了，我们也是亲眼所见。改革改变了老百姓的命运，所有人都对改革抱着希望。”

钟草根说：“上级传达邓小平的南方谈话，说中央有政策，将土地承包期继续延长 30 年。农村土地稳定了，有了积极性，农民的干劲更足了。”

“也有新情况。”沙大力说，“农村人到城里打工的多了。改革改变了农民的思想观念，农民不光守着土地过日子，也知道了走出去务工赚大钱。甚至有的农村人到城里经商办企业，成了老板。大家都说，如果没有改革开放，就没有老百姓的今天，也没有老百姓的明天。”

钟草根说：“过去啥样？现在啥样？过去和现在我都经历过。改革开放老百姓富了，国家强大了，真好。我老儿子上次回家说，如果不是改革开放，他很可能上不了北京大学，还窝在农村，坐在十几平方米的小炕头上抽烟发呆，绝不可能去北京办律师事务所和公司。”

沙大力说：“实实在在讲，国家这么大，人口这么多，把这样一个大国治理好真不容易。现在老百姓都相信党中央，都认为中国的未来肯定会越来越好，只可惜我老了，夕阳西下，已经到了晚年。”

“你这话有点消极。”钟草根说，“我比你大两岁，都不承认老，你怎么说老了呢？晚年的说法就更不对了，生命快结束了叫晚年，你现在能跑能颠的，凭啥说是晚年？”

“其实老没有标准。我从书上看到，周朝到清朝的官员都是70岁才退休，说70岁是‘七十而致仕’，正是好时候。你连70都不到，别动不动就说老。你要懂得，人要有一个好心态，花开花谢，月圆月缺，生命就像一条大河东流入海，一路走来虽然曲曲折折，但总能冲破艰难险阻走向前方，凡事都要看得开。”

“我爸压力大。”沙军说，“我妹子25了，没对象不说，还病了。医院的大夫说除了开刀，没有其他办法治疗，并且说开刀要动两次手术，找专家也说必须开刀。我妹妹不愿意开刀，老是哭，把我爸妈愁得吃不下饭睡不着觉。”

“有病就治，愁啥？”钟草根看了沙大力一眼，“你要学我，啥事都不放在心上。有人说我二百五，我说谁爱说啥就让他说去。好也罢坏也罢，好坏经常有变化；是也罢非也罢，今天对了，明天又错啦。好就好，坏就坏；对就对，错就错，想那么多干啥？心中别有任何牵挂，特别是岁数大了，更要放宽心，啥都别放到心上。把拉拉杂杂的事放在心上，是自讨苦吃，是自己惩罚自己。”

“岁数大的人一定要心宽。我的心就宽，有人说我没心没肺，我是没心没肺，但是也没病。老魏有心有肺，但是坐轮椅，我俩相比谁好？你记住我的话，人的病大多跟心理有关，啥病都好治，唯独心病难治，因为这种病没法开方子，只能靠自己想得开。”“你的心态好。”沙大力说，“我可不行，我整天牵挂我闺女。我闺女比我的压力还大，整天想着病。”

“病是想出来的。”钟草根说，“我遇到一个13岁的孩子，发烧到41℃。孩子腰部以下全是黑的，特别是两条腿，黑得可厉害了。孩子他妈急呀，带着孩子找我治病，说孩子下半身黑到这种程度，高烧不退，是不是快不中了哇？我给孩子摸脉，没发现有什么病，但是孩子的两条腿这么黑，是咋回事？我正百思不得其解，金茹上前看了一眼说，‘他那是裤子掉色！’她找来湿毛巾给孩子一擦，一下子擦掉了一大片。”“哈哈哈。”沙大力爷俩笑了起来。“后来呢？”“后来，她们娘俩跟你们爷俩一样，也哈哈大笑起来。不一会儿，金茹给孩子量体温，下降到37.5℃。没扎针也没吃药，病就好了。”“看来，病真是想出来的。”沙军说。“还有一个事，老魏知道。”钟草根说，“1949年8月，我们医科大同学们到承德附近村庄实习，有一个农民患神经麻痹，很严重。傅大伟教授让我们给他检查，我们用听诊器查他的心脏。这个农民以前没见过听诊器，还以为我们是在用先进的东西给他治病，一再感谢我们。等我们检查完了，他盯着听诊器说，‘你们这个玩意儿可真是好东西，一下子就把我的病治好了！’”“哈哈哈，”沙大力和儿子又笑起来。“后来呢？”“后来检查，他的神经麻痹果然好了。”钟草根顿了顿，“其实很多病都是心在作怪，瞎寻思，没病也寻思出病来。”“钟大夫说得对。”沙军看了父亲一眼，“玲玲几次问我，说大夫说了，她的病如果开刀晚了，很可能转成癌症，问我咋办。”

“心里暗示作用不可低估。”钟草根说，“‘二战’期间，纳粹在一个战俘身上做实验，将战俘的四肢捆上并蒙上双眼，告诉战俘：现在从你的身上抽血！被蒙上双眼的战俘听到血滴滴答答地滴进了器皿，哀号了一阵后气绝身亡。其实，纳粹并没有抽他的血，滴血的声音是用自来水模拟的。”

“导致战俘死亡的真正原因是他的心理作怪。他听见滴血的声音，意识里产生了血液行将流尽，因而导致了肾上腺素急剧分泌，心血管发生了障碍，心功能衰竭。因此，导致他死亡的原因不是别的，而是他自己的心理作用。”

“《黄帝内经》讲得很清楚，如果你外受风、寒、暑、湿、燥、火，内受喜、怒、忧、思、悲、恐、惊，你就会得病。怒伤肝，悲伤心，忧伤肺，思伤脾，恐伤肾，百病皆生于气。疾病跟情志有很大关系。按着现代医学说法，人类 65% ～ 90% 的疾病都跟心理有关，凡欲身无病，必须有个好心情，保持乐观的态度，这样自身才能保持正常的状态。”

沙军说：“电视上讲，寿命短的人 50% 是气死的。”

钟草根说：“一个人如果心态不平衡，焦躁不安、发怒、紧张，就会使免疫系统受到抑制，因而导致气血失调而生病；反之一个人心情舒畅，心气平和，乐以忘忧，没有压力，气血就会通畅，促使脑细胞获得更多的氧气和养分，指导各部分组织正常运行，就不会得病。”

“常听中医说气，气是什么？”沙军问。

“气是指卫气、营气、中气。卫气是运行于体表之气，有护卫周身、防御外邪的作用；营气是指运行于人体脉道里的气，与卫气互相依存，互相补充；中气是脾胃中焦之气，是后天之本。”

“中医认为气与血相须为用。气以顺为主，血以通为畅。气血在人的身体里川流不息，带着后天的养分濡养五脏六腑、四肢百骸，维持着人体的生命。如果气血运行不顺畅，就会在不顺畅的那个地方形成‘积’，这个积就是肿瘤。中医治疗癌症，就是用药物的偏性来纠正人体的偏性，把身体的不平衡调整过来。平衡调整过来了，癌细胞还能兴风作浪吗？它就没有办法了。癌细胞发展，就是你给了它发展的环境和条件。把偏执纠正过来，最后达到阴阳平衡，各种细胞和平共处，病也就好了，这是中医的根本理念。”

“去医院看病特麻烦。”沙军说，“我们单位有一个农民工受了伤，大出血，情况危急，送到医院，大夫说必须先交五千块押金。送他的人解释：我们来得匆忙，没带那么多的钱，你看这样好不好，我留在这儿当质押，你们先救人行不行？医院大夫说：不行，必须先交押金！说谁知道你会不会跑了，一旦跑了我找谁？先交押金是医院的规矩，情况再危急也必须先交押金。送他的人说：这可是一条人命啊，求你行行好救救他，他一家老小全靠他，他要是没了，全家就都完了。送他的人说着要给大夫跪下，大夫恼怒地说：你这个人怎么回事？我再说一遍，不是我不救，医院有规定，必须先交押金，否则我就不救人。还好，我们老板知道了这件事，及时送去了押金……”

说着话，不知不觉到了旗里，小车开到一栋楼下停住，沙大力招呼钟草根下车。沙军说去办事，把车开走了。

沙大力领着钟草根上楼，打开家门，他老伴迎了过来。钟草根看着她，“你是吴小敏，快七十了头发还黑黑的，不赖。”“啥呀，我这是染的，头发早都白了！”吴小敏说着招呼钟草根进会客室坐。钟草根坐下来，跟沙大力两口子说了几句闲话，让把孩子的病历拿过来。病历上面写着：“患者沙玲，双腿自1988年3月开始发麻，逐渐加剧，检查血沉多增块，结论是脊椎炎。”另一张诊断书上写着：“患者自腰脐以下麻痹，无知觉，颈下第四椎有一团黑影包裹。”治疗方法建议手术：从背部开刀将肿物割去，三个月后做第二次手术。钟草根看完病历说看病人，吴小敏领他走进里屋，见她闺女躺在床上，上前为她摸脉。她闺女忧郁地问："我不中了吧？""你这样想不好。"钟草根说，"有个大夫做了个实验，让病人一直念叨，'我不中了吧，我不中了吧，'这样念了一段时间去医院检查，真的不中了，是不好的情绪把他自己杀害了。""是医院的龚大夫说的，手术晚了就不中了。"沙玲哭着说，"你的病根本不用做手术！"钟草根摸完脉说，"针灸加吃中药完全能治好，估计要用一个月的时间。""真的？嘿嘿嘿。"沙大力和吴小敏笑了起来。沙大力指着钟草根对女儿说："钟大夫金口玉言，他说一个月，肯定一个月能治好你的病。"沙大力闺女擦把眼泪笑了起来。钟草根说："我在你家住一个礼拜吧，给孩子扎7天针并监督她吃中药，等病有了起色，我再回去。"

他说完给患者扎针，扎完针开药方：夏枯草3钱，玄参3钱，白蔹5钱，川楝子4钱，郁金3钱，胆南星5钱，黄芩2钱，海浮石7钱，山慈菇2钱，生蛤壳7钱，紫河车5钱，土贝母2钱，天荞麦根3钱，猫耳朵草5钱，大斑叶兰3钱；30服，水煎服。另：全虫3两，蜈蚣3两，焙干研面分成30份，冲服。钟草根治完病，吴小敏也做好了饭，吃过饭后见天色还早，钟草根想去看齐晓康。沙大力告诉他，齐晓康1981年调到市里当政协主席，家早就搬走了；想去看孙经理，沙大力说他肯定退休了，不在单位不好找。最后，沙大力说服钟草根去看魏友明，他答应了。

第二十一章　老友相聚

沙大力陪着钟草根来到魏友明家，见他住的还是平房，只是从前院搬到了后院，小房子换成了大房子。进院见一男一女，男的坐轮椅，很胖，全秃顶；女的推着他在院子里转圈。沙大力上前指着钟草根问："老魏，你看谁来啦？"魏友明死死地盯着钟草根，接着阴起脸说："你小子这么多年都不来看我，不知道咋想的，好像我家里拴着老虎。""是你呀！"推轮椅的是吴小霞，看着钟草根"扑哧"一笑，"你看我这眼神，才认出来，三十多年没见你了，金茹还好吗？"

"好。"钟草根回答一句，看着魏友明，"你别怪我，我下放了，在农村种地。村跟旗里不通汽车，来一趟不容易。""我早知道你的事。"魏友明说，"你在大会上发言，对卫生工作提了很好的建议，观点是对的，可惜场合不对。""进屋说话吧。"吴小霞推着轮椅，招呼钟草根和沙大力进屋。"你的相貌变了。"钟草根帮着吴小霞推轮椅，看着魏友明说："人胖了，头发只剩下少许，还白了。原本红润的脸变得灰黑，我第一眼看到你，都没敢认。""是病把我折磨的。"魏友明说着招呼钟草根进客厅。钟草根走进客厅，见屋子布置得很典雅：大彩电，组合家具，酒柜，沙发，茶几，吊灯，书架上摆满了书籍，墙上挂着山水画。他咧咧嘴说："你的家可真称得上现代化。""马马虎虎。"魏友明让沙大力帮吴小霞，把他从轮椅上扶到沙发上，并让她倒茶。钟草根刚坐下，从外面进来一个披肩发、穿着白色连衣裙的女人，看着沙大力道一声："姨父来啦！"接着把目光投向钟草根。魏友明向钟草根介绍那个女人，"我的二闺女，大号魏超英。"他让二闺女叫钟草根大爷，魏超英捂嘴一笑，没叫，走进了里屋。钟草根问魏友明："你病多久了？""5年多了。"魏友明说，"脑血管破裂，造成了大脑局部血流中断，出现了肢体障碍。好在抢救及时，没影响语言中枢，否则我都无法跟你说话。""肢体障碍应该能治好，"钟草根说，"能治好我还不治吗？"魏友明瞪了钟草根一眼，"我是院长，啥好药都能用，跟你说，这种病连外国都难治。"

"唉！"魏友明叹口气，"我自己不能动，全靠小霞照顾我。她也快七十了，力不从心，并且连累了我闺女，找个男朋友来到家里，一看我这个样子，谈几次就不谈了。超英也觉得有个瘫痪的爹，不好意思跟人家谈，把婚事也耽误了。"吴小霞劝魏友明："你让钟大哥看看吧，治好治不好都中，起码是一条路。你应该体谅我呀，我都这么大岁数了，还得伺候你，有点伺候不动了！"她说着流出了眼泪，"唉！"魏友明叹口气，把胳膊搭到茶几上，看着钟草根勉强笑了一下，"来，老同学，多年不见了，我听听你有啥高论。""哈哈哈。"钟草根笑着摇摇头，上前给魏友明摸脉。摸完脉，他看着魏友明说："你是搞医的，知道自己得的是啥病，我就不说了，只说我的治疗方法。你中风不能行走是气血生化不足，脾失健运，痰湿内生，阻滞经络，致使肢体出现了运动障碍。这个病的关键在于'通'，通了就好了。你虽然病了几年，但胃气没有受影响，所以手足不至于反张，我能治。"

魏友明看着钟草根，说："我可以让你治，但我有言在先，不准你用簸牛粪的办法。”“簸什么牛粪啊，吃中药！”钟草根说，“开个方子吧。”他让吴小霞拿纸笔，开方：人参3两，白术3两，薏苡仁1两，肉桂3钱，附子7钱，茯苓1两，半夏1两，南星3钱；1服。

钟草根把开好的方子递给吴小霞，让她现在就去抓药。沙大力挠着脑袋看着钟草根，说：“我相信你能治病，但是把他这么重的病治好，也太悬了吧？你是开玩笑，还是真的？”

“我啥时候开过玩笑？”钟草根瞪了沙大力一眼，并摆摆手，“你回去吧，我就住老魏家了，给他治病，给闺女扎针的事，往后推一天。”

第二天一早，钟草根起床吃过早饭后，亲自熬药。他把药倒进药吊子里加了10碗水，熬出来2碗，稍凉一下让魏友明喝下去，喝完了让他脱光衣服上床，盖上两床厚棉被。

“你这是胡闹！”魏友明瞪着钟草根，不想上床。钟草根二话不说，硬把魏友明拉上床，扒光了他的衣服，给他盖上两床厚棉被，坐在旁边看着他。

时令接近数伏，穿单衣都热。魏友明盖着两床厚棉被，汗出如浴。他热得实在受不了，大声招呼吴小霞给他揭被子，吴小霞已经被钟草根打发走了。钟草根一天没让魏友明吃饭，到了晚上，把药重新加10碗水熬制，熬出来给他喝下去，仍然盖上两床厚被子让他发汗。钟草根守了魏友明一天一宿，看着他不让他掀被子，到了第二天早上，把手伸进他的被窝里试了试，觉得被子湿着，仍然不让他掀被。魏友明说：“你这不是治病，而是往死里整我，得亏我身体好，要是换了别人，百分之百虚脱。”“哈哈，你说对了！”钟草根笑着说，“我这是汗治，被子是你自己出汗弄湿的，要靠你自己的体温把被子烘干。你身体肥胖，而且我给你服了抗虚脱的中草药，保证你不会虚脱。”接近中午的时候，钟草根又把手伸进魏友明的被窝里，摸着被子干了，抽回手说：“一天一夜，你身体中的湿气全部排光了，病好了。”他让魏友明自己掀开被，自己穿衣服下地，魏友明瞟了钟草根一眼，掀开被坐起来穿衣服，穿好衣服试着下地，下了地扶着床小心翼翼地往前迈了一步，接着大步走到门口，回头瞪着钟草根："就是你给我治好了，也不服你！治病不讲科学，一点都不正规，纯粹是巫医！""哈哈哈。"钟草根笑起来，"你爱咋说就咋说吧，黄瓜、豆角、萝卜、西葫芦、土豆、茄子，我脑瓜子里装的全是我的小菜园，根本没想到来你家，更没想到给你治病。"

魏友明走到门口大喊："小霞，赶紧做饭，都快把我饿死了！"吴小霞走过来，见魏友明站起来走路，眼泪不由自主地从眼眶里滑落下来，看着钟草根嘴唇哆嗦着说："刚开始，我也不相信你能治好老魏的病，但是事实摆在面前，我终于放心了！"

魏友明让钟草根到会客室坐。钟草根说："你的病好了，但并不彻底，需要固本培元，再吃几服中药吧。"他坐下来开方：干地黄 8 两，山药、山茱萸各 4 两，泽泻、茯苓、牡丹皮各 3 两，桂枝、炮附子各 1 两；2 服。

钟草根把方子递给魏友明，说："你的脉右尺迟软，是命门相火不足。这个方子是八味地黄丸的原方，服用方法是加工成末，炼蜜和丸，如梧桐子大，一顿吃 25 丸，日服二次。你把我开的方子拿到药店，多掏点钱，让药店给你加工。"

"我这个病都是累出来的。"魏友明看了钟草根一眼，"当院长太忙、太累了，医院经常有急诊，我怕出错，都想亲自看一看。此外，还要考虑医院扩建和增添设备等问题。上头来人，我要亲自陪同，每天忙得不亦乐乎。"

"当然也与年龄有关。本来 60 岁就应该退休，但组织部部长让我多干几年，我寻思干就干吧，没想到会这样。"

"按着科学说法，人到了一定岁数血管老化，血管壁往往出现斑块。这种斑块说不定啥时候脱落，猝不及防。特别是脖子的颈动脉，是'丫'形的，如果出现斑块脱落，哪怕只掉下来一点点流进脑血管里，都会造成脑血栓。”

钟草根说：“中风是阴虚、气虚、气逆、血瘀等多种因素相互作用而造成的。中风之后为啥半身不遂？是因为受病的一侧无气，无气则失去平衡。左半身无气则向左歪斜，右半身无气则向右歪斜。早知道问题出在什么地方，提前预防，提前吃通经活络中药，绝不会中风。”

“我爸是在家摔的跤。”魏超英坐下来看着钟草根，“刚好那天我值班，我妈打来电话，我和刘大夫赶紧带着救护车来了，把他抬上车拉去医院抢救。到现在我都后怕，如果抢救不及时，我爸就完了。”

“你的做法不对。”钟草根看着魏超英摇摇头，“今后再遇到这种病人，不管他摔倒在什么地方，都不要搬动他，要原地扶他坐稳，找个缝衣针，用大头针也行，划根火柴烧一下消毒，在患者的十个手指头尖儿，就是距离手指甲一厘米的这个地方刺一下，挤出来一滴血。十个手指头都要刺，都要挤出一滴血，这样几分钟就好了。如果嘴歪了，就拉他的耳朵，嘴往左歪拉右耳朵，嘴往右歪拉左耳朵。把耳朵拉红了，在耳垂儿上各刺两针，各挤出两滴血，嘴巴当即恢复原状。这样抢救完了再送医院，绝对不会出现坐轮椅的情况。我在农村遇到像你爸这样的好几例，都是这样抢救的。抢救完了，让他吃几服中药，十来八天就能自己下地干活，啥都不耽误。”“把你大爷说的话记下来。”魏友明让钟草根重说一遍，让女儿记录。魏超英做完记录，钟草根看着她，“你接着记啊，上臂这个地方叫肱二头肌，就是老百姓所说的小耗子。心脑血管病患者发病之前，这个部位会出现一个痛点。按摩这个痛点，会出现青黑色的瘀点。患者自己在这个瘀点及曲泽、郄门、间使、内关等穴位按摩……”“哎，停停！”魏友明朝钟草根摆手，“你没见超英瞪着眼睛不动笔吗？她是技校毕业的，根底浅，你讲这些高深的东西，她接受不了，岂不是白说？”“哈哈哈。”钟草根看着魏友明笑起来，“怪不得人家说我二五眼，说话不看对象，还真说对了。”魏超英也笑起来，问钟草根：“有没有让身体发香的方子？”“有。”钟草根说，“你记一下，木香、苍术、丹皮、丁香、五加皮，这5种药物各取5克，泡茶饮。或者把上面的药加工成丸散服用，都能达到香身的目的。”“有一件事，”魏超英看着钟草根，“我想跟钟大爷学中医。”“哈哈哈，”钟草根笑起来，“你想过没有，西医看病靠仪器。中医不同，用手指头代替所有的仪器，根底浅是学不会的。”正说着话，吴小霞走进来看着钟草根，“吃饭吧，早晨大米粥、牛奶、面包，随便吃一点，中午给你做红烧肉。”“别，别做红烧肉！”钟草根摆摆手说，“现在不同以前了，自家杀猪且很多人家送肉，肉多得吃不了。去年金茹过生日，上了肉菜没人吃，都抢着吃青菜。你可千万别做肉菜，越清淡越好。”吃饭期间说起话来，魏超英说：“我们学校有的同学爱好中医，讲经络，老师批评他：‘经络在哪儿？你能看见吗？人体解剖后，用显微镜都找不到，岂不是胡说？’”“找不到，但是不能否定它的存在。”钟草根说，“中医看病全凭摸脉，如果没有经络摸什么？”

魏友明说：“你的技术应该传承下去，比如教你儿子。钟声来过我们家，我觉得他的脑瓜子很灵。”

“钟声不学！”钟草根摇着头说，“他说看到我的下场就看到了中医的下场，打死他都不学。”

“大伯，你认为中医好，还是西医好？” 魏超英问。

“别对比。”钟草根看了魏超英一眼，“中华民族生存几千年了，过去治病靠啥，不就是靠中医吗？反过来讲，西方人治病靠啥，还不是靠西医吗？中医和西医应该形成一种互补。中医不是万能的，西医也不是十全十美，要取长补短，相互借鉴，不要人为地分中医好还是西医好。”

吴小霞说：“卫生局刘局长讲，中西医要结合。”

“胡说八道！”魏友明说，“中西医怎么结合？结合之后以中医为主，还是以西医为主？”他指着墙上的画，“这两幅画一幅是水彩，一幅是油画，水彩和油画能结合到一起吗？勉强结合是涂鸦！”

“正确的说法，应该叫中西联合。”钟草根说，“我觉得搞中医的人应该学点西医理论，搞西医的人也要学点中医。中西医协同作战，共同为患者服务，是中国医学未来的出路。”

吃完饭到会客室坐下继续说话，正说着，沙大力来了。魏友明走过去招呼他，让他坐。沙大力惊讶地看着他，“你真能走路了？我提醒过你，早点找钟大哥，你就是不听。”

“我找不见他！”魏友明瞟了钟草根一眼说，“他多年都不来看我，谁知道他钻哪儿去了。”

魏超英看着钟草根，说：“求大爷一件事，我有个朋友，他奶奶得了一种怪病，整天说胡话。我们医院治不好，去市医院和找专家都没治好，钟大爷能不能给治一治？”

“你给治治吧。”魏友明说，“我们医院是按精神分裂症治的，没效果，后来去市医院治疗一段时间，不但没有改善，反而有发展的倾向，用你中医那一套给她试试。”

钟草根说：“要看到病人。”

魏超英连忙打电话：“浩强，告诉你一个天大喜事，我爸的大学同学来了，仅用了一天多的时间就治好了我爸的病，让他站起来走路。我求他给你奶奶治一治，他说要看到病人……姓钟，叫什么，对，叫钟草根，我觉得他太伟大了……”

“什么太伟大了！”钟草根打断魏超英的话，“你别吹我，我没看见病人之前，不敢说能不能治。”

大家正坐在屋里说话，忽然听见院子外有汽车声，稍一会进来三个人。魏友明隔着窗户看了一眼，连忙跟家人一起迎了出去。

把来人迎进屋里，钟草根和沙大力站了起来，魏友明首先向钟草根介绍一个穿西服的人：“旗人大常委会谢主任。”接着介绍一个年轻人：“谢浩强，在城管工作。”最后介绍老人：“浩强他爷爷。”

他向客人介绍了钟草根和沙大力，“钟草根是我的大学同学，擅长中医。沙大力是我的连襟，退休前是检察院科长。”老人朝钟草根眨眨眼，问：“你还认识我吗？”钟草根打量着老者，见他拄着一根拐杖，老态龙钟，摇摇头说：“不认识。”“我叫谢文龙。”老人说，“你应该记得，30多年前旗里召开农田水利建设经验交流大会，我那时候当副旗长，主持会议。由于我对中医有偏见，尽管你发言很好，但我一句都听不进去，加上我的极左思想，散会后让派出所抓了你。这件事让我非常后悔，现在当面向你道歉，诚恳地说一句对不起！”他说完给钟草根鞠了一躬，“是你啊！”钟草根看着老人惊讶地说，“没想到在这儿遇见了你，真是十年河东十年河西，说不定谁在哪儿碰见谁；但你别在意，过去的事就过去了，你别放在心上。”

“我来是求你。”谢主任看着钟草根，“我母亲得了一种类似于精神病的怪病，一直没治好。遇到几个朋友，包括旗医院的大夫，都说找一个叫钟草根的人肯定能治。我跟我爸说了，他说他早就认识你，但是他不敢求你，说他过去伤害你很重，怕你不但不答应，而且跟他吵闹。我爸已经当面向你道歉，我作为老人的儿子，也向你说一句对不起！为了表示对你的补偿，我决定跟有关部门打招呼，在旗里给你安排一个子女。”“哈哈，”钟草根笑了一下，看着谢文龙，“你想错了，我不是那种小心眼的人，你大可不必放在心上。”他接着把目光转向谢主任，“谢谢你的好意啊，但我的子女不用你安排。我大儿子当兵当到副团长，后来调到师机关，转业后按正处安排在市大型国有企业里当领导；二儿子是北京一家工厂的副厂长；三儿子一直是优秀教师，已经办了停薪留职，去了北京；老儿子北京大学博士毕业后，自己办律师事务所并开公司，年收入几百万，住着别墅。闺女也准备去北京。所有子女都成了才，就不麻烦你了。”“哦，真了不起！”谢主任眨眨眼，“这样吧，你来旗里办诊所，我让有关部门给你办执照，所有方面全部优惠。改革开放了，全社会普遍重视人才，我这样做符合国家规定，而且觉得你有本事，来旗里办诊所肯定受欢迎。”

“谢谢啊！”钟草根说，“我没有这方面打算，想的是落叶归根，年底离开旗里回老家北京，就不麻烦你了。”谢主任一时无言。魏友明看着钟草根，“我说一句公道话，过去的事不能全怪谢老，你也有问题，也可以说你命不逢时。据我所知，咱们学校的同学大都当医院院长，还有当市长的，唯独你……”

“你说这些有啥用呢？”钟草根打断魏友明，“你可能认为我没进医院，也没当上官会有想法，其实我啥想法都没有。我虽然不在医院，但在农村照样给人治病，而且治好了很多你们医院治不好的病。我一路走来，走得很充实，心里感到十分安慰。”

“同学们的确比我强，但是你别忘了，大家的年龄都差不多，都 70 来岁了，还能活多大，能长生不死吗？岁月就像一条河，生命就像河里的水哗哗流走了。随着时间的推移，不管谁有多高的地位，多好的声望，多少的钱财，结局都是一口棺材两平方米，谁也不比谁强。”钟草根接着把目光转向谢文龙，“再说一遍，我绝不会跟你计较过去，过去谁对谁错，对我已经无所谓，你别放在心上。实在讲，要不是你今天提起这件事，我压根就想不到。”“老钟的说法很对。”谢主任说，“拿我来说，今年 58，再有 2 年退休了，退休后还不跟老百姓一样？别把身外之物看得那么重。”“是这样，”谢浩强说，“超英给我打电话说钟大夫仅用一天半时间就治好了她爸的病，让他能走路。我觉得像钟大夫这样的高人，绝对能治好我奶奶的病。”“别这样说！”钟草根摆手打断谢浩强，“任何医生看病，都要先看病人，在没看到病人之前，谁都不敢说绝对能治好。去看病人吧，现在就去，怎么走？”“坐车。”谢浩强说，“我爸带车来的，我也开着车。”“那好。”钟草根看着沙大力，“你在老魏家里等我，我去去就来，不耽误上午给沙玲扎针。”

“我也去！”魏超英看着谢浩强，“我想跟钟大爷学中医，看他是怎样给病人治病的。”“去吧。”钟草根看着魏超英，“治完病，正好你把我领回来。”钟草根来到谢文龙家里，见一个老太太坐在床上，正迷迷瞪瞪地跟保姆说着什么。

钟草根让保姆脱掉老太太的外衣，在床上坐好，从包里掏出银针消过毒后，飞快地刺向老太太身体的某些穴位，屋里的人都瞪大眼睛看着他。随着银针一根根扎入患者身体，老太太看着钟草根说：“你是大夫吧，来家里给我治病，得好好谢谢你。”

谢浩强看着钟草根，问：“你施了什么魔法？才十几分钟就让我奶奶恢复了正常语言，简直太不可思议了！”

谢主任不相信老人好得这么快，沉思了一下，上前拉着她的手问：“妈，你说我是谁？”

“你考我啊！”老太太看着儿子，“你叫栋明，你大哥栋升在市里工作，1989 年退休；你弟弟栋梁也调去了市里。我还没到糊涂的时候，用不着你考我！”她边说边自己穿外衣。

谢主任激动得流出眼泪，抽回手来擦了一把泪，朝钟草根点点头：“我相信，我母亲百分之百正常了。你十几分钟就能治好她的病，真让我意想不到。”

谢文龙瞪着钟草根，说：“看你治病像耍把戏，把我都看傻了。你扎针已经到了出神入化的程度，咋这么神啊？”

老太太穿好衣服坐下来，看着魏超英说：“你跟我的孙子浩强谈得咋样啦？到年底都 30 了，别拖着，早点结婚。”

谢主任看着魏超英，“浩强他奶奶病病歪歪，他爷爷整天闷闷不乐，把我和他妈愁死了，没心思管你们的婚事。现在问题解决了，回去跟你爸说，找时间坐到一起商量一下，选个日子把事办了吧。”

“哈哈哈，”钟草根看着魏超英，“我说呢，你跟我来学治病，哪是学治病啊，原来有其他目的。”

“你说啥呀？”魏超英看着钟草根，红着脸说，“人家就是想跟你学治病，没有其他目的。”

老太太想了一下站起来，走到冰箱前拉开门，拿出来几样菜对钟草根说：“大夫在这儿吃午饭吧，超英也别走了，帮我焖米饭。我会做糖醋排骨和麻婆豆腐，保证你们爱吃。”

“不在这儿吃啦！”钟草根朝老太太摆摆手，收拾针包说，“我得赶紧去沙大力家里，给他的闺女扎针。”

钟草根站起来要走，谢文龙拿出五千块钱递到的他面前，“治疗费五千块够不够，不够我填。”钟草根摆摆手，“举手之劳，你别放在心上，我治病从来不收钱。”

“那可不行！”谢文龙把钱强行塞到钟草根的兜里，钟草根掏出来拍到桌子上说：“我说不收就不收，你别强迫我！”说完朝外走。

“你别让我遗憾！”谢文龙拿起钱，走到外面拦住钟草根说，“我伤害过你，你却拿出真心给我老伴治病，像你这么好的人品，我真有眼无珠，真的很后悔！这个钱你必须收，不收，我就给你跪下了！”

“哎，别别！”钟草根扶住谢文龙，告诉魏超英，“收他二百吧，你替我拿着。”

魏超英接过谢文龙手里的钱数出一小沓，朝钟草根晃了晃，“我替你作主啦，收两千……”

钟草根给沙大力闺女扎了 7 天针，有明显效果，留下药方嘱咐继续吃药，然后回到了家里。

9 月的一天下午，钟草根和金茹正倚在炕上看电视，听见外面有人说话，接着进来两个人。钟草根朝他们看去，只见一个人是谢浩强，另一个是魏超英。谢浩强搬着一个纸箱子，魏超英提着一个大提包。

“大爷、大妈好！”魏超英高兴地叫了两声，把提包放到炕上，谢浩强也把纸箱放下来。

“哈哈，什么风把你们俩吹来了？”钟草根向金茹介绍，“女的是老魏的二闺女魏超英，男的是她未婚夫，姓谢。”

金茹招呼两个人上炕，魏超英摆摆手说：“不啦，得赶紧回去。”

“是这么回事，我跟浩强明天举办订婚宴会，两家一致说，必须请钟大爷参加。我们是来请钟大爷的。”她边说边拉开提包拉链，取出东西摆在炕上，“这身衣服是我妈给大妈买的，这是我姨给大妈买的，西服、白衬衣、皮鞋、领带是给钟大爷的。”“还有，”魏超英拉开随身携带的小包，从中取出一沓子钱递给金茹说，“这是两千，钟大爷给沙玲治病不收钱，我姨夫让我直接交到大妈的手里，您数数。”“数啥呀，我还信不住你？”金茹接过钱放到一边，翻看衣服说，“这么多年了，你妈和你姨还惦记我，真得好好谢谢她们。”谢浩强对钟草根说：“箱子里是酒，我爷爷送的；西服是我爸买的，他说明天宴会有很多领导参加，您穿西服比较合适。”

“你奶奶的病怎样？”钟草根问谢浩强。

“一切正常。”谢浩强说，“我妈特别感谢你，说要不是你，她得整天面对疯婆婆，心情十分沉闷。她说你是我们一家子的大恩人，一辈子都会记住你。”

魏超英看着钟草根，说：“我妈原来很郁闷，认为我爸这辈子都站不起来了，要一直伺候他，没想到你把他的病治好了，现在每天骑自行车去外面溜达。还有玲玲，去医院复查也全好了。我姨夫把复查结果拿给我爸看，我爸说，不得不承认，中医治病有独到的方法。”

谢浩强让钟草根穿上西服试试，钟草根拿上衣服去了西屋，不一会儿穿着西服走过来，看着谢浩强说：“穿西服，觉得有点别扭。”

“穿习惯就好了。”谢浩强让魏超英帮他整理一下。魏超英给他整理好衣服并扎上领带，说：“你这一打扮，比原来精神多了。”

“哈哈哈。”钟草根笑了一下，“别拿我跟你爸比，你爸是院长出身，我是普通百姓。”

钟草根坐车来到旗里，安排在宾馆的一个标间，走进标间只见一张大床，还有沙发、电视、写字台等。走进卫生间见有坐便器和淋浴，他摇摇头说："住这么好的房子，得多少钱啊？"

谢浩强说："您放心地住吧，我已经结账了。"

第二天上午，钟草根刮了胡子理了发，穿上西服和皮鞋，系上领带来到宴会现场。魏友明看见他，"哇"地一声说："真是人靠衣装马靠鞍，你打扮起来比谁都精干！"

订婚宴会办了 6 桌，参加的人除了两家亲朋好友，还有旗现任领导及退休老干部。钟草根被安排在退休老领导一桌，谢主任向他们作了介绍。老领导们纷纷赞扬钟草根，约他治病，他都答应下来。一位领导告诉钟草根："电视上看到，国外通过红外线成像和声呐接收技术，发现人体有很多特殊的点，把这些特殊点用一条线连接起来，跟中医所说的经络完全一致，证明了中医所说的经络是确实存在的。"

"好，好！"钟草根高兴地点点头，"我就知道，科学一定能探测到经络的奥秘。"大家纷纷给钟草根敬酒，他来者不拒了。乘着酒兴，走过去拉上魏友明，非要跟他一起表演一个节目，为他的订婚添彩。魏友明问："表演什么呢？""还记得咱们学校的联欢吗？"钟草根说，"咱们扭大秧歌，你扭得最好，几个女同学都跟你套近乎，好像有那方面意思。""哈哈哈，"钟草根看着吴小霞笑起来，"当着小霞的面，我好像不应该说这些。小霞，你就当我没说啊。其实婚姻讲究缘分，你跟老魏是有缘分的，是天仙子相思配红娘。哈哈哈，天仙子、相思豆、红娘子是 3 味中药，我又说到了中医上。""你瞎嘚嘚啥呀？"魏友明推了钟草根一把，"不准说，赶紧扭秧歌！"他说着跟钟草根一起，围着各饭桌扭起了大秧歌，因为没伴奏，边扭边"哩哏咙哏哩哏咙，哩哏咙哏哩哏咙"地哼着，惹得大家哈哈大笑，并为他俩打着拍子。扭完秧歌，钟草根说："咱俩给大家唱支歌吧。"魏友明问："唱什么？"钟草根说："还记得咱们念大学的时候唱的《抗大校歌》吗？黄河之滨集合着一群中华民族优秀的子孙……"他先唱了几句，魏友明随他一起唱了起来："人类解放，救国的责任全靠我们自己来担承……"魏友明将部分歌词忘了，停了下来，于是钟草根一个人唱。魏友明见他唱完了，对来宾说："下面，请钟大夫单独表演一个节目好不好？大家欢迎！"

来宾们一起鼓掌，钟草根说："我就会唱这一首歌，别的不会了，既然大家欢迎我，就朗诵一首诗吧，名字叫'一路走来'。这首诗是我25岁那年就开始创作的，直到几年前才作完，下面朗诵。"

"我一路走来一路走来，
立志为百姓贡献我才，
为振兴中医大展胸怀，
让美好人生放出异彩。

但是一路有很多无奈，
历经沧桑我终于明白，
人生没有绝对的好坏，
绝不是一路百花盛开，
关键要看你怎样对待。

对自己啊要快乐自在，
为百姓别把良心出卖，
坦坦荡荡地面对人生，
活在未来，活在未来……"